女性作家評伝シリーズ12

壺井栄

小林裕子著

新典社

目 次

はじめに

この評伝では、壺井栄の実人生における事実関係を精細に追うことよりも、作家としての栄像を浮かび上がらせることを目指した。栄が自身の体験を作品化する際に、行為の軌跡としての事実を取り込みつつ、どのような作品世界を創造したのか、その創造の仕方に栄の作家的個性がどのように発揮されたかに注目したのである。

その結果、作品一つ一つの丹念な読み――分析と解釈がかなりのスペースを占めることになった。事実関係については、既に鷺只雄氏による詳細な調査に基づく年譜が文泉堂出版『壺井栄全集全一二巻』の最終巻にあり、その後も同氏による研究論文が数多く書かれている。そこで、評伝を書くにあたり、私は年譜に記載された基本的事項のみを、栄の作家像を描く為の基礎資料として生かしながら、あくまでも、作品を軸として作家としての栄像を造型したいというもくろみを抱いた。

さらに、ジェンダーの視点から栄の仕事ぶりを眺めたとき、「二十四の瞳」ブームが喧伝された時のような、流行作家としての壺井栄とは違った相貌が見えてくるに違いないと、予想した。栄が生前、声高には語らなかった女性の抑圧された立場への反発や怒りが、作品を丁寧に読み解くことで、浮かび上がってくるのではないかとも予想した。栄が書くことを通じて自己解放を求め、同時に家族の中で、妻役割、母役割をどのように果そうとしたのか。栄にとって自由とは、家族という共同体からの脱出ではなく、むしろ家族の絆の維持によってこそ、魂の安定と解放が得られると信じていたように見える。だとしたら栄にとって、妻であり、母であることと、創作という営為は、どのような関係を持つものなのか。こうした疑問を解いてみたいと考えた。

さらに、左翼文学者の陣営に参加し、反戦平和と民主主義擁護の立場で発言しつつも、その仲間の男性達の中に存在する女性差別に反発し、それをどのように作品世界に表現していったか。こうした疑問も、作品に即して検証して見たいと考えた。

こうしたモチーフによって書かれた評伝であるが、小説家としての栄に焦点を当てたため、大量に書かれた童話群について、触れる余裕が無かったのは残念である。

童話作家としての壺井栄については、児童文学研究者の手になる先行研究が数多くあるので、将来は小説家としての壺井栄研究と統合する形で、全体像が提示される日がくるかもしれない。残念ながら現在の私にとって、それは手に余る仕事であった。

小説のジャンルとしては実に様々な傾向の作品を手掛けた作家である。新聞連載の長篇小説では、当代の風俗を取り込み、全体に会話の占める率の高い、大衆性のある「雑居家族」のような小説から、婦人雑誌連載のストーリー性の強い「柚原小はな」、反戦の主張が鮮明で、しかも多くの読者の共感を得た「二十四の瞳」、その一方で、純文学畑の私小説に近い短編「初旅」まで、多種多様な傾向の小説を量産できるプロの作家であった。そのどれを読んでも、女性に負わされた社会的負荷を見抜く批判的精神と、それをやさしくふうわりと差し出す技巧を持っている。そこにはまぎれも無い壺井栄の個性が鮮やかに光っているのである。この評伝では、その個性を掬いあげて見たいと思う。

本書をお読みになった読者が、「郷土愛の作家」「母性の作家」とは違ってジェンダー意識に目覚めた作家として壺井栄を再認識し、そうした側面をも含めて壺井栄を愛してくださったら、評伝を書いた者として、これほど嬉しいことはない。

（なお、本文中「全集」とあるのは、特に断りのない限り文泉堂版『壺井栄全集全一二巻』を指す。言及された壺井栄の作品には原則として発表年月のみ記したが、本書の巻末年譜に記載の無いものは、掲載誌紙も記した。参考文献は本書の参考文献リストに記載の無いもののみ、刊行年月と掲載誌紙を記し、その他は刊行年月のみ記した。）

第一章　小豆島の頃

1　壺井栄の故郷を訪ねて

本書のための調査が目的で、初めて私が小豆島に渡ったのは一九九八年七月のことであった。その前夜は壺井栄の甥にあたる建築家・戎《えびす》居《い》研造《けんぞう》氏のご紹介で、壺井栄の定宿であった高松市のホテル川六に一泊し、戎居研造氏から壺井栄についてかずかずの貴重なエピソードを伺った。しかし残念なことに氏は二〇〇七年に逝去された。（以下すべての敬称略）

翌朝高松港から宇高フェリーで出発、現在は一時間一〇分で草壁港に到着する。

草壁港でフェリーを下り、バスで、壺井栄文学館のある「二十四の瞳」映画村に向かう。壺井栄の「二十四の瞳」の舞台となった岬の分教場は、坂手港から西に突き出た半島の部落田ノ浦にある。栄の妹シン（一九〇六～一九九〇）が一九二三年から二年間女教師として勤め、坂手から五㎞近い道を自転車で通ったところである。それより少し南に下ると映画村である。これは一九八七年に「二十四の瞳」が朝間義隆監督、田中裕子主演で再映画化された際、そのオープンセットを内海町が買い取ったものである。海から引き入れた細い流れにかかる汐入橋を渡ると、壺井栄文学館がある。これは一九九二年六月、戎居研造の設計によって建てられ、初代館長は故・佐々木正夫、現館長は谷岡稔である。館内には壺井栄の生涯の概略を紹介するビデオもあり、著書の初版本や、写真、生原稿、遺品などが展示されている。

一隅に壺井栄の居間が再現され、机、木目のある小さな鏡台、書棚などを並べ、ハンドバッグ、草履など愛用の品々が展示されている。なかでも目を引くのは、栄が獄中の夫・壺井繁治に差入れた布団掛けである。たくさんの端切れをはぎ合わせ、看守も感嘆させたという丹精込めたものだった。

映画村から坂手港の方向に戻る途中、堀越に壺井繁治の生家と詩碑がある。バス道路から海岸とは反対側の道を五分ほど上った坂の中腹に、堀越教場跡の小公園があり、その一角に「石」と題された壺井繁治の詩碑がある。

繁治の生家はこの分教場跡の南側五〇mほどの所にある。家はこの地方独特の焼き板を使った壁と見事な瓦屋根、門はくぐり門と小屋根のついた木造のがっしりとした構えで、二階建ての母屋と蔵がある。栄はこの二階から分教場の男先生黒島忠剛（高等小学校時代の同窓）の授業風景を眺めて「二十四の瞳」執筆のヒントを得たという。南側の海に面して坂手港があり、現在は海岸が埋め立てられている。が、栄が幼い頃は、海岸通りの家から駆けだしていくと、すぐ砂浜に出る言わばわが家の庭のようなものだったという。栄の生家跡は坂手港のすぐ裏手を走るバス道路に面し、戎神社の西隣に当たる。「壺井栄生家跡」の小さな標識が立っている。

香川県小豆郡坂手村甲四一六のこの生家は栄の幼年時、樽職人であった父藤吉の作業場兼住居で、浜の家とよばれ、父親のほかに数人の職人弟子たちが寝泊まりしていた。実際に栄が産声を上げたのは、これよりさらに山の方へ上った坂手村甲三三六の母屋と呼ばれる家である。

ここから少し東に進み、坂手東の地区から北東に丘を上っていくと、「向かいの丘」に出る。港を見下ろす見晴らしのよい高台で、この広場の一角に一九七〇年九月二三日に建立された壺井栄文学碑がある。「桃栗三年／柿八年／柚子の大馬鹿／十八年」と自然石に刻まれている。

この高台の広場から少し海のほうへ下ると墓地があり、壺井家の墓もここにある。

坂手からさらに北へ行くと、バス道路は内海町を通って内海湾の湾岸沿いに走り、苗羽（のうま）に入ると、壺井繁治が建てた黒島伝治の文学碑がある。黒島伝治は、青春時代栄の文学仲間で、栄・壺井繁治共に強烈な文学的影響を与えた。苗羽を抜けると芦ノ浦に入る。

芦ノ浦のあたりは醤油工場と佃煮屋が多く、醤油は素麺とならんで一八世紀末から一九世紀初頭にかけて島の主要産業として栄え、島の経済を大いに潤した。壺井栄の母の実家・板倉家は裕福な醤油醸造業者であり、父の岩井藤吉も醤油の樽職人であった。

池田港、土庄港など港付近の人家の集落を除くと、ほとんど道路は海岸と切り立った崖にはさまれ、いかにも米の耕作には不向きな土地と知られる。しかもこの島の気象条件は年間を通して降雨量が少ないので、いっそう米作には適さないわけである。江戸時代から製塩、醤油の醸造、あるいは廻船業が盛んだったのはこのためであった。

翌年の二月末、小豆島を再訪した時は川野正雄の聞き書きを取らせて戴くのが主な目的であった。川野は栄の娘時代から交流があり、『回想の壺井栄』（一九七三・六）には「縦縞の着物と洗面器」という回想を寄せている。香川県史編纂委員長も務め、『近世小豆島社会経済史話』という著書もある。

川野正雄の祖父川野宗太郎は川野醤油の名で醤油醸造業を営み、祖父の母は板倉家出身だった。したがってこの祖父と栄の母アサはまたいとこにあたる。川野の母カツと栄の母アサとは親しく、あるとき「ちょいとちょいと、そこの樽屋のおねえちゃん」とカツに呼び止められて、栄は川野家の子守をすることになった。子守といっても給金はなく、夕食を食べさせてもらえるのと、盆暮に一枚ずつ古着をもらうのが報酬であった。栄は学校から帰るとその足で川野家に行って、学校道具の風呂敷包みを玄関の上がり口の狭い縁側に置き、すぐに川野の妹の町子をおぶい、川野の手を引いて遊ばせた。坂手港から海上保安署と農協の間の道を入り、バス通りへ出て少し右へ進んでから洞雲山の方角へ急な坂道を上っていく。左手に小さい食料品店があってその向かい側を裏手にまわると、川野家である。栄の祖母の家はさらに少し山を上った所にある。坂の上には観音寺という名刹があり、幼少のころ川野は栄に連れられてこの境内で遊んだ。栄の子守の仕事は小学校卒業まで続いた。

2　「歌」と「語り」による教育

一八九九年八月五日、壺井栄は香川県小豆郡坂手村（現在、内海町坂手）甲三三六に、父岩井藤吉・母アサの五女として生まれた。

藤吉は腕のいい樽職人で、人柄と技量を見込まれて、手広く醤油醸造業を営む板倉氏の娘アサと結婚した。岩井藤吉の父勝三は船乗りで、母一人子一人で育ち、係累が無いため、妻のイソとともに播磨屋藤兵衛家に夫婦養子に入った。しかし勝三は、航海の途中伊勢の的矢の港で、コレラにかかって急死し、イソは藤吉と養家を出た。墓は日和山にあるといわれたが、ゆとりの無い生活のため、ついにイソは、夫の墓参も叶わなかった。これを「本意ないこと」に思い、イソは繰り返し孫たちに「おじやんはなあ、イセのマトヤで死んだんじゃ、ヒヨリヤマというとこに墓があるせになあ、大けになったら皆銭を儲けてな、墓いまいって上げよ」（「暦」一九四〇・二、以下の引用も同じ）と語って聞かせた。初期の自伝的長篇「暦」では藤吉が勝三の墓参をし、墓の下の土を持ち帰った事になっているが、実際は藤吉に伊勢の的矢まで墓参する余裕は無く、一九四〇年と、五四年の計三回にわたる栄の調査旅行によって、はじめて墓参が叶ったのである。夫を海で失ったため、イソは息子の藤吉を船乗りにすることには反対で、女手一つで藤吉を樽職人に育て上げた。

第1節でも触れた通り、江戸時代中期から醤油醸造業は廻船業とならんで島の主要産業であった。醤油の原料の小麦や大豆は肥前・肥後・島原に多く産出したが、この方面へは近世初頭から交易ルートが敷かれ、それが醤油の生産を促したという。醤油に欠かせないのが醤油樽であり、栄が生まれた一八九九年当時も樽製造は島の主要な産業であった。藤吉は腕のいい職人で、藤吉の作った盥や桶は「何年経っても水が漏らない」（「暦」）と評判だった。そのため、島でも屈指の醤油醸造業者を何軒も得意先に持ち、一九〇八年頃まで常時数人の弟子を抱え、母屋、浜の家、隠居所と三軒の家を切り回して、家業は隆盛であった。

栄はおばあちゃん子で、学齢に達しても隠居所に寝泊まりしていたという。

祖母のイソは昔話を語ることが得意で、何人もの孫を育てながら、独特の抑揚とリズムで幼い孫たちに巷間の伝説やおとぎ話、さらには「イセのマトヤ」のような自分の思い出話まで繰り返し語り、子守歌や俚謡を歌って聞かせた。日々の営みのなかでイソの語りの魅力に知らず知らず取りつかれていった栄は、後年自分の小説やエッセイの中にそれを溶かし込んでいった。この語り部的性格は、栄の文学の本質をなすもので、いわば文学的栄養分を祖母の口から吸収したことになる。

母のアサの実家は板倉氏で当主は代々仁左衛門を名乗り、坂手では屈指の醤油醸造業者であった。夫の放蕩と大家族の人間関係に悩まされた祖母カジの熱心な意向で、財産はなくとも、係累がなく働き者で真面目な藤吉との結婚が進められた。一八八七年のことである。

アサは栄の前に長男弥三郎と千代、コタカ、ヨリ、ミツコの五人を産み、栄の後にスエ、藤太郎、シン、貞枝の四人を産んで、計一〇人の子だくさんであった。そのうえ、身寄りのない七歳と五歳（「暦」による）の姉弟を拾って育てた。この二人は、成人させてから姉は支度を整えて結婚させ、弟は樽職人として一人前にさせた。結局一二人の子を育てたわけで、「二十四の瞳」の一二人の生徒たちは、この子供の数が念頭にあったため、と栄は記している。「ようもまあ物好きな」とあきれる世間の人にアサは「五人育てりゃ五つの楽しみ、七人育てりゃ七つの楽しみ」と答えたものだった。それに加えて藤吉の腕のよさとアサの暖かい人柄を見込んで、弟子入りを志願する者が多く、職人見習いの若者が上は十九から下は小学校四年卒業まで（当時義務教育は四年）、常時五、六人はいたというから、総勢二十人という大変な賑やかさだった。栄が四、五歳の頃まで、岩井家は村一番の大家族だった。

庇護を求める幼児を目の前にすると、そのまま見過ごすことが出来ないという愛情深さは、そっくり栄にも受け継がれている。

しかし、栄が小学校に入学する一九〇五年（明治三八）頃から藤吉の三軒の得意先の醤油醸造元が次々と経営不振に陥り、家計は窮乏の一途をたどった。「御破算で行こうかいや」と思い切って樽屋をたたんで文房具などの小売り商を始めたが、慣れぬこの商売にも失敗し、思い切って借金で古い小船を買い、藤吉は船乗りとなって生活を支えるようになる。

3　長兄弥三郎

弥三郎は優秀な成績で師範を卒業し、ピアノと声楽の才能があり、県下の新聞にも名前が乗るほどだった。鷲只雄作成の壺井栄年譜によれば、弥三郎は一九一一年（明治四四）、香川県師範学校を卒業し、直ちに香川県師範学校付属小学校訓導となり、一九一四年（大正三）一月まで勤めているから、彼を紹介した新聞記事はこの間のことであろう。

ともあれ師範付属小学校の教師という、この道ではエリートの道を約束されながら、彼は弁護士を志して退職した。それは、かなりに思い切った決断と言わなければならない。「暦」にはその理由として「世の中のすべては金で解決出来ると思いつめ、先生ではうだつが上がらぬと、三年間待って下さいといって東京の法律学校へ入った」と記されている。事実、彼は結婚した後一九一八年（大正七）四月に上京して明治法律専門学校に入学した。しかしその背後にはさらに複雑な弥三郎の人生上の煩悶があったのではないだろうか。両親の家が貧しければなおさらのこと、師範学校の教師という安定した職を失うことは躊躇うのが当然であり、将来の保証もなく定職を捨てるというのは親兄弟への配慮とはむしろ逆の、自分一個の内部からの衝迫ではなかったかと思われる。それにつけて思い合わされるのは、彼の失恋事件である。「初旅」（一九四七・一二）という自伝的小説によれば、師範学校を出て高松市内で教員をしている兄を父とともに訪ねて、祭り見物をする少女時代の栄が描かれている。兄に関する記述が事実に基づいているとすれば、弥三郎は母アサの姪と相愛の仲になったが、彼女の姉が産褥熱で子供を残して急死したため、彼女を姉の夫と再婚させようという話が親戚の間で持ち上がった。そのため兄との結婚が困難になった。彼女は家出して高松の弥三郎のもとに逃げてきたこともあるが、アサに連れ戻され、破恋に終わったという。想像をたくましくすれば、この失恋事件がきっかけとなって心機一転を志した弥三郎が、退職という決断を下したのかも知れない。

しかし上京後、夜間は小学校の教師を勤め、昼は学校に通うという昼夜の心身の酷使によって、彼は一九一九年三月、三一歳で急死した。若い妻マサエは典、卓の二人の幼児とともに小豆島へ帰ったが、眼病で次第に視力を失ったためマッサージ師を志し、子ども二人をアサ、栄に託すという置き手紙を残して広島へ去った。約束通り二年後に戻ったマサエは、マッサージ師の免許を取ったので自活するメドが立ったと子供を引き取りにくる。「めみえの旅」（一九五一・四）という実名で書かれた自伝的小説では、このときアサがマサエに対して半狂乱に泣き叫ぶさまが描かれている。

この時母は、四年前脳溢血で倒れて以来半身不随の身となり、不自由な体で赤ん坊のおしめを洗うというような苦労のなかで、孫の世話をしてきたのである。当時の栄はそんな母の荒れようをマサエの手前恥じたが、三〇年後のこの小説の中では、母とマサエ――一生家庭内で絶え間ない家事労働と育児に消耗しつくされた女にも、男の助けを借りず自活して生き抜いた女にも、その両方に等分に女の苦しみを汲み取り、温かい眼差しを注いでいる。壺井栄の女性に対する暖かい支援の眼差しが窺える作品である。

ちなみに長男の典は後年広島で建築事務所を開いたが、次男の卓は戦争中上海で病死し、敗戦直後に卓の妻の順子も病死した。その遺児が右文であり、栄は長兄の孫であるこの子を「憐憫や同情や行きがかり」からわが子として育てることになる。

4 郵便局に勤める

不思議なことに栄は自筆年譜などで自分の生年月日を戸籍より一年繰り下げて一九〇〇年八月五日としたため、学齢より一年早く一九〇五年（明治三八）坂手尋常小学校に入学という記述と矛盾が生じていた。しかし最近の鷺只雄氏の研究により生年月日が訂正されたので、実際に五歳で入学したことと整合することになった。一年早く入学できたのは、仲良しの鹿島マサノの母と相談し、是非とも五歳で入学させてくれと校長に頼み込んだためという。入学してからは成績優秀で、毎年級長を務めた。

栄が小学校五年のとき、家計はいよいよ逼迫し、借金が払えずついに破産した。家屋敷はすでに他人名義になっていたがそこも引き払い、小さな借家住まいとなった。それまでに家の没落を予想した両親は、三人の姉たちを急いで結婚させたり養女に出したりして家族は出来るだけ縮小された。これ以後一家は五回、借家を転々とする。母アサの嫁入り道具の箪笥や長持ちは、転宅のたびに夜間人目を憚るように運ばれた。妹が提灯で夜道を照らし、カタカタと鳴る箪笥の引手の金具の音を耳にしながら、箪笥を担って運び、これを持って結婚したアサのその後の運命の転変を思って、栄は母の心を察する事が出来た、と「箪笥の歴史」（一九四三・二）には語られている。

小学校時代の子守を皮切りに、娘時代の彼女のその後の人生は絶え間ない貧困との戦いと、過酷な労働の連続であった。教師になる夢を持ち、高等小学校への進学を切望した栄は、親を説得して麦稈真田（麦わら細工）を編む内職で学資を稼ぎ、内海高等小学校に通った。姉ミツコの夫西口盛三郎が神戸で麦稈真田の輸出業を営んでいたため、長姉千代がこの内職を取り仕切っていた。手先の器用な栄は千代とならんでその技が巧みだった。一九一三年（大正二）内海高等小学校を卒業すると、渡海屋（廻船業）を始めた父の仕事を手伝ったが、これは一四歳の少女にとって苦役に等しい過酷さだった。肩に食い込む木材の重さ、船に積み込み、荷揚げの際の足元の危険にも耐えなければならない。過労のあまり、就寝中に失禁したこともある。戦後書かれた「母のない子と子のない母と」（一九五一・一一）にはこのおねしょの経験が取り入れられている。

一九一三年（大正二）一四歳の栄は、自分の運命を切り開くため、目ざましい行動を開始する。村の三等郵便局に事務員の空きが出来たのを知った栄は、求職のための自己推薦をやってのけるのである（「わが青春時代」一九六三・一二）。字が上手だったため一五歳になると採用となり、初任給二円を貰うことになる。この頃、郵便局の女事務員や交換手は、頭の良いいわゆる良家の娘が選ばれ、村の娘からは一段高いところにいる存在だった（「窓口」一九四八・二）。貧しい家の娘が局長に直接かけ合って「私を使うて下さいませんか」と頼むのは、随分思い切った行動だったわけである。

郵便局は住み込みで、事務員は栄一人だったから、郵便、電信、為替など一切の仕事を彼女は切り回した。勤務は住み込みで事務室の隣の四畳半に布団を敷き、夜間電報があれば配達をする事もある。いわば寝る時も勤務時間のうちである。こうした勤務の負担のため過労から黄疸になったほどだった。まもなく月給は五円に上がり、以後毎年五〇銭から一円ずつ昇給して一九二三年（大正一二）退職時にはおよそ三〇円にまで昇給した。この間栄は、肋膜炎と脊椎カリエスになりいったん退職する。しかし生活は苦しく遊んでいられないため、一時坂手村役場に勤務し、一九二二年再び郵便局に復職して翌年二月まで勤めている。月給の大半は家計に入れ、頼母子講に入って月々五円ずつ掛け、それを落とすことが出来て四五〇円の土地付きの古い家を買った。月給は上がったが、カリエスの膿を取るため医者に通う日々であった。

貧困と労働の日々の中で、唯一の楽しみは読書だった。小学校の頃から兄の弥三郎が毎月高松から送ってくる少女雑誌は、栄に豊かな夢と想像力を与えたと思われる。自分で給料を取るようになってからは、新潮社の『明治大正傑作全集』中の武者小路実篤『その妹』などを購読し特に有島武郎の「或る女」「カインの末裔」などは愛読した。有島の個人雑誌『泉』を予約購読したりもした。『夢二画集　花の巻』なども読み、次第に文学への憧れを胸中に育てていった。

5　文学的交友

栄は村全体が親戚、姻戚であるような共同体の濃密な人間関係のなかで、ある時は親切な、ある時は詮索好きな、ある時は意地の悪い視線に囲まれて育った。しかし自由な男女交際が許されなかった当時にしてはかなり親しい男友達がいた。また後年多くの女性作家との信頼に満ちた交遊を思わせるような、親密な女同士の友情も見られる。

まず女友達には鹿島マサノがいる。母親同士が友達だった縁もあって幼少から仲がよく、内海高等小学校までの八㎞の距離を、往きは連れ立って徒歩で、帰りは片道一銭五厘の乗合馬車でいっしょに通学した。上京後も島に帰るたびに必ず彼女を訪ねた。鷹尾ふさ子も高等小学校の同級生である。長田幹彦の『埋木』など、彼女は本好きの栄にしばしば本を送ってくれた。

友人というより師弟関係に近いが、キリスト教の巡回伝導師安藤くに子との交流も栄に深い影響を与えた。一九一八年（大正七）頃、島に来た安藤くに子は静岡県伊東市の出身で、スタンダールの『赤と黒』『恋愛論』などを栄に貸してくれた。栄は西欧文学の未知の魅力に目覚め、強い衝撃を受けた。くに子とは熱っぽく文学を語り合い、彼女から「あなたは島になんかいないで東京へでなさい、そしてもっと勉強しなさい」（戎居仁平治編の年譜）と勧められた。彼女の影響で聖書にも親しみ、後年まで栄の談話には聖書の言葉が引かれる事が多かった。

男友達には前章で紹介した川野正雄、黒島伝治、壺井繁治がいる。川野は高松中学入学後も、郵便局に勤める栄とは文学好きな若者同士の付き合いとなり、川野はたびたび栄に小説本を貸した。有島武郎のものが多かった。文学少女だった栄は、川野とは気が合った。しかしいつも裏口から訪れ、本を借りるとすぐ帰る事が多く、部屋に上がることはめったになかった。後年、栄が壺井繁治と結婚して世田谷区の太子堂に住んでいたころ、慶応義塾大学在学中の川野が訪ねたことがある。栄はとても喜んで、手料理の五目寿司でもてなしてくれた。ところがその寿司桶がなんと洗面器だったのでびっくりしたと「縞の着物と洗面器」（『回想の壺井栄』所収）で、川野は語っている。

栄が内海高等小学校に通っていたころ、同じ敷地内に設立された内海実業補習学校に黒島伝治がいた。壺井繁治も彼より一年早くこの学校に入学している。栄とは二人とも面識があった。彼ら二人は苗羽小学校でも同窓であった。後にこの二人の男性はアナーキストの文学仲間として、愛憎半ばする関係になるのだが、栄と親しくなるのは黒島伝治のほうが先だった。一九一六年（大正五）か一七年頃、郵便局に勤める栄が文学少女なのを知り、黒島伝治は自分の短歌が掲載された「青テーブル」という雑誌を栄に見せ、たびたび文通をするようになり、文学的交流が始まった。

6　繁治との関わり

壺井繁治の生まれた壺井家は江戸時代から代々年寄（庄屋）を務めた家で、堀越の富裕な農家であった。次兄伊八のほか兄二人、姉リエ、妹真喜などがいた。

一九一七年（大正六）、繁治は大阪の私立上宮中学校を卒業し、早稲田大学政治経済学部高等予科に入学した。文学を志すことには父も兄も猛反対だった。しかしもともと文科志望だったため、親に内緒で英文科に転科した。しかしこれが国元に露見し学資の送金が停止され、やむなく自活の道を探ることになる。一九一八年一一月、東京中央郵便局書留課の臨時通信事務員になったが、長くは勤務できず、生計のメドが立たないため、早稲田大学を一九二〇年一〇月、中退せざるを得なかった。大学生の身分を失うと同時に、徴兵猶予の特典も失われ、一二月に壺井繁治は帰郷して姫路歩兵第十連隊に入隊した。小豆島で村長の肝いりで入隊祝賀会が開かれた際、「兵隊にはなりたくてなるのではない、仕方がなくてなるのだ」という反戦的言辞を述べて村長を困惑させた。こうした島の人間から見て型破りな振舞いや、文学志望などをもてあまし、周囲の人々は「繁治の嫁になれるのは栄さんぐらいだろう」と噂し合ったという。

恋愛とか結婚とかはまだ考えていなくても、もしかすると二人は似たもの同士であり、結ばれるにふさわしい相手なのかも知れない、という夢想に近いものが、栄の中に芽ばえてきた可能性もある。

第二章　革命運動の嵐の中で

1　栄と出会うまでの繁治

前章で述べたように、繁治は一旦兵役に就いたが、除隊となった。表向き強度の近視が理由であったが、実は左翼思想を疑われたためらしい。

文学への志やみがたい繁治は、兄の世話で就職した香川県の尽誠中学の英語教師の勤めを退職し、上京した。

繁治は彼の詩を認めてくれた岡本潤と新しい詩雑誌を出す計画を立て、詩人仲間の萩原恭次郎、川崎長太郎を加えて一九二三年（大正一二）一月、アナーキズムの詩誌『赤と黒』を発刊する。この間に彼は左翼思想のため、上京後紹介された田山花袋全集刊行会の事務の仕事を失ってしまう。

既存の明治・大正の詩を全否定し、詩精神においても詩の形式においても、全く新たなものの創造――革命芸術をめざすグループ、アヴァンギャルドと総称される大正末から昭和にかけての詩人たちのグループの一つが『赤と黒』に集った詩人たちであった。繁治も、外部の現実への激しい反逆と、自分の内部にうごめくものへの破壊衝動に突き動かされながら、新しいイメージと表現形式を模索していた。

彼らは思想というよりむしろ気分としてのアナーキズムに近く、自然にアナーキストのグループとも親近感を持つようになる。同時に徐々に社会的関心を深め、文学表現にとどまらず、実生活の上でも、アナーキーな傾向を強めていった。

一九二三年（大正一二）九月一日、繁治は関東大震災を下谷真島町の下宿先で迎えることになる。未曽有の大災害の機に乗じて、日本支配に不満を抱く朝鮮人と、社会主義者の動きを未然に封殺するため、治安当局は朝鮮人と社会主義者が暴動を起こすというデマを伝播させ、デマを信じた民衆の手で、多くの朝鮮人が虐殺された。労働運動家で劇作もしていた平沢計七が習志野騎兵連隊に殺された亀戸事件、アナーキスト大杉栄・野枝夫妻とその甥が憲兵隊長甘粕正彦と部下に虐殺された事件などは、この時起こったものである。

社会主義者に向けられる不穏な視線に危険を感じた繁治は、ひとまず郷里の小豆島に難を逃れ、文学好きな仲間として既に東京で親交のあった黒島伝治に再会した。黒島は上京して文学で身を立てる意思があり、東京の文学状況などを繁治に聞いた。後に黒島は上京して繁治と栄の新婚家庭を訪ね、しばらく厄介になって栄に不快の念を起させるのだが、その下地はこの時に出来たといえよう。

　黒島は五カ村組合立内海実業補習学校に学び、繁治の先輩に当たる。一九二二年七月肺結核のため除隊して郷里の小豆島で療養のかたわら、創作を続けていた。文学好きで同人誌に加わっていた栄と黒島との交流が復活し、黒島を仲介として、繁治と栄は文学青年、文学少女としての文通がはじまった。繁治と栄は遠い親戚関係にあったとはいえ、「村一番の大百姓」の壺井家と、没落して家屋敷も売り、自ら船頭として運送業を営む岩井家では家格が違いすぎ、常識的には結婚の可能性は薄かった。繁治と栄はいわば東京で自由結婚を敢行したのであり、二人を結びつけたものは、同郷の親愛感ばかりでなく、互いに文学好きな資質がしからしめたと想像できる。世俗の常識と慣習を踏み破る理想や価値を、文学を通じて求めるという志、そうした共通の志を、互いに漠然とながら感じていたことが、大きく影響したのではないか。もっとも繁治の求める文学の理想と、栄のそれとは、当時かなり隔たりがあったが、この時期の栄はもちろん、繁治さえそれを認識していたかどうか、疑わしい。

　震災後、繁治は上京し、一九二四年（大正一三）一〇月、『赤と黒』の後身ともいうべき『ダム・ダム』が創刊された。同人は『赤と黒』時代からの萩原恭次郎、岡本潤、繁治などが加わった。

繁治たちは、本郷肴町にあった本屋兼レストラン・南天堂で『赤と黒』の展覧会を開き（展示は直ちに弾圧されて雑誌もろとも没収されたが）、その後もこの店は、展覧会を開いたり、しょっちゅう仲間と酒を飲んで気炎を上げたりする詩人たちのたまり場となった。そのほとんどがアナーキスト、あるいはそれに近い思想傾向の詩人や作家とその卵たちであった。

南天堂の常連に詩人の林芙美子と友谷静栄がいた。後に世田谷区太子堂で新婚時代を送る壺井栄と親しく付き合い、終生、親密な信頼関係が続いた林芙美子と栄との結びつきは、ここに胚胎していたわけである。

勢い込んで発刊した雑誌『ダム・ダム』も創刊号のみで終刊となった。これは繁治とその仲間たちの陥った精神状況を象徴的に示している。彼らはアナーキストとしてふるまい、他からもそう見なされていたが、内実はむしろニヒリスティックであり、権力の抑圧に不満を持ちながら、状況を変革する方向性をもたず、一切の建設的行動を軽蔑していた。それでいて現実への批判を文学として表現するだけの自己には、飽き足らなかった。

この傾向を突き詰めれば、政治的に過激な行動か、自己破滅しかないという危うい淵に立っていたわけで、この状況で繁治が壺井栄と結びついたことは、あたかも自分自身を危機的な淵から救いあげるための命綱のような役割を果たした。生の方向性において、彼らのニヒリズムとは対極的な存在が、壺井栄という女性だったからである。彼らの観念性とは異なり、現実を直視する眼、あくまでも実生活の具体的な日常から遊離しない生活者的感性、生命そのものを愛し、尊重する向日性。ニヒリズムと対極にある栄の資質を繁治は無意識に見抜き、命綱としてつかみ取ったのではないか。

2　伴侶として選ぶ

小豆島の栄のもとに、繁治から一通の手紙が舞い込んだ。「一度遊びにきませんか」という誘いに乗って栄は役場を退職し、僅かな荷物を持って上京した。この辺の経過は、繁治と栄とではかなり説明に隔たりがある。栄はある時は、「上京でもしましたらお寄り下さい――の転居通知をかねた手紙に誘われて、正月遊びに『上京してお寄り』したのが千葉県の銚子の日昇館という海辺の、海水浴客のための宿でした。」（「わが青春時代」一九六三・一二）と書き、ある時は「私は正直に生きることを考え、精神の支えを求めて上京した。結婚するのが目的であったが、招かれて千葉県銚子まで訪ねていくと、壺井繁治は一人ではなく、大勢の友だちと一しょに暮らしていた」（「野そだちの青春」一九五五・一）と書いている。「大正十四年いよいよ思いかなって上京し、壺井繁治と結婚したのが二月二十日」（「小さな自叙伝」一九四一・一一）ともあるから、栄は結婚の意志を持って上京し、繁治を訪ねたというのが事実に近いだろう。

繁治とは幼馴染で、黒島を通じて文学仲間として知り合い、『ダム・ダム』が創刊された時は定期購読を頼まれて三カ月分の誌代を送った。雑誌は送られてきたが、「ちんぷんかんぷん」で全く理解できなかったという（「野そだちの青春」）。淡白な友人関係にすぎなかった繁治の何気ない誘いに乗って、栄が村役場を退職してまで上京した思い切りの良さは、どこから来たものだろうか。小学校の教員並みの月給三〇円の俸給を棒に振ってまで上京させた魅力が、繁治にあったということだろうか。

おそらくそうではあるまい。栄も繁治もくりかえし語っているように、二人は恋愛関係にはなかった。それまでに栄は、激しい恋愛と失恋を経験している。二一歳の時、村役場に勤務していた栄は、小豆島に写生旅行に来ていた画家志望の若者・大塚克三と恋愛した。大塚の生家は大阪の芝居茶屋「三亀」で、まだ自活する力を持たない大塚は、結婚の意思表示を明確にしなかった。自伝的短篇「昔の唄」（一九四二・一）から推測すれば、栄も、彼が承知なら大阪へ飛び出すつもりでいたが、消極的な男の態度に二の足を踏み、家出を思いとどまったようだ。大塚は後に舞台装置家として大成した。

この時、栄の家出を押しとどめた理由の一つに、一家の経済を支える中心としての栄の立場があった。村役場や郵便局などに勤務し、脊椎カリエスの療養のため一時退職はするものの、まじめで有能な勤務ぶりが買われて、月給も次第に上がり、上京した頃は月給三〇円にまでなっていた。いわば家族にとって栄は大事な稼ぎ手であった。こうした状況で家を捨てて東京で結婚することは、かなりの勇気がいることだったに違いない。大塚を追って大阪に家出するのは断念した栄だが、繁治の「転居通知」のような手紙に誘われ、退職していわば背水の陣で上京を決意したのは、なぜだろう。その間に栄の心境の変化をもたらす何かがあった、とは考えられないだろうか。

繁治の側にも、栄を迎えてただちにプロポーズ、というのはちょっと唐突な感がある。郷里の職を投げうって上京したことを知って、栄の側に結婚の意思があると繁治は気付いたというが、それにしても急転直下のプロポーズである。

一九二三年九月、震災後の不穏な状況から逃れて、繁治が小豆島に帰島した際、黒島との交流の復活と同時に栄とも何らかの交流があったのではないか。『激流の魚・壺井繁治自伝』（以下『激流の魚』と略）の詳細な記述にもその間のことが全く記されていないが、意図的に隠されたことがあったかもしれない。こんな憶測も可能であろう。というのは、栄の自伝的小説「歌」には、この頃繁治が上京の旅費として二〇円、栄に借りたことが記されているからだ。主人公茂緒（栄）は貯金をおろして繁治に渡し、そのことで母に責められても、ひるまなかった。他の作品にもこの一件は描かれている。「歌」は連作小説『風』の一部で、いくらかフィクションも交えているが、おおむね自伝的事実に基づいている。おそらくこうしたいきさつがあったため、繁治からの誘いの手紙にすばやく応じたのではないか。

それはさておき、銚子の日昇館に集まった『ダム・ダム』とその周辺の仲間は男五人に女一人、女性は平林たい子で、当時飯田徳太郎の恋人であった。下宿料滞納で追い出された繁治をはじめ、それぞれに心機一転、芸術上、生活上の変革を必要としていた。『ダム・ダム』は創刊号だけで廃刊に追い込まれ、経済的にもゆき詰まっていた。たまたま銚子の警察署長の息子だった飯田徳太郎の斡旋で、共同で安く借りた貸別荘が日昇館だった。ここで皆で原稿を書くはずだったが誰も書かず、金もなく、食料は底をつき皆飢えていた。

こうした時に訪ねてきてさっそく食事を用意してくれた栄は、彼らの急場を救った「天国からの使」（『激流の魚』）のように見えた。

第1節で述べたように繁治は詩人としての生活を立て直そうと考え、いわば転機を摑むきっかけとして栄を選んだ。恋愛感情とは異なるにしても、お互いに人生の伴侶として求め合う機が熟していたわけである。

3　転機としての結婚

銚子から帰ると栄は、繁治と二人で借家探しをして歩いた。ようやく見つけたのが、豊多摩郡世田谷町字三宿一九六番地（現在の世田谷区三宿町）にある新築二軒長屋であった。「小さな川を渡った突き当り」には騎兵連隊の広い敷地があり、近くには世田谷中学もある。一九二五年（大正一四）二月二〇日、二人はここで初めて新婚の夢を結ぶ。以後、この日は二人の結婚記念日となった。栄は二五歳になっていた。この後の革命運動とともに悪戦苦闘した栄たちは、家賃が払えず追い立てを喰ったりもして、「一五、六年の間に」「十五回の転居をしている」（「古び果てたわが家―よみがえる若き日の「転々」の跡」一九六二・八・三一　東京新聞）。

栄は親戚に預けたトランクを引き取り、中身の着物はすぐさま質屋行きとなった。布団も貸蒲団屋から借り、栄は何をするにも金がいるが、金があればなんでも間に合う東京の生活に、眼をみはる思いをする。家具も何もなく、トランクが卓袱台代りという、生活だった。

やがて二人は、前と同じく騎兵連隊に隣接する太子堂九三番地の新築の借家（現在の世田谷区太子堂）に移り、ここへ野村吉哉と林芙美子の夫婦、さらに飯田徳太郎と平林たい子の夫婦が引っ越してきて、三組の男女は親しく行き来するようになる。夫婦喧嘩も仲直りも、すべて筒抜けの長屋暮らしであった。野村も飯田もほとんど収入が無く、芙美子もたい子も新宿のカフェーの女給勤めをして生活を支え、男の暴力と暴言に耐えていた。それをつぶさに観察しながら、栄は不当に抑圧される女の立場に疑問と怒りを覚えるようになる。

しかし、芙美子は文学に賭ける激しい情熱を抱いて盛んに詩を書き、一九二四年頃から、社会主義系の文学雑誌『文藝戦線』に詩「女工の唄へる」、「夜があけた」を発表して、その才能の片鱗を表していた。たい子も一九二五年には「婦人作家よ、娼婦よ」という、男性優位社会への鮮烈な抗議を突き付けるエッセイを発表していた。栄はこの二人から見てあくまでも繁治の「奥さん」であり、栄自身も、男と対等に議論するモノ書きの「偉い女」に畏敬の念を以て接していた。破天荒な貧乏暮らしの切り抜け方でも、二人の女は栄の先輩格であった。貧乏のどん底でも、彼女たちは乏しい食料を融通しあい、「ビスケットを五粒」芙美子から分けてもらって食べたおいしさを記憶しているという（「栄養失調」一九五八・一二）。

一文無しでも苦にしない、借金だらけでも落ち込まない芙美子の型破りの明るさは、栄を驚かせ、それまでに身に付けた着実な生活者の律儀さを、相対化する眼を持つようになる。しかし、彼女たちの仲間のアナーキストたちの、倫理を破り捨てた男女関係の放埒さと、男性の女性差別に基づく理不尽な暴力には、激しい嫌悪感を抱いた。彼らの破壊的、自己破滅的ニヒリズムに共感することは出来なかったし、額に汗して労働することを「資本への奴隷的奉仕」として軽蔑する思想にも、ついていけなかった。幼いころから、労働は栄の身に付いた行動倫理ともいうべきものだったからである。

栄との結婚を機に生活面の立て直しを図った繁治は、電報通信社勤務の友人川合仁（後に学芸通信社社長）の世話で、講演会の報告記事やインタビュー記事をまとめて原稿にするという仕事をもらい、原稿料一枚につき五〇銭の定収入を得るようになった。栄も同じ川合の世話で筆耕の仕事をもらった。それは、地方新聞の小説をカーボン紙をあててコピーする仕事で、徳田秋声などの小説を筆写した。こうしたアルバイトをしていても、栄は「自分と文学とを結び付けようなどとは夢にも」（「小さな自叙伝」）考えなかったと後に回想している。しかしこの言葉は額面通りには受け取れない。鷲只雄作成の年譜によれば一九二〇年、二一歳の頃まで、栄は同人誌『白壺』に加わり、創作活動を続けていた。厳しい勤務のかたわら、貧困の中で作品を書き続けることは、なまやさしい覚悟で出来ることではない。

結婚して間もなく、偶然の重なりによって、栄夫婦は姪の真澄を引き取ることになった。栄の次妹スエは東京築地の樽問屋の息子と結婚したが、真澄を産んで間もなく死んだ。赤子はすぐ栄の実家に引き取られ、栄が母親代わりになって育てた。栄の上京後は、母アサが育てていたが、一九二五年（大正一四）、一二月、その母も病没した。育てる者のいなくなった真澄を、栄はすぐさま背負い、引き取って育てることにする。繁治にはいわば事後承諾の形だった。事情を聴いて繁治も納得したという。以後真澄は二人の養女として育つことになる。

4　アナーキズムからの離脱

栄と繁治が結婚した一九二五年（大正一四）前後、周囲の社会状況、文学状況は激しい変化と展開とを見せていた。繁治の文学的出発がアナーキズムへの激烈な共感に基づくものであったため、その後の彼の思想と文学の発展もアナーキストの仲間と無関係ではいられなかった。

一方、アナーキズムと対立するマルクス主義を支柱とする政治的・社会的動きも、この頃から活発化した。共産党再建の動きは次第に具体化し、一九二五年八月、共産党グループの結成、さらに九月には合法的機関誌『無産者新聞』が発行され、思想的・文学的集団の間にも、労働運動の現場にも、無視できぬ影響力を発揮するようになった。

初めはアナ系（アナーキズム）、ボル系（マルクス主義）などを含めた幅広いプロレタリア文学者の団体だったプロレタリア文藝連盟から、アナーキスト系文学者が分離し、一九二七年（昭和二）一月、あらたに繁治主導でアナーキズム系文芸誌『文芸解放』が創刊された（発行所は繁治の自宅で東京市外世田谷町代田三二八番地）。この時まだ繁治は、内心の動揺はともかく、行動としてはアナーキズムの立場を示していたが、次第に状況変革を現実的に考えるようになると、未来への実践的展望に欠けるアナーキズムの夢想に疑問を感じるようになる。

理論以上にアナーキストへの幻滅を誘ったのは、「リャク」と称する企業へのゆすりまがいの行為であった。現代の総会屋のように、企業はアナーキストや右翼に脅されるのが嫌で、少々の金ですむことならと、彼らに金を渡すのが、慣習になっていた。実際「リャク」に参加してみて、繁治のアナーキストへの疑問は決定的になった。

繁治のアナーキズム批判が『文芸解放』の仲間やその周辺に反発を呼び、「裏切り者」よばわりさえされて、一九二七年一二月五日、ついにリンチ事件にまで至る。仲間の中に、過激な黒色青年連盟に通じる者がいて、仲間との会議の最中、彼らに殴りこみをかけられた。逃げ遅れた繁治は、ステッキや棒杭、棍棒などで殴られ、左腕の骨にひびが入るほどの暴行を受けた。仲間の一人、萩原恭次郎の肩にすがってやっとの思いで帰宅した繁治を見て、栄は仰天した。

Hと、もう一人若い詩人のKがひとりの男を両腕から抱えるようにして横むけに入ってきた。男は両腕をHとKの肩にかけている。酔っぱらいとは様子がちがっていた。（中略）声が出なかった。彼女は、はだしのまま飛びおりて、修造の靴のひもを解いた。見あげると、彼の顔は彼とも思えぬほど形を変えている。ものもいえないらしい。（中略）修造ははじめてうめき声をあげた。明かるい座敷に寝かせると、彼の顔はいびつな五角か七角のように見えた。

（「風」全集第六巻）

のちに栄は自伝的小説「風」（一九五四・一一）に、この時の情景をこのように再現している。Hは『文芸解放』の同人・萩原恭次郎、Kは同人の金井新作であろう。この時の暴行で、繁治は左腕骨折ほか全身に重傷を負った。しかし暴行を受けたことで、アナーキズムからの離脱の決意は、かえって強固になったとみられる。伊藤信吉はアナーキストの暴力の危険にさらされた経験から「暴力にみまわれると、人間の決断というものはいっそうはっきりと固まる」し、それは壺井繁治の場合も同様だったと、述べている（『逆流の中の歌』一九六三・一一・二〇　七曜社）。

当時栄たちは「文芸解放」創刊当時、発行事務所を兼ねていた借家――市外世田谷町代田から府下荏原郡若林五二七に移り、事務所もここに移転していた。しかしアナーキズムからの離脱は同時にこの雑誌からの離脱も意味し、栄たちは暴力事件の直後、一九二八年一月にここを引き払った。

栄は、最初からアナーキズムに共感していたわけではなく、貧困の中で、階級格差を漠然と感じ取り、貧しい者の味方として素朴な認識で繁治の思想を理解しようとしていたのだから、アナーキズムのラディカルな側面に共感せよという方が無理だったろう。最も我慢ならなかったのは、彼らが資本主義社会に組み込まれた労働を軽蔑し、「人の懐をあてにして」（「風」）いることだった。夫の受けた暴力行為は、彼らへの不信感を決定的にした。

この頃、林芙美子夫婦、平林たい子夫婦はそれぞれ離別し、太子堂の栄たちの家の隣から引っ越していった。この頃は家賃が払えないため、短い時は一～二年の周期で引っ越しを繰り返している。

5 二人の妹

アナーキストと決別した後心機一転を図り、一九二八年（昭和三）一月頃、繁治・栄夫婦と真澄、さらに栄の妹シン、貞枝とともに東京府下代々幡町幡ヶ谷三五六の貸家に転居した。この家は京王線初台駅に近く、三部屋ある平屋で狭いながら庭もあった。

妹二人を引き取ったのは、一九二六年（大正一五）三月末、母の死後まもない頃のことである。シンは下から二番目の妹、貞枝は末妹である。母を失った打撃を姉妹三人、身を寄せ合うことで乗り越えようという栄の意図から出たものと、栄は暗に述べている。なぜなら「渋谷道玄坂」（一九四七・五）はこの時期の栄の身辺を題材とした小説であるが、作中に、栄とおぼしき主人公ミネのこんな言葉があるからだ。

その当時、母に死なれた傷心を姉妹よりそって一つ屋根の下に暮らすことで立ち上ろうと、ミネに呼びよせられて閑子と千枝はやってきたのだった。

しかし「母に死なれた傷心」という表現は背後に微妙なものを隠しているようだ。母アサは一九一五年一二月から一〇年間中風のため半身不随であったため、栄の結婚後は二人の妹たちが家事と母の世話を担当していた。母の死への嘆きは真実のものだったにしても、結果として妹たちは家から解放され、上京する条件が出来たことになる。栄は妹たちを東京で進学させ、彼女らの自活をめざす目的もあって、上京させたのではないか。「閑子の方は二年たてば卒業し、郷里の学校に勤める手はずも出来ていた」とあるのが、事実を踏まえているとすれば、着々と計画を実行する一つのステップとしての上京だったはずである。

こうして、シンは三田の戸板裁縫学校中等教員養成科に、貞枝は常盤松高等女学校に入学した。後に貞枝はここから県立小豆島女学校に転じた。

二人の妹の学費は、神戸にいる姉ヨリから送られてきたが、家族が増えた分の家計負担は、繁治の乏しい月給と栄の筆耕のアルバイトで賄われた。シンは裁縫学校卒業後、郷里の女学校の裁縫教師となり、父と暮らしながら四〇歳まで小豆島で過ごした。シンの最初の結婚と離婚のてんまつは戦後「妻の座」（一九四七・七〜一一、一九二九・二〜四、七）に描かれることになる。貞枝は繁治の姉リエの婚家先・戎居家の息子仁平治と恋愛し、周囲の反対を押し切って結婚した。貞枝の娘は先天性白内障で、何とか視力を回復させようとする彼女の悩みと苦闘は、「大根の葉」（一九三八・九）につぶさに描かれている。

6　ナップへの参加と弾圧の嵐

アナーキズムからマルキシズムに転じた繁治は、一九二八年二月、三好十郎、高見順、上田進、江森盛弥、坂井徳三、新田潤らと左翼芸術同盟を結成、事務所を繁治宅において、マルキシズムの立場を鮮明にした。さらに思想弾圧に抵抗するため、左翼芸術運動の統一の機運の高まりとともに、ジャンルを横断する全国的統一組織「全日本無産者芸術連盟」（ナップ）が結成され、繁治たちのグループもこれに加盟した。一九二八年四月二八日のことである。

繁治は「ナップ」への参加を通じて評議会系の左翼組合の労働運動にものめり込んでいき、一九三一年八月下旬、非合法の共産党にも入党した。同時に詩を書く時間も無くなり、組合活動に献身するようになる。幡ケ谷の家の近くには評議会系の関東金属労働組合代々幡支部があって、栄たちの家は組合の若い活動家が常時出入りして、あたかも組合専属の食堂のようなありさまであった。栄はおなかをすかせた金のない連中のために、家に来ればご飯を食べさせてやったので、一時は一カ月八斗（一二〇kg）の米を炊いたほどである（「空」一九五四・一二）。そればかりでなく、繁治とともに警察に拘留された組合活動家がひさしぶりに出所してくると、皆の下着を脱がせてすぐさま洗濯した。「千九百二十年代に壺井の家をはじめて訪ねるようになってから、」どれだけ栄さんに『ご馳走の苦労』をさせたことか」「警察のぶた箱からもらってきたしらみのついた下着まで洗濯してもらった」（「手紙四つ」『回想の壺井栄』）と当時を回想した高橋勝之の言もある。いわば革命運動のシャドウワークを一手に引き受けていたわけである。

そのかたわらほとんど収入のない繁治に代わって家計を支えるため、栄は一九二八年一月ごろから浅草橋近くの時計問屋・小川商店に記帳係として勤める。

当時繁治は、「第二無産者新聞」の支局を担当していた。「第二無産者新聞」は「無産者新聞」の後身で一九二九年九月に創刊されたが、三・一五事件以後、弾圧は一層厳しく、相次ぐ発禁で、七年三月、終刊となった。繁治の家が「第二無産者新聞」の支局になったということは、栄ともども、革命運動に全身を打ち込む活動に参加したことを意味する。支局には読者名簿もあり、これが警察の手に渡ることは、即読者の一斉逮捕につながる。繁治夫妻は命がけでこの名簿を守る責任があったのである。

そうしたところへ、一九二九年四月一六日朝、共産党とその同調者に対する全国一斉検挙があった。いわゆる四・一六事件で、この時起訴された者は三三九名。前年の三・一五事件とあいまって、共産党は壊滅的打撃をうけた。ただしこのとき繁治はまだ入党はしていなかった。繁治の入党は一九三一年八月である。

特高刑事たちに踏み込まれた繁治は、わずかなすきに便所に行くふりをして逃走し、栄は繁治の行方を問い詰められて殴られたが、いっさい知らないと言ってその場は切り抜けた。仲間と連絡をとってから隠れ家で潜んでいた繁治は、警察に発見されて代々木署に拘留された。この時、栄はとっさの機転で、読者名簿を隠した。

こうした修羅場を経て、「難しい議論は解らない」と言っていた栄の中にも国家権力の凶暴さに対する憤怒と、それに対決する強靭さが徐々に醸成されていった。

二九日の拘留期間が切れ、共産党員であるという自白を得られなかった警察は繁治を釈放した。警察で消耗した体力の回復のため、栄、真澄とともに小豆島に帰郷し、栄の実家に滞在。この時繁治は香川県の農民運動の現状をルポした「香川をあるく」を『戦旗』（一九二九・一二）に発表した。

7　『戦旗』との関わり

一九二七年一一月当時、プロレタリア芸術運動は「日本プロレタリア芸術連盟（プロ藝）」、「労農芸術家連盟（労藝）」、「前衛芸術家同盟（前藝）」のいわゆる三派鼎立の時代を迎えていた。「プロ藝」と「前芸」はともに労農党および非合法の共産党を支持し、一九二八年の「全日本無産者芸術連盟（ナップ）」の結成に際し合同した。「労藝」は一般に社会民主主義者の集まりと見なされ、共産党とは一線を画し、社会主義グループの労農派を支持していた。一九二八年二月、ナップに所属する日本プロレタリア作家同盟創立に際し、藤森成吉委員長の下、壺井繁治は常任委員に加わった。創刊当初『戦旗』の発行部数は七〇〇〇部、一年後には一万六〇〇〇部、一九三〇年には二万部に増大された（山田清三郎『プロレタリア文学史』上下）。

知識人だけではなく広範な労働者の間に爆発的に支持が増えていったことが、これらの数字からも解る。こうした情勢のなかで、『戦旗』の発行と経営の仕事を繁治に引き受けてもらうことになり、中野重治と宮木喜久雄が繁治の内諾を得るため幡ヶ谷の家を訪れた。中野たち三人の話に栄は一言も口をはさまなかったが、繁治は引き受けるにあたって栄にも相談をしている。

この頃繁治は、時間的余裕も、内発的創造意欲も減退し、次第に詩が書けなくなっていったが、それでも一九二九年版の年刊『プロレタリア詩集』（ナップ刊）に詩を掲載している。

一九二八年当時、階級闘争の渦中における栄の活動ぶりを伝えるグラビアがある。五月一日発行の『アサヒグラフ』の「帝都二万の大衆メーデーに挙がる意気」という記事にある、「帯留で鉢巻をした参加女性」のやや後ろ横向きの写真である。帯留めで鉢巻をするというところがいかにも栄らしい。機智溢れる生活の知恵であるが、なんという天衣無縫なおおらかさであろう。

8　戦旗社での活躍と女同士の連帯

一九二九年から三二年までの四年間に、繁治は四回刑務所に入っている。一九三〇年夏は共産党への資金提供、その後は戦旗社での活動、および共産党員である容疑のためであった。一九三二年三月、コップ（日本プロレタリア文化連盟）への大弾圧によって中野重治、窪川鶴次郎らとともに逮捕された繁治は、これまでで最も長期間服役することになる。ちなみに一九三一年から三四年にかけて、コップの活動家で治安維持法により検束、拘留されたものは数しれず、収監されたものに限っても六七名にのぼった（『プロレタリア文学風土記』）。

その間、栄は貧しい中から差し入れと面会を行い、いずれも夫が獄中にいるという共通の立場から、佐多（当時は窪川）稲子（夫は窪川鶴次郎）、井汲花子（夫は後に経済学者・井汲卓一）らと親密な関係になる。

井汲花子は、井汲卓一が日本大学ドイツ語講師のかたわら革命運動に参加するに伴い、闘争の影響で普選における労農党の選挙応援、消費者組合運動に関わり、落合消費組合の設立メンバーとなった。一九三〇年四月、卓一が刑務所に廻されたので、戦旗社事務所で働くようになる。彼女は長女・阿佐子を消費組合員の岩本錦子の家で預かってもらった。後にこの岩本とは栄も家族同様の付き合いをするようになる。

『戦旗』が労働者や知識人の支持を集め、ぐんぐん発行部数を伸ばすと同時に、治安当局の弾圧も激烈となり、発禁に次ぐ発禁となる。一九二九年以降は、ほとんど隔月で発禁をくらって改訂版を出すという状況で、まともに発行できた号のほうが少ないありさまであった。『戦旗』の発行所・戦旗社の事務員として栄が働き始めたのは、いわば繁治のピンチヒッターとしてであったが、そこで栄は優れた事務能力を発揮するとともに、弾圧に抗して、持ち場における役割を果たすという使命感・責任感をも鍛えていった。

これより以前、一九二九年一〇月頃から『戦旗』の発行・経営担当として専従の形で繁治が働くようになり、栄も彼の仕事を手伝うため、時計屋の勤めは辞めていた。一九三〇年八月一六日、治安維持法違反容疑で繁治は代々幡署に逮捕され、翌年二月、いったん保釈となる。しかし、繁治は、ナップ傘下のナルプ（プロレタリア作家同盟）中央常任委員、同じく東京支部執行委員長、コップ（日本プロレタリア文化連盟）出版所長と活動の場を広げ、一九三一年九月からは共産党に入党した。宮本顕治と連絡をとり、党の文化政策（たとえば帝国主義戦争およびファシズムに対する闘争を創作内容に表現する、というような）をナルプ内部に浸透させるように努力したわけである。上落合の壺井宅で党フラクションの会議がもたれたこともあった（戎居研造からの筆者聞き書き）。まもなく党員としての容疑により、繁治は一九三二年三月二五日に検挙され、豊多摩刑務所（当時は府下野方町新井）に収監された。

繁治の度重なる検挙によって、栄の一家はたちまち生活に困窮した。やむなく栄は、繁治に代わって一九三〇年一〇月初めから戦旗社で働き、少なくとも二〇円程度の給料（全集収録書簡一九三〇・一二・一三）を得るようになった。栄より以前から戦旗社で働いていた井汲花子とともに、経営部の雑務は女ふたりだけで支えた。初めは編集部に上野壮夫、猪野省三などがいて、栄たちを助けたが、まもなく彼らは検挙されたり、非合法活動のため出社できなくなった。

栄と井汲花子は、弾圧の網の目をくぐって発行・発送の任務を背負うという経験さえ味わった。発送先の宛名書きにとどまらず、発禁処分をくらう前に発送してしまうという離れ業をやってのけることも、しばしばだった。雑誌は刷り上がったら、出来るかぎり迅速に支局に発送しなければならない。製本所は秘密であり、しかも数カ所に分散された。差押えの被害を最小限に食い止めるためである。手分けして駅と郵便局とあちこちにわけて走り回った。「荷物が大体東京を離れたと思う頃、今度は自分たちで都内の主だった本屋」（井汲花子「昭和初期の私」一九八二・二）をまわった。栄はこういうときも昔郵便局や役場で働いた経験を生かして「大変機転のきく働き手」（前掲書）だった。

荷作りは製本屋の二階だったり、奥の間を借りたりした。栄は荷作りが大変上手だった。「窓口にシンパらしい人がいて気をきかせて貰った時などはとても嬉しく、そんな話はみんなを勇気づけ」（前掲書）た。『戦旗』のシンパは新宿の中村屋にもその隣の乾魚屋の近江屋にもいて、栄や井汲が買い物をすると、支払った金額以上の品物が包んであったりした。

二人は資金集めにも奔走し、大宅壮一から五〇円、夏目漱石夫人鏡子から二〇円などを筆頭に寄付を仰いだ。一九三〇年頃まではまだ、戦旗社は大手の取次店を通して書店に出していたので、そちらからの売り上げもあった。しかし、翌年頃から取次を通すことも困難になっていった。

9　強まる夫婦の絆

井汲花子とは夫が獄中にあるという共通の立場で、面会や差し入れの苦労もともに味わって、親密さが増したが、栄にとってこの時の体験は最初の大きな試練だった。

栄から繁治宛の手紙には、いつ保釈になるか解らぬ不安、夫不在の寂しさ、差し入れを充分に出来ぬすまなさ、経済的不如意などが綿々と綴られている。

「他の人はずい分いろんな差し入れをしているようです。私の方だけ充分のことが出来ないのが悲しくなりました。どうしてうちだけこんなに困るのだろうと思ったりするのですが、貴方は、きっとそれに対して分かってくれると思います」（一九三〇・九・二四　書簡は全て全集第12巻より引用）と窮状を訴える一方、次の手紙では自分で自分を励まし、戦旗社から従来通り二〇円の給料が出ることになったので、「十円くらいは」差し入れが出来ると書き、「どんどん必要なものを要求してください。出来る限りの事はしたいと思っています。」と健気な態度を見せる。また時には、繁治から手紙が来ないので、「あんたは、書いて書けない筈はないと思うのに、どうして手紙をくれないのです」「あんたの次の便りが来るまで、絶対に面会にも差し入れにも、そうして手紙も書くまいと思う」（一九三〇・一〇・九）と恨み事をぶつけるかと思えば、「あまりシャクにさわって、実にヒステリックな手紙を書いたことを、先ずあやまります」（同年・一〇・一〇）と反省して見せたりする。混乱し、動揺して普段の泰然自若として包容力のある栄とはかけ離れた姿がうかがわれ、生々しささえ感じさせる。

しかし、獄中生活が長引くにつれ、かえって覚悟が座ったように見え、夫へのいたわりと落ち着きが目立ってくるようである。言いたいことが充分言えるわけではないにもかかわらず、夫からの手紙は嬉しく、何時間も繰り返し読み、自分の苦労を慰めてくれると語り、率直な愛情が流露している。

また「この頃は昼夜兼行の忙しさ」で「私は何もわからないけれど、どこまでも正しくゆき度い」という言葉は、繁治を転向＝変節から守り、自分とともに夫をも励ましているようにも取れる。しかし、「一札や二札入れても、保釈になるほうがいい」（擬装転向の勧めか）という仲間の言葉を、次の手紙（昭和五・一〇・四）ではあわてて取り消している点など、自分自身の確固たる判断に基づいて夫の転向問題を考えているとは思えない。周囲の人間（ナップなどの組織の上層部）の指示に従うつもりだったようである。

たとえば同時期の宮本（中条）百合子は無論のこと、佐多稲子と比べてさえ、プロレタリア陣営の指導者としての使命感は、薄いように見える。おそらく、佐多は文学者として大衆を指導する立場にあると云う自覚を持っていたのに対し、栄にはそれが皆無であり、むしろ自分自身が大衆であるという認識を持っていた。こうした立場の違いからくるものであろう。栄の胸中にあったのは、繁治の転向を防ぐという意図ではなく、繁治から見て恥ずかしくない「プロ文士の妻」でありたいという願望だったのではないか。いわば女房的健気さである。繁治宛獄中書簡の次のような言葉は、それを物語っている。

あなたは私をほめてくれるでしょう。あなたの栄は一歩もゆずる事なくあなたの道を真っ直ぐに歩いている。こんなに離されていても、私はあなたと共にある確信をもっています。

（一九三二・八・二四）

繁治は最初の検挙では一九三一年四月に保釈で出るが、翌年三月二四日、コップへの大弾圧により中野重治、窪川鶴次郎らとともに再び検挙された。以後約二年間、獄中生活を送ることになる。繁治保釈後まもなく、栄たちは住まいを代々木から、プロレタリア作家同盟に近い上落合に移した。ここで井汲家と隣同士となり、再び夫を刑務所にとられた後は、同じ立場の妻同士として、姉妹同様な付き合いとなった。お互いに子供を預けあい、ご飯も食べさせるという風に気兼ねも気取りもなしに助け合う関係を築いたのである。

10　組織の壊滅

一九三一年一一月、ナップからコップへの組織的大変換があり、翌年初めにかけて『プロレタリア文化』『大衆の友』『働く婦人』の三誌が創刊され、コップ出版所長は繁治、編集責任者は宮本百合子、編集実務は栄、戸台俊一、井汲花子、今野大力が担当した。新事務所は神田美土代町の小川ビルにあった。しかしこの事務所はまもなく警察の執拗な監視と検束の危機にさらされ、一九三二年三月二四日、ついにコップへの大弾圧により、繁治や中野重治、窪川鶴次郎など多数が投獄された。栄や井汲花子は夫や仲間への救援活動とともに、人手の少なくなったコップでも、出版・発送の実務を担当し、睡眠三時間というような激務をこなす日常となった。活動も次第に退潮に向かう時期に、一九三三年五月号の『大衆の友』が出版される予定だったが、これが製本中に警察に押収された。井汲花子は警視庁に連行され、印刷の紙型のありかを追及されたが、「私は栄さんがきっといい具合にかくしてくれていることと安心して」（井汲花子）いた。警視庁から釈放された井汲に、「案の定、栄さんは紙型を出して見せてくれました」と回想している。弾圧の危機を潜り抜ける栄の機転と行動力が、仲間から深く信頼されていたことが、うかがえるエピソードであろう。

戦旗社、さらにコップにおける壺井栄の活動ぶりを見ると、夫を警察に取られて途方に暮れ、小豆島に帰ろうとさえした「ただの家庭の女」（「稲子さんのこと」一九三九・五『文芸』）だった栄が、困難な状況に立ち向かうにつれて、次第に鍛えられていき、一九三一年には『戦旗』の事務所を栄宅（代々木六一八）に移し、発行を死守するまでになる。夫に従って運動に付いていくのではなく、自分の意志によって運動の縁の下の活動を続けていくまでに至る、めざましい意識の変化が生じたのである。相次ぐ弾圧で書類などが押収された事務所で、栄と井汲花子は「戦旗社の合法性を維持する立前から毎日出勤しては四谷署の刑事とわたり合ったり」した。「何としてでも戦旗を出したいと頑張っ」て発送事務をこなし、栄は「臨機応変」に「難関をのりこえた」（井汲花子「戦旗社時代の思い出」『回想の壺井栄』）という。

第三章　作家としての出発

1　繁治の転向と出所

一九三四年五月に繁治は「共産主義運動から一切手を引くという条件の下に」（『激流の魚』）保釈となる。すでに日本プロレタリア文化連盟（コップ）は弾圧により壊滅し、作家同盟（ナルプ）も同年二月に解散していた。転向した繁治は「共産主義の正しさを信じながらも」「運動からの離脱を誓った」わけで、自身でも「人間的敗北」ととらえて出所してきた。栄はそうした繁治にむかい、肝腎なことでは沈黙を通した。繁治には妻の沈黙が夫の転向を喜んでいないように見えて、「いちばん辛かった」（前掲書）と回想している。この時栄は三四歳になっていた。

この時期の栄夫婦をモデルにした「空」（一九五四・一二）と云う小説がある。修造は繁治、茂緒は栄がモデルである。

修造はさすがにしょんぼりとし、ひょろひょろと蒼白な顔をしてハイヤーの中では脳貧血を起こしたりした。口数も少なくなっていた。そして妻が毎日出かけていっても、夫たちはおとなしく家にこもって、ときどき拘留される妻のところへ、差入れにいかねばならなかった。逆転である。（中略）

あるとき――暗い留置場から急に出された茂緒は、空がまぶしくて十分に目があけられないような感じがして、車をひろった。（中略）

――ああ、わたしも、すこし、やすみたい……。

フィクションではあるが、当時の栄夫婦の実体験をかなり忠実に再現しているだけに、転向後の繁治の無力感と虚無感を表現しているのではないか。また栄の一種脱力感に襲われた心境と、夫の精神的傷痕を微妙にいたわる愛情も示されているようである。

転向後、さっそく栄たち家族は経済的に困窮した。繁治の次兄・伊八は弟に養鶏や農業を勧め、帰郷を促した。いったんはそのつもりで栄夫婦と真澄は帰郷したようだ。出所する直前の繁治宛てに「今度こそは、私たちも小豆島の土地にしがみついて、暮らしましょう」「新しい気持ちで、出発のやり直しです。」（書簡　一九三四・三・一）と栄は書き送っているのである。

しかし繁治たち一家は、小豆島からまもなく引き揚げてしまう。おそらくは何らかの理由で、繁治自身が故郷に留まりたくなかったのであろう。地主の家に生まれ、東京の大学に通って、農業など本格的にしたこともなく、兄の監督下に置かれることも潔しとしなかったのかもしれない。

繁治の母から千円近い金を公判費用としてもらい受け、栄の一家は上京して上落合五百四十九番地に住んだ。隣家には栄と戦旗社時代からの親友だった井汲卓一、花子の一家がいた。

2　習作時代

周知のように、壺井栄が文壇に出るのは「大根の葉」からと見られているが、ではいったいいつ頃から栄は本気で小説を書こうと志したのだろうか。

栄自身は、三五歳の時に書いた「長屋スケッチ」（一九三五・三『進歩』筆名は小島豊子）について触れることはあっても、それ以前に作家になろうなどと思ったことは無いと繰り返し語っている。しかし、プロレタリア文学運動の事務方担当、あるいは逮捕・収監された同志の救援活動に奔走していた三〇歳から三三歳の頃にも、栄はいくつか習作めいたものを書いている。「プロ文士の妻の日記」（一九二九・二『婦女界』筆名はりつ子）、「屍を越えて」（生前未発表、一九三二・一〇・一八脱稿　全集第一巻）などである。

「屍を越えて」は繁治宛書簡によれば「題名はとてつもなく固い」が「内容はセンチ」で、「あなたが外にいたら、いいとか悪いとか云ってくれるでしょうに。」（一九三二・一〇・三一）と書き送っている。

内容は、革命運動の渦中で、三・一五の弾圧のため検挙された義兄とその妻である姉を助けながら、次第に階級意識に目覚め、姉の死後は幼い姉の息子を育てながら犠牲者の救援活動を続ける妹克子を中心に描いている。警察に検束された克子の留守中に、幼い甥は林檎の種まで食べ、その種の毒素のために中毒死してしまう。狂気のようになった克子は、特高刑事の腕をつかんで死んだ甥のそばに引っ張り、「さあ！　どうしてくれます。坊やはあんたたちが殺したのです。たった一時間の調べ、しかもろくでもない事のために、私を二日も検束して、しかも私が何度も何度も頼んだにも拘わらず、かえらせなかったのです。」とかきくどく。作中、唯一迫力を持つのは肉親愛をほとばしらせたこのせりふである。察するに、母を亡くした幼い子供を育てるという設定が、栄の体験に共通するものがあったため、極めて実感込めて描写できるものだったからであろう。

その他の状況説明と、警察権力を糾弾し憎悪する言葉、さらに困難な状況にも希望を失わず民衆の連帯を信じて進む決意の披歴などは、いかにも型どおりのものである。「私たちの肉体はいつかは滅んでゆくし、敵の毒手に斃れることさえもあるけど、私たちの意志を誰が殺すことが出来るでしょう。」というふうに、いかにもプロレタリア文学の定石どおりのせりふが語られる。とはいえ、たとえば一九三二年当時のこの傾向の小説の中に置いた場合、素人の未熟な作品としては見られず、それなりのレベルに達した作品と見られたことは間違いない。このレベルの小説を栄は既に書くことが出来た、ということである。

ただし百合子には、二晩徹夜して四六枚書き飛ばしたと聞いただけで、読む前から「そんなのはホンモノではないと叱られた」（「ものにならんわア」一九五七・一『群像』）ため、生前栄は二度と人前に出すことは無かった。後年栄は「おそろしく公式的な『プロ文学』だったらしい」（前掲作品）と回想しているが、この時の回想では息子と甥とを取り違えており、栄は明らかにこの未発表の小説を読み返してもいない。これは死後、繁治によって発見され、発表された（一九六八・三）。しかし出来栄えはともかく、発表のあてもないのに、徹夜で四六枚書き飛ばすというのは、抑えがたい表現欲が横溢しているということで、小説を書きたいという意欲がこの頃から旺盛だったことが分かる。三三歳の頃の繁治宛書簡（一九三二・九・一）によれば、休養のため、小豆島に帰郷するに際して「本も読もう、『小説』も書いてみよう、なんてたくさんのプランをもってかえったのだけれど」結局、書けなかったとある。また「これから、本当にペンを持って立ちあがろうと思っている私の事、書こうと思っているかずかずのこと」を思い、自分の病気のことなどを考えあわせると涙が出たりする、という言葉もある。

この時期、栄はまさにどん底の状況にあった。繁治は獄中にあり、姪の真澄を抱えて自分はコップ（プロレタリア文化連盟）の雑務を引き受け、逮捕・収監される同志たちの救援活動に奔走していた。金も暇もなく、脊椎を病む持病を抱えて睡眠不足の続く毎日。激しい弾圧の下で未来の革命への見通しも暗く、故郷の壺井家や村人からはアカとして危険視される。わずかな救いは、小豆島に残る二人の妹・シンと貞枝の姉に寄せる愛情と感謝の念、同志の女友達である宮本百合子、佐多稲子（当時は窪川）らと、洋服仕立業の岩本錦子などの友情であった。この窮状打開のため、栄の中で小説を書いて世に出る志が次第に固まっていった。

宮本百合子、佐多稲子、中野鈴子など作家、詩人である女性たちとの付き合いが親密になるにつれ、特に百合子、稲子の熱心な慫慂もあって、最初は童話を、次いで小説を書こうという意思が高まってきた。しかし、状況はなかなか栄が執筆に専念することを許さなかった。

理由の一つは生活費の補助のため、百合子の秘書兼家政婦的役目を担っていたことである。

宮本百合子、佐多稲子という二人の女性作家との付き合いはプロレタリア文学運動時代に始まり、弾圧と組織解体の時期を経て急速に同志的絆へと強まっていった。それに加えて百合子は、一九三四年七月、母葭江の遺稿集『葭の影』の清書のために栄の手伝いを求め、栄はアルバイトのような形で駒込林町の百合子の家に通うことになった。同年五月の出獄以来、定収入の無い繁治に代わって、栄は百合子の秘書兼家政婦的役割を果たすことで、生計を支えていた。

このアルバイトについて沼沢和子は「労力の提供に対する百合子らしい合理的な処理」と評し、百合子にとっての栄は「苦境にあって助けあう女友達と意識されていた」と推定している（全集第九巻月報）。しかし収入だけではなく自己充足を求めて、小説を書いて原稿料を得ることも栄はもくろんでいた。

「月給日」（一九三五・四）はこうした状況で書かれたのである。同じ年の三月、「長屋スケッチ」が小島豊子の筆名で書かれ、これが小説としては第一作となるが、内容的にはまだ習作といっていいだろう。栄の回想では「崖下の家」（「ものにならんわア」）と、どうやら題名も間違えているらしいし、記憶もあいまいである。「野育ち―私の文学修業―」（一九四〇・三）では、「大根の葉」の書かれる以前に「厳密にいえば、その前にたった一つの小さい作品がある」として「月給日」が挙げられているだけで、「長屋スケッチ」の方は全く触れられてもいない。栄の認識としては、小説作品の数にも入らない習作とみなされていたようだ。

ところがともかくも文芸専門の雑誌に「月給日」を発表し、三五歳にして作家として出発しようとしていた矢先、一九三五年五月一〇日、百合子は検挙、その後起訴されて市ヶ谷刑務所で服役したため、以後翌年三月まで栄は面会と差し入れに尽力する日々となった。

「月給日」は百合子の紹介で神近市子主宰の『婦人文藝』に発表された。わずかに杉山平助が匿名（豆戦艦）で「或る程度にまとまつて」いるが、「際立つてぬきん出たものがない」と評した（『東京朝日新聞』一九三五・四・一四）。ともかくも文芸批評家からの初めての批評であり、栄は「ほめられた」と受け取って「うれしくてうれしくて、その切りぬきの一二行を一〇〇ぺんぐらい眺めて悦に入っていた」（「忘れられぬ『豆戦艦』」一九六四・八『群像』）という。

「長屋スケッチ」「月給日」が書かれたのは運動組織も、運動理論もまだ健在だったため、日常身辺を叙述する文体と、プロレタリア文学的社会観・人間観が接合したものとなっている。見どころは日常身辺の叙述の手堅さにあるが、栄の長所ともいうべき人間観察の行き届いたこまやかさは示されていない。いわばプロレタリア文学理論の蔭に隠れて、壺井栄の個性がまだ発揮されていない小説である。

「月給日」は治安維持法違反で起訴され、刑務所にいる夫の留守宅で、時計部品の卸商の記帳係を勤めながら、貧しい家計をやりくりする千代と幼い娘・発子の話である。発子は、いじらしさをそそるイメージで描かれ、子供像の造型に巧みな栄の特色が見られる。しかし、それほど楽しみにした月給日に、ちよの財布は、スリにひったくられてしまう。交番での事情聴取の後、「労働者でも悪いことしる人あんのね。」「そりゃあ、あるさ、だけど、いい人でも仕方がなくて悪い事をする人もあるのよ。」という母子のやりとりが結末に導く。このお説教じみたやりとりはなくもがなの感がある。プロレタリア文学の信念とも無縁で、かといって社会通念を超えた人間性の洞察が示されているわけでもない。どっちつかずである。ここまで積み上げて来た描写のディテイルによって浮かび上がる母子の情愛の効果を台無しにしている。弾圧と貧困にめげずに生きる母子の美しさという作のテーマをあいまいにする結果となっているのだ。このスリに対する批評を「甚だ凡俗『人間』をこんなに簡単に片づけてはいけない」と武野藤介に批評されたのも当然と言えよう。「可もなく不可もなく」（『女性時代』一九三五・五）とかたづけられ、文壇での評価には至らなかった。

3　繁治の背信

しかし、この翌年、一九三六年は三七歳の栄にとって試練の年であった。繁治と、中野重治の妹・鈴子との恋愛事件が発覚したのである。全集年譜一九三六年の事項によれば、五月頃「夫と中野鈴子（重治の妹）の不倫の愛（一〇年夏頃から続いていた）が発覚し、激怒した栄はハリタオスことで身を引かせた」とある。

ちょうど事件の発覚する直前のころ、出獄後二年を経ても立ち直りを見せず、生活上、文学上の行き詰まりを示す繁治の姿が、宮本百合子の鋭い視線により捉えられている。

「繁治さん、何だか落ち付かず。四時半頃帰ってしまった。やつれている。仕事も経済も困難という感じ。見通しを《ママ》しっかり立っていない感じ」（日記　一九三六・一『宮本百合子全集』）と。

事件の要点を述べれば、兄に頼りながらプロレタリア文学運動の中で詩を書いていた中野鈴子は、当時結婚にも数回の恋愛にも挫折し、家族ぐるみの付き合いであった繁治と急速に親交を深め、次第に恋愛に発展した。恋愛が発覚し、二人の関係が真剣な愛情に基づいていると繁治に告げられた時の栄の衝撃は、察するに余りある。

栄は鈴子を「ハリタオス」ことで身を引かせ、鈴子は栄に詫びて二人は別れることになった。重治は鈴子を半ば強制的に郷里の福井の家に帰した。

栄を取り巻く友人関係はすべて旧プロレタリア文学者であり、特に中野と繁治はナップでの活動時代から親密な関係にある同志であった。その中野にとって、この事件はいわば妹の不倫というスキャンダルであり、許すことができないと同時に、隠蔽すべき事柄でもあったに違いない。中野の断固たる事件の処理の仕方がそれを物語っている。事件を知る周囲の人間はみな口を閉ざして語らず、まして公に活字にされることは絶えてなかった。おそらくは中野重治への慮りによって。詳細な事実を詰め込んだ『激流の魚・壺井繁治自伝』でもこの件は全く触れられていない。

それから六〇数年隠蔽され続けたのは、肉親である鈴子のプライバシイを守りたいという中野の意志がはたらいたのであろう。

繁治との関係を断って鈴子を帰郷させるという畏友・中野の意向に、繁治は逆らえなかったに違いないし、中野の決断を助けたのは、「ハリタオ」してでも相手の女性に身を引かせる、という栄の意地と愛情の激しさだったに違いない。

栄はこの事件について、随想、エッセイの類ではけっして語らなかったが、鷺只雄「壺井栄論（13）」（都留文科大学研究紀要第60集）でも指摘された通り、後年「遠い空」（一九四七・四・二二〜七・一六『民報』）、「妻の座」（一九四七・八から四九・七にかけて断続的に掲載）の中では、フィクションを交えて当時の感情や心理をほのめかしている。

この時の栄は、断じて夫を他の女には渡さないと決意していたようだが、それはいわば小豆島から出てきてその後の一〇年間、革命運動の嵐を共に手を携えて乗り切ってきた夫婦の歴史へのゆるぎない愛着の念だろう。一対の男女の結合によってこそ真の幸福が得られるというカップル幻想、または対幻想と言ってもよい。夫婦の歴史への信頼が崩れかけたときだからこそ、相手の女性をはり倒してでも身を引かせ、とにかく夫を取り戻す必要があった。そこから、栄は再出発しようとした。いわばまず形を作って、内実は後から修復していこうとする態度であり、言い変えれば、日々の暮らしが人の意識を、愛情をも形成するという生活者的認識である。では絶対に夫と別れないという決意は、作家として立つこととどう結びついていたか。

栄はこの時、夫婦という対幻想をあらためて再確認するとともに、夫唱婦随という「身についた古さ」（「妻の座」）をかなぐり捨ててしまった。繁治より先に文学者として世に出ることにも遠慮せず、旺盛に仕事をし、文壇から認められることにまっしぐらに邁進する意思を固めたのだろう。作家としての自立と夫婦愛をどちらも手離さず、日々の暮らしを逞しく解決すること。その意思を百合子や佐多稲子も感じ取り、本気で応援する気になった、と見てよい。いったん百合子に紹介されるや、後は栄の実力でどんどん注文が来るようになったが、きっかけは、百合子が道を付けたためである。栄一人では文芸雑誌への掲載など実現しなかっただろう。

佐多稲子は戦後になって、「沖の火」(一九四九・一二)の中に鈴子をモデルとする女性民子を登場させ、この女性が語り手の「私」に泣きながら「私」の夫との過失を詫びる場面を描いている。「それは過失というほどのものだったにしろ、そのときには、私も、一度は民子に打ってかかったこともあった事件」とある。ただし民子と「私」の夫との過失はフィクションである。

相手の女性に「打ってかかった」という妻の行為が印象的だったことは、まさに事件の直後に書かれた佐多の「くれない」の作中にも示されている。「相手の女の襟髪を掴むような嫉妬こそ、一途な愛情なのかもしれない」という主人公のつぶやきは、おそらく栄に向けた佐多稲子自身のものだろう。とすればここには、栄の愛情の「一途さ」だけではなく、相手の女性の「襟髪を摑む」という自分の行為の正当性にみじんも疑いを持たない栄の強靭さに、佐多が驚嘆している様子がうかがえるのだ。

いわば自己嫌悪、自虐から退廃につながる性格的脆さとは無縁な栄の生得の健康さ、庶民の持つ向日性といったものによって、栄は人生の様々な危機をきりぬけてきたわけである。

佐多稲子の「くれない」の執筆時期は一九三六年一月から五月および三八年八月であり、引用部分はこの最後の章にあたる。同じ時期の栄にあっては三六年五月頃繁治と鈴子の事件が発覚したわけで、この事件に対処する栄の激情的態度が、生々しく佐多稲子の耳目に触れたこともあったに違いない。

この時、当事者たちはみな生存していた。彼らが全て死んだ後、佐多は「沖の火」のモデルが鈴子であること（佐多稲子全集第四巻あとがき　一九七八・三・二〇）。さらに一四年後、「中野鈴子への手紙」の解説のなかで、この時の鈴子の恋愛の相手は夫窪川鶴次郎ではないことを明かしているが、相手の名前は伏せられていた（中央公論文芸特集秋季号32号　一九九二・九）。

鷺只雄は全集年譜で栄が事件に直面して「地獄を見た衝撃は大きく、それは恐らく作家となるほかには癒されない性質のものであった筈であり、とすれば栄の作家への直接の転身の契機は、ここにあった」と指摘している。たしかに作家として自立する覚悟を強固にしたことは間違いないであろう。しかし小説を書きたいという志は「戦旗」からナップへと続く疾風怒濤の時代においてさえ、「これから、本当にペンを持って立ちあがろうと思う」（一九三二・九・二）と繁治に書き送っているほど、自覚的なものだった。

小説を書きたいという志はずっと持ち続けていたが、環境が許さなかったのではないだろうか。戦旗社等の事務がなくなっても、百合子の秘書兼家政婦の仕事が多忙をきわめ、報酬は伴っても、なかなか小説を書くようなまとまった時間的、精神的ゆとりは無かったはずである。その間、百合子の検挙、服役もあり、差し入れ、面会にも追われる毎日だったからだ。百合子が一九三六年三月、市ヶ谷刑務所を出所した後も、『或る女』についてのノート」の口述筆記や、こまごました百合子の雑用をこなしていた。

繁治は一九三八年秋、理研コンツェルン傘下の富岡工業調査課に勤務した。日本プロレタリア文化連盟（コップ）時代の盟友・小川信一の父が理研の所長だったため、小川が繁治を紹介したものである。夫繁治が職につき、栄が三九歳になってようやく壺井家は経済的な安定を得る。こうして栄が落ち着いてじっくりと小説に取り組む精神的、経済的余裕がもたらされたのであろう。

4　文壇への登場

さていよいよ「大根の葉」に話を移そう。

栄の秘書兼家政婦としての献身ぶりに百合子も感じるところがあったのか、これまでの小説発表時と違って、「大根の葉」は、世に出るまでに宮本百合子と佐多稲子の熱心な慫慂があった。さらに二人は創作にあたって立ち入った助言と指導を行い、それに従って栄は八回も原稿を書き直し、半年間かけて完成させたこと、これらは繰り返し栄自身が語っていることである。ただし、佐多稲子は最初、栄の語る小豆島の子供たちの生き生きしたと生態に魅力を感じて、童話を書くように勧め、坪田譲治の「風の中の子供」を栄に貸した。おそらく、八回も書き直す過程で、小説として完成させる方向が定まったのであろう。

これもよく知られたことだが、雑誌メディアへの橋渡しも百合子が行い、最初は『文藝春秋』に掲載が決まったにもかかわらず、社内事情のため八カ月過ぎても掲載されず、たまりかねた百合子が原稿を取り返し、武田麟太郎が創刊した『人民文庫』に掲載が決まったが、一九三八年一月号を最後に同誌が廃刊になり、原稿は陽の目を見なかった。曲折の結果、ついに一九三八年九月号の『文芸』に掲載された。こうした経緯をみても、栄自身の意欲はもとより、百合子、佐多稲子二人の肩入れの仕方にも、並々ならぬものがある。

当時『文芸』の責任編集者だった高杉一郎は、この原稿を推薦する百合子のこんな言葉を書きとめている。「ものめずらしい料理にちょっと箸をつけてみるというのではなく、最後まで面倒を見てくださいよ」（「栄さんの思い出」『回想の壺井栄』）と。結果として『文芸』には「風車」（一九三九・三）「廊下」（一九四〇・一）と、たてつづけに栄の小説が掲載され、「編集の常識からいうと、いささか身びいきがすぎたのかもしれない」（前掲書）と高杉は回想している。

プロレタリア文学運動壊滅後の五年間、百合子は栄を、有能な秘書兼家政婦として実に頼りにして来た。栄に対する経済援助の意味があったにしろ、その文学的才能を育てることに頭が回らず、もっぱら補助的役割として便利に使って来た感がある。百合子はそのことに卒然として気付き、佐多稲子の推薦もあって、いわば本腰を入れて、栄の作家的才能の開花を助けようとしたように見える。佐多も百合子も、叙述の細かな表現に至るまで、懇切に添削してくれたと栄は語っている。

5　文学的鉱脈の発見

「大根の葉」の成功によって三九歳にして作家としてのスタートを切った栄は、次々と来る文芸誌、新聞などの注文に応じて同年九月から「岬」を『婦女新聞』に連載、翌一九一四年三月、「風車」（文藝）、五月、「桃栗三年」（新潮）、一〇月、「わんわん石」（月刊文章）と次々に小説を発表し、プロの作家としての実力を示した。さらに一九四〇年に入ると二月には「赤いステッキ」（中央公論）、「暦」（新潮）、「廊下」（文芸）と同じ月の文芸誌三誌に同時に小説が発表され、百合子に「栄文壇を席捲す」（一九四〇・一・二五　百合子書簡）と感嘆させたほどであった。

この時期の百合子について、栄は注目すべきエピソードを記している。

「暦」は『新潮』からの注文で書きはじめ、書いているそばから宮本百合子に見てもらい、百合子は書き上がるのを待ちかねて栄の家を訪ね、「私の机の上をのぞき、面白がってくすくす笑いながら読んでくれたり、『あなたってこういう題をつける人ね』とほめてくれたりした。」という。同時にこの頃創作集を新潮社から出す約束もあり、当時はまだ「大根の葉」以後「三四作しか書いていなかった」とあるから、このエピソードは、おそらく一九三九年一〇月以降、年末以前のことになる。「暦」は最初の約七、八〇枚が、書き直すうち一五〇枚を超えてしまったが、『新潮』の編集者はそれで結構ということで、そのまま翌年二月に掲載された。同時に翌年二月号掲載のため、『中央公論』と『文芸』から注文が来た。つまり、同時に三つの代表的文芸メディアから注文が来るという、新人としては眼を見張るような売れっ子ぶりを示すことになったのだ。栄は「有頂天になり、この喜びを一刻も早く知ってもらいたいと思って目白の家（百合子宅・引用者注）にかけつけた。」そして『文芸』には「廊下」を、『中央公論』には「赤いステッキ」を出そうとおもうがどうでしょうかと相談した。どちらも百合子に見て貰っていた原稿である。この時百合子は意外な反応を示した。

「あなたの勝手にしたらいい。わたしはもうしらないから」
こんな意味のことをいい、興奮して血ののぼった顔で、両手をいっしょに、右へ左へ交る交る手踊りするような格好で動かしながら、

「こういう芸も、こういう芸もできますと言うようなのは、私はいやっ！　第一『赤いステッキ』」なんて、題名からして、あんまり壺井栄すぎる」

喜んで賛成してくれるものと思っていた私は困ってしまって二の句もつげずにうろうろした。それは百合子さんの私に対する深慮だったのだろうが、その時の私はそれと感じることも出来ずに、すごすごと帰った。

今考えてみてもあんなにひどい顔で叱られたことは初めてのそして終りだったように思う。

（「一枚の写真から」一九五一・四）

栄は百合子の「深慮」と書いているが、はたしてそうだろうか、という疑問が残る。栄自身、「深慮」とは考えていないのではないだろうか。「題名が気に入らぬという叱られ文句」と、百合子の叱責に合理性が欠けることを強調し、それ以前の百合子の言動との矛盾も示しているからだ。百合子は栄の題名の付け方をむしろ褒めていたのである。

「暦」執筆中の百合子の好意的な関心と、大手の文芸メディアから栄に続々と注文が来るという事態を眼前にした時の百合子の怒りと、あらわな豹変ぶり。これを敢えて対照的に並べて見せている。誰が見ても、これは百合子の栄に対する嫉妬であり、栄はそれに十分気付いていたと、判断せざるを得ない。もっとも百合子の反応にも無理からぬものがある。『中央公論』

といえば、作家にとって一流の檜舞台で、新人はおろか、女性作家にしてもなかなか登場できないところだ。百合子ですら、旺盛な執筆時期だった一九三七年に『中央公論』には「雑沓」一本しか発表していない。そういうメディアに、登場したばかりの新人女性作家の小説が載るということは、当時としても破格の扱いだった。百合子が憤懣を感じたとしても、自然だろう。しかし、言葉としては「深慮」という当たり障りのない言い方で、百合子の態度をかばい、同時にそういうかばい方をすることで栄自身も「良い子」になれる、それこそ栄の「深慮」だったのではないか。

しかし、文学に親しんできた読者なら、表面上かばわれた百合子像の裏に、彼女の嫉妬も透けて見えるはずで、そこまで計算していたなら、栄という作家は、お人よしの善良なおばさんどころではないしたたかさも、あわせもつ作家だということになる。

しかし栄はこの「一枚の写真から」という百合子を追悼するエッセイに、百合子の嫉妬だけを書いているのではない。まず、一九三八年一月の日付を持つ一枚の写真から、当時の百合子たち左翼作家に加えられた執筆禁止という言論統制から説き起こし、そうした情勢のなかで、百合子と佐多稲子が栄の文壇登場に尽力した熱い友情への感謝を強調しているのだ。創作への助言も懇切を極めていて、栄の原稿を読みながら「無駄な文章」に「鉛筆で線を引く」のが佐多稲子のやり方で、「〔　〕の印を」書き入れて「私の足りなさを刺戟してくれる」のが百合子のやりかただったという。直接添削するよりも、「私の言葉を引き出すような方法」だったと回想している。さきの百合子の叱責も、その流れの延長線上にあるので、百合子のイメージが「嫉妬」だけに固定されるわけではない。その辺も栄は熟知していたであろう。

百合子の叱責にも関わらず、栄は佐多稲子の助言もあって、『中央公論』に「赤いステッキ」を、『文芸』に「廊下」を発表した。

しかしこのエピソード以後、百合子は「もう決して見てくれようとしなかったし、自然私ももってゆかなくなった。だからといって仲が悪くなったのではなかった」。しょっちゅう顔を合わせ、「暦」についても「懇切な批評」をしてもらったとこのエッセイで語っている。

同じ年に「三夜待ち」「窓」「柳はみどり」(『新潮』)など七篇の小説を書いている。しかもそのほとんどの掲載誌が当時一流とみなされる文芸誌、総合雑誌であることをみても、栄の作家的才能が一気に開花したといえる。随筆、感想を含め、毎月数本の原稿をこなす職業作家としての日々であった。

この「才能の開花」は、栄の中に宿っていた豊かな作家的感性と表現力、つまり栄の文学を形成する土着性、生活者的観察眼、芳醇な家族愛、自然との共生感などが、一九三〇年代後半の文学状況とぴったりマッチしたことがあげられる。プロレタリア文学の衰退後、政治的社会的状況に鋭く切り込む文学は執筆が困難になり、代わって身辺の細々とした日常の出来事に個性的な光を当て、日常の中に潜む人間心理の照り陰りをきめこまかく捉えて行く女性の作品が、脚光を浴びるようになったのだ。この時期、多くの女性作家が登場したことは文学史が語るところである。

栄の小説も、大きく言えばこの潮流の中に存在した。栄自身に即して言えば、プロレタリア文学で高い評価を得るような政治的急進性――階級闘争において闘う労働者の素晴らしさを賛美する――を小説の中に盛り込まねばならぬ、という政治的要請から、自由になったわけである。プロレタリア文学として使命感に燃えて書いた「屍を越えて」「月給日」などがあまり成功しなかったのは、栄にとってそうした政治的要請が身に付かない裃のようなものだったためだろう。

その裃を脱いで、いわば普段着のまま、自分のよく知り抜いた生活感情や、肉親愛を生身の五官を通して着実に、丹念に書き込んでいったところに、栄の才能の開花があった。職業作家として創作の現場にいる佐多と百合子は、時代の潮流も読んだ上で、栄のその美点を十分に生かす方向で指導したのであろう。

一九三八年の文学状況が栄の資質に光を当て、栄の創作意欲もたかまった。執筆環境も整い、女友達の熱心な支援も得て、作家壺井栄は誕生した。そこでは鈴子の事件は、その誕生を促す一つの契機にはなったに違いないが、そのためばかりではない、という気がする。

6　苦難をのりこえる強靭さと明るさ

それでは、栄が文壇に登場するきっかけとなった「大根の葉」（一九三八・九）とは、どんな小説だったのだろう。

まず登場人物のモデルとなる妹貞枝とその子供たちについて触れておこう。

周知のように「大根の葉」「赤いステッキ」（一九四〇・二）「風車」（一九三九・三）などのいわゆる「克子」ものは栄の妹貞枝とその子供たち（研造と発代）をモデルにしている。ここでこの三人に加えて貞枝の良人戎居仁平治のことについて、少し触れておこう。

「大根の葉」に描かれているのは、発代（克子）が生まれた一九三五（昭和一〇）年頃の出来事である。仁平治は繁治の長姉りえの息子で、研造（健）が生まれた一九三三年九月当時、まだ早稲田の学生であった。繁治の影響で左翼運動に加わり、無産者新聞を配って警察に捕まり、約三カ月警察に拘留されたこともある。この時拷問を受けたが仲間の名前は白状しなかったと仁平治は語っている（発代直談）。仁平治の母は仁平治と貞枝の結婚をなかなか認めず、そのため、貞枝・栄と、仁平治の母の間には感情的なわだかまりも生じた。発代誕生の際も、肉親愛の強い栄は、妊娠中の貞枝が腎臓を病むときくと、小豆島に飛んで帰り、産後の妹の世話をした（仁平治年譜）。発代が生まれる少し前に、ようやく貞代は入籍している。この時、なかなか結婚が許されぬ貞枝の愚痴の聞き役や、なだめ役にもなったのが、栄であった（栄書簡一九三三・九・二〇）。

一九三六年、発代が先天性の白内障のため、手術を受けさせたいという貞枝の手紙に、栄は心を砕き、励ましの手紙をたびたび送る。神戸の医者に手術してもらうことになり、三月、神戸に部屋を借りて二人は滞在する。この時の体験が「大根の葉」の題材となった。手術によってやや視力は改善されたが、期待したほどの成果は得られなかった。

それから三年後の一一月、東京で手術を受けるため上京し、栄宅に滞在する。手術の費用は、栄の当時の原稿料と「暦」の印税を充てる目算が立った。中野重治と藤川栄子の紹介で池袋の近藤忠雄医師のもとで手術を受けることになり、医院へ通う発代に、栄はいつも付き添った。翌年三月までに三回手術して、弱視ながら視力が増すようになった。

この時宮本百合子は、上落合の栄宅から通うのは大変だから、「私の家に来たら。チイちゃん（貞枝）来なさいよ」と言ってくれたので、母子二人で目白の百合子宅に滞在したこともある。百合子の栄に対する並々ならぬ好意の表れであろう。

百合子の好意といえば、百合子は自分のグリーンのコートを洋裁師岩本錦子（栄の親しい友人）に仕立て直してもらい、発代のコートを作らせている。これを着た時の発代の可愛らしい姿が今でも眼に残ると、後年、研造は筆者に語った。

話は貞枝の結婚当初に戻るが、左翼活動の前歴のため、繁治と同じく、甥の仁平治も大学卒業後職探しがはなはだ困難であった。ようやく一九三七年、神戸の小学校に代用教員の職を得て、平日は働き、土曜の夜、小豆島の貞枝と子供たちのいる家に帰宅。日曜か月曜に連絡船で神戸へ戻るという生活を続けた。貞枝は研造、発代とともに小豆島の実家の離れに住み、毛糸編物で生計を立てていた。

一九四〇（昭和一五）年、仁平治は新潟県高田の高田中学の英語教師の職を得て、二月、貞枝親子三人も高田へ転居する。この高田で同年五月、二男誕生、栄は光多と命名したが、この子も先天的に視力障害を持っていた。中野区昭和通り一―一三に転居した栄も助言して、貞枝、発代、光多親子は上京し、手術を受けることになった。同年二月十日、「暦」が新潮文芸賞を受賞し、思いがけず一〇〇〇円の賞金を手にすることになったため、栄は光多の手術の費用に充てることにしたのである。栄は自家に二カ月ほど滞在させ、発代と同じ近藤医師の執刀で手術を受けさせた。しかし、光多は消化不良で間もなく死亡する。この前後の悲劇的経過は「窓」「風車」「霧の街」に作品化されている。

次に「大根の葉」のいくつかの構成上の工夫について指摘しておきたい。

まず目につくのは、父親像の不在である。

父親像の不在は「大根の葉」「赤いステッキ」のいずれにも共通する問題点である。「赤いステッキ」では克子を特殊学校へ入れるため、父親は都会で職探しをしていて、そのため、母子とはやむなく別居しているという一応合理的な説明がなされている。しかし、「大根の葉」では、そういった合理的な説明もない。父親の存在が不自然なまでに消去されている。父親は「ずっと長い間思わしい仕事がなくて、そのためお母さんは母子三人の暮らしを自分で働いて立てていかねばならなかった」「お父さんはときどき帰ったがすぐまたいなくなって」「いつも三人暮らし」とある。父親は大学を出ているが定職がないため家の祖母や兄たちの不満を買っている。こうした背景の条件から類推してみても、父親の影の薄さは異常である。

端的な例は、克子の手術の費用にさらなる援助を請うため、父親の実家の人々に「お母さん」が泣きながら手をついて頭を下げる場面。手術の結果が思わしくないので、再度手術を受けなければならないが、必ず眼が見えるようになる保証はない、という話に、祖母は「死に金」になるだろうと反対する。結論としておじさん（父親の兄）は財産分与の代わりに手術の費用を援助しようと約束する。

こうした談判に父親が参加しないどころか、その意向を尋ねるという手順さえ、一同の頭に存在しないのは実に奇妙である。「弟にはたとえちっとのものでも分けんならん」、「それが兄の責任じゃ」と「おじさん」は言い、「家を建てようと、克の眼に入れようと」好きな方を選べばよい、という形で援助を申し出てくれた。当然、この文脈では弟の意向なり、判断なりが問われるはずである。しかし、それを誰も言い出さない。「どうぞ克のことだけは私にまかせてつかあされ」という「おかあさん」の言葉にも、父親の存在は消去されている。それにひきかえ「おかあさん」は弟の嫁としての地位を認められ、それなりの待遇を受けて談判に応じてもらっている。父親は、まるで母子の夫・父としての責任能力を認められないだけでなく、この実家の息子としての発言権さえ、認められていないようである。

この理由を推定する材料は〝大学まで出したのに無職〟ということのみ。これだけでは薄弱である。

語り手は、「おとうさん」と彼の実家の家族との関係にあまり立ち入りたくない、これ以上詳しい情報を出したくないという思惑が働いているようだ。

この小説は「克子」ものと呼ばれるように、壺井栄の末妹貞枝とその二人の子供研造、発代をモデルにしており、父親像の不在を考える際、モデルとの対応関係をさぐる必要が生じる。当時の検閲をはばかって、左翼運動をしていた貞枝の夫・仁平治の存在をありのままには書けない、という事情があったことは推定できる。しかし、理由はそれだけでは無いだろう。

栄の書簡（一九三二・九・二〇）によれば、研造出産後も貞枝の立場は宙ぶらりんのままで、結婚を許すのにいろいろ条件を付けられる、ということがあったようだ。例えば「経済的に一切を引き受けるなら認めるが、でなければ認めないと云った」ようで、栄は「子供が出来ているのに、それを認めないといった所で、厳然と子供は存在しているのだからそんな馬鹿な話があるものですか」と憤慨している。こうした貞枝と戎居家との対立的感情を作品から一切排除するため、父親像が消去されたのであろう。

「お母さん」、「克子」、「健」とモデルとの対応関係、および舞台となる場所と小豆島との関係は同一性が高いが、その他の設定はかなり虚構化されている。

健を「おとうさん」の実家に預けるというのも、貞枝の体験に照らし合わせればやや不自然である。しかし岩井の実家には、中気で体の不自由な老父と、小学校教師として働く姉しか居ないので、やむをえず、気兼ねの多い婚家先に預けるしか仕方が無かった。しかし、物語世界では「お母さん」の実家は完全に消去され、その存在は、彼女の念頭にも浮かばない。

その事からも明らかなように、「お母さん」は貞枝をモデルにしてはいるが、全く異なるキャラクターとして物語の中に生きている訳であり、彼女は実家からも婚家先からも、さらには夫からも自立した存在として、物語世界の中に生きている。語り手は「お母さん」の孤立無援の状況を、物語の中では逆にプラスの条件に読み変えて、「お母さん」の個性を鮮明にしているのだ。

「お母さん」は「克子」に神戸の医者の手術を受けさせるが、結果ははかばかしくなく、再手術のためには多額の費用が必要だと解る。そこで、高額な手術に難色を示す婚家先の親戚に何としても眼が見えるようにしてやりたいという熱誠を込めて「お母さん」は頼み込むのだ。「どうなるかわからんもんに、そやって銭入れて死に銭じゃがいの」「信心で直ったためしもある」などと蒙昧なせりふを口にする「おばあさん」や、弟には身分不相応に大学まで出してやり、そのうえ「醤油会社《かいしゃ》がつぶれたりして、うちもだいぶ辛いんじゃ」と考え込む「おじさん」に「すみません、すみません」と頭を下げ、「ポロポロ涙を流し」ながら、「わたしは死に身になって働きます。どうぞもういっぺん手術させてつかあされ」と、ひたすら「お母さん」は頼み込む。母親の切望についに折れて義兄は、財産分与の代替として手術代の提供を承諾する。

眼を治してやりたい一念で頼み込む母親の強さ。それによって孤立状態を跳ね返し、状況を切り開いていく「お母さん」の強さと愛情の深さとが鮮明になる。さらに、健の出迎えと、費用の援助を頼みこむという、二つの要素を同じ場所、同じ時間に一致させるという構成にしたことも、考え抜かれたものであろう。小説としては、その方がはるかに凝集度が高まり、効果的であることは言うまでもない。頭を下げて頼みこむしか方法の無い「お母さん」の辛さ。それによって「お母さん」の孤立的状況を強調するための設定である。と同時に、健を預け先から引き取り、帰宅するまでの健と二人っきりの安らぎの時間を設定し、その時間の母子の濃密な結合の実感と、母を独り占めできる健の幸福感を醸成する。困難な状況の中で、束の間ではあるが「お母さん」も味わう未来への希望。結末のこの明るさは、読後に、爽やかな救済をもたらす。

このように物語世界を把握し直してみると、「大根の葉」は、主要人物にモデルはあっても、物語世界の効果的な構築のために、虚構を加え、考え抜かれた構成とによって成立した作品といえる。宮本百合子、佐多稲子のアドバイスによって練りに練ったというのが、さもありなんと思われる。

次に栄の文学の顕著な特色として善人しか登場しない点がよく指摘されるが、この作品で早くもその特色は効果を発揮している。

文学において救済をもたらす方法はいろいろあるが、悪人を登場させずに物語世界にリアリティを持たせることが出来れば、それは救済につながるだろう。栄の小説が、後に広範な読者を獲得する大衆性を持った大きな理由の一つは、そこにある。

文壇デビュー作と言うべきこの作品も、まさに意地の悪い人間、冷酷な人間が登場せず、健をいじめる子供がいても、幼い子供のすることなので、陰惨さが無い。

手術の費用を援助するのに難色を示しても、それは彼らとしては無理も無い言い分、というふうに受け取れる。彼らも最後は手術に同意したわけで、「お母さん」はあたかも成果を勝ち取ったというような心境に描かれ、憎悪や恨みは浮かんでこない。人間を善悪のみで裁断しない成熟したリアリストとしての栄の一面がよく示されているとも言えよう。

困難な状況でも、人間への信頼が裏切られず、努力が報われるという構成になっていて、しかもそれが甘ったるい造りものには見えないところに、栄の創作技術の並々ならぬ腕前を感じさせる。

全体を眺めると、不幸を描きながら、結末で幸福感を与える構成になっていて、対立、葛藤、困惑、苦悩の後に、それを明るさに転ずる構成上の工夫がなされている。繰り返せば、月夜の帰り道、健と母親との会話を結末に持って来たのはそのためである。暗・明・暗・明とくりかえし、最後に希望を感じさせる明るい予感でしめくくっている。

さらに、表現上の顕著な特色は、わらべ歌、民間伝承歌謡との類似性である。「大根の葉」という言葉自体、健をからかう子供たちのわらべ歌から採られていて、作中何回も繰り返される。

「お母さん」の帰りを待ちわびる健とおばあさんの「早よ帰《い》なんかあ、早よ帰《い》なんか」「早よ帰《い》なんかあ、早よ帰《い》なんか」という言葉もすぐさま唄になる。そうした場面は限りなくあり、この物語世界全体を、わらべ歌のようなリズムに載せて行く。方言の柔らかな肉感性も、その効果を助けている。

いわば物語世界全体が口承文芸の語り物に近づいていく。大地に根付く民衆の感情を長年にわたって慰撫し続けてきた語り物のリズム。まさにそこに結び付くのが栄文学の特色であろう。

読者を慰撫し、救済する栄の小説の効用は、こんな側面からも醸し出されてくるのだ。

物語の最初の場面では、「健」は「克子」と母の愛情を奪い合う子供であった。しかし、母の不在という試練を経て健は、妹に深い愛情を注ぐ母の悲しみと喜びとを共有し、母の心に同化していく。もう母の愛情を妹と奪い合うような独占的な思慕は消え去り、母と心が一つに結ばれ、母の慰めとなるような存在に成長している。

最後の場面は健がお母さんにおぶわれて家路をたどりながら、交わす会話で終わる。

「ほてな健、お母さんがこぼしたご飯つぶを克ちゃんが見つけてなあ、つまんでひろいよんで、おもしろいな。」（中略）／「こんどもう一ぺん行てきたら、克ちゃんはもっと何でも見えるようになるんで」／暗い海の上には、ゆっくりと流している漁舟のかがり火が右に左に動いて、しばらくぶりに見る空は秋の夜のように星が輝いている。／「まあ、きれいな星、見い健！」／お母さんは立ちどまって背の健をゆすりあげた。

この結末が読む者に救済を感じさせるのは、「健」の心も満たされ、「お母さん」も未来に希望を抱いて、慰めを得ているからである。暗い題材でも結末に救いがあるのは、栄の小説の特徴であるが、その魅力は早くもこの作品に表れている。貧困、身体障害、家族離散と不幸な境遇を重ねながら、この結末だけでなく、作品世界全体に健康な明るさが漲っているのは、運命に立ち向かう母の賢明さと強靭な意志、さらに向日的な明るさのためであろう。それはモデルとなった貞枝の性格によるものとばかりは言えない。そういう形で作品世界を作り上げた栄自身の意志が、そこに働いているに違いない。

この小説は好評に迎えられ、一九三八年下半期（九月）の芥川賞候補にもなり、栄は文壇への遅いデビューを果たした。三九歳の秋である。

7　主婦の視点に立つ革命運動の捉え直し

次にかつて革命運動に加わった栄が、その体験を女の視点から捉え直した作品――「廊下」に目を転じてみよう。

この小説は、発表された時、しばしば女主人公のシズエは作者の栄自身と誤解された。たとえば同時代評の一つに山室静「文藝月評―壺井栄「廊下」」（全集第一巻）がある。「作者の深い感動が底に流れこんでいる」と賛辞を呈しながら、多くの読者と同様、山室も女主人公シズエを作者本人と重ねて読んでいる。「恐らく切実な体験の止むにやまれぬ記録なのであらう」「一つのヒューマンドキュメントである」と評し、貧苦のなかで懸命に闘っていこうとする詩人が、時代と社会の酷烈さに砕かれていく「それを見とる作者の心深く熱い愛と抑へに抑へた憤りと慟哭が波うつてゐる」とあり、詩人の看病をする妻シズエと、作者は全く同一視されている。

栄自身こうした誤読が多かったことに辟易した感想を漏らしているが、そうした誤読を招いた原因の一つは、先述のように、シズエと寛治夫妻に栄・繁治夫妻の関係性が投影され、栄がシズエの中に感情移入しているためであろう。似たような年ごろの女の子を抱えながら、獄中の夫を支えていた栄の体験、母子関係のありかたには、主人公にも通じるものがあり、おのずと感情移入してしまうという側面があったのだ。

しかしこの小説には明らかなモデルがあり、シズエの夫寛治は旭川出身のプロレタリア詩人今野大力、シズエはその妻久子の人物像を借りている。今野は、栄とともに戦旗社の社員として『戦旗』を発行、発送その他の雑務を引受けていた。逮捕されて警察の拷問により悪性の中耳炎をおこし、乳嘴突起炎および脳膜炎を併発、一時は危篤状態となった。だが、宮本百合子の尽力により危機を脱し、再びコップ傘下の『働く婦人』の編集・発送事務のため献身的に働いた。

一九三一年から三二年にかけて栄とは活動を共にし、互いに信頼しあう同志であった。しかし貧しい一家を養う無理な労働と、階級闘争における激しい活動のため結核を悪化させ、一九三五年六月、三一歳で病死する。同じ題材で、栄は戦後になって「合歓の花」（一九五一・一〇・一四『週刊家庭朝日』）を書いた。

一九三二年七月二七日の宮本百合子の書簡（中野重治宛）に「今野がやっと命をとりとめそうな目あてがついてきた」とあるが、百合子は今野の死の前も生活費や療養費などを援助していて、それを届ける役は栄であった（戎居研造による筆者聞き書き）。百合子は一九三二年一月に創刊された『働く婦人』の編集責任者となり、四月に検挙されるまでその任にあたったが、雑誌編集にあたり、編集員・今野の誠実な働きぶりに助けられた。栄もまた、病院での看護や、今野の赤ん坊を預かるなど、彼のために援助を続けた。

今野の詩「ねむの花の咲く家」（一九三二・八）で追慕の念とともに歌われた家は、駒込署の留置場を出た後、一時身を寄せていた壺井栄の淀橋区上落合一五三番地の住居である。

このように今野大力と栄は深い結びつきを持っていたわけで、この小説は今野の悲惨な死への痛恨の念に触発されて書かれた。それは疑いの無いことである。しかし、それだけではない。この作の主人公はむしろシズエであり、全て彼女の視点から状況が語られる。今野をモデルとした夫の詩人としての側面は、きわめて僅かしか言及されないし、革命運動においていかに彼が誠実で責任感ある働き手だったかも、描写的に語られるわけではない。ただ、彼に差し伸べられる熱い援助の手――仲間たちの同志愛によって、間接的に示されるだけだ。丹念に具体的に描写されるのは、貧窮のなかで病気の夫を看護する妻の困苦と悩みの数々である。しかもこの妻は、愚痴や苛立ちをぶつける夫にきりきり舞いをさせられながらも、愛情深く見守り、子供をあやすように優しく対応する。物語が悲惨の度を増すにつれ、彼女の心情の美しさ、苦闘の偉大さが読む者に迫ってくる。社会の表舞台で評価されることのない女の真の偉大さ、存在の貴重さがディテイルの積み重ねによって実感されてくる。ここにこそ、作者の狙いがあったことが判明してくるのである。

同じく今野大力と彼の家族をモデルとしたものに、宮本百合子「小祝の一家」（一九三四・一）がある。この小説と、栄の「廊下」とを比較してみると（執筆時期の違いによる検閲の差はあるにしても）、百合子と栄の作家的個性の相異が歴然としてくる。

「小祝の一家」では今野の妻は階級意識に目覚め、革命戦士の夫を支える健気な妻として作者の共感を込めて描かれている。しかし同じ百合子の「日々の映り」（一九三九・七）、「朝の風」（一九四〇・一二）などでは、妻乙女のモデル・今野久子が、夫の死後思想的に後退したこと、さらに新しい異性関係がフィクション化され、手厳しい批判とともに描かれている。

とすれば、栄の「廊下」は直接的には「日々の映り」に刺戟されて書かれた可能性もある。執筆の際はむろん、六年前の「小祝の一家」も念頭にあったにちがいない。ともに革命運動を現場の下積みで支えた同志であり、百合子のメッセンジャーとして入院費などを届けた相手・今野大力と、その妻久子の夫婦関係を、妻の視点から見つめ直そうとする小説を書いたわけである。「日々の映り」において、ほとんど階級的裏切り者であるかのように、その道義的堕落が批判された妻乙女のモデル――今野久子を、彼女の内面を創造しつつ造型し直したのが「廊下」である。ここでは作中の妻（シズエ）の立場からの迷い、逡巡、苦悩を見つめ、それによって革命運動の犠牲者である夫とそれを支える妻という夫婦関係を浮き彫りにした。

百合子の倫理的裁断の厳格さに比して、「廊下」のシズエに対する視線は暖かい。デパートでささやかな散財をするシズエ、そこに疾しさを感じるシズエを語り手は優しく許容する。百合子の描き方とは大きくかけはなれたものだ。

さらに「廊下」における夫婦関係は、モデルそのままではなく、作者の壺井栄夫婦のありようをも重ね合わせ、ある意味では普遍性を持つものになっているように見える。

病苦にさいなまれ、シズエにわがままを言う寛治は、獄中にあって栄に無理を言う繁治に通じるものがある（ちなみにシズエ―栄、寛治―繁治と名前が似ているのも偶然とは思われない）。

獄中にある繁治は、栄が手紙を書いてよこさないといっては憤慨し、書いても「アッサリした、殺風景な手紙」だと云う意味の文句を言ったりして、栄を怒らせたり、泣かせたりしている（壺井栄の繁治宛書簡　一九三二・八・三）。時には面会に行った栄に差し入れが不十分であることを責め立て、「終始喰ってかかる事より外しなかった」「別れぎわに、もう手紙を書かないからと、にくにくしそうに」（前掲書簡　一九三二・九・一）言ったこともある。栄は経済的にも体力的にも極限まで追い詰められている状況を訴え、「よき妻でない事は、私にばかり責任はない筈」だと手紙で反論している。

「小祝の一家」と「廊下」とを比較してみると、「小祝の一家」の場合は今野をモデルとする小祝勉を革命戦士として理想化しており、妻の乙女は彼よりはるかに遅れた意識の持ち主として描かれている。「廊下」に描かれた作中時間は、今野の死の直前、一九三五年春から夏頃、つまり「小祝の一家」の作中時間より三年後の事実に基づいている。したがってその間に、彼の妻にも権力と対峙し、貧困と闘うなかで、生活感情も意識も鍛えられたのだろうか。いや、「小祝の一家」の妻「乙女」と、「廊下」のシズエは、モデルは共通でも、人物造型としては全く別人格といってよい。一般論としてこれを言うのではなく、これら小説の人物造型として、両者は性格も生活態度も全くかけ離れているのだ。シズエは「乙女」とは異なり、夫の人間的弱さをも許容し、包容する大きな存在として描かれている。

前述の通り、この小説では、主人公はあくまでもシズエである。シズエの夫への愛情が作品の印象を悲惨さから救っている。シズエは自分に辛くあたり、耳の不自由な病人にありがちなわがままをぶつける夫にも、愛情深く接する。「小祝の一家」の妻よりもはるかに主体的で、包容力と粘り強さを持つ女性として描かれる。

おそらくシズエは、モデルの久子より知的な思考力も備え、感受性も優れた女性として描かれているだろう。夫のいらだちの原因を理解し、いっせいに桑の葉の散るありさまから、夫の死を予感する所などにそれが表れている。また、夫の臨終直後、仲間たちに知らせに走るシズエの懸命な態度は、革命運動の中に夫を位置づけようとする同伴者意識を語るものである。そここにこそ夫のアイデンティティがあったことを充分知っているからだ。

しかし、革命戦士として全面的に意識改革がなされているような女性ではなく、「人の懐をあてにする」ことに引け目を感じるような普通の生活者のセンスをたっぷり残している女性である。さまざまな矛盾を抱え、欠点も未熟さもあるが、夫や子供への愛情を支えに、危機に立ち向かっていった女性の人間的尊さ、それこそが、この作品の眼目である。

栄には、今野の妻を再評価する創作意図があったのだろうか。いやむしろ、モデルはあくまでも素材であり、権力の抑圧にめげることなく、悲惨な現実をしなやかに乗り越えていく一箇の庶民の女の像として美しく結実させたのが、このシズエであろう。革命運動の歴史においても、文学史においても、影の存在にとどまり、注目も評価もされない活動家の妻を、同性の立場から尊厳ある姿でリアルに造型した作品が、『廊下』だと言えよう。獄中にある夫を支え、わがままに憤慨して喧嘩をしても、「仕方がないですね。私より外喰ってかかる人がないんだから」（壺井繁治宛書簡　一九三二・一・一七ほか）と許し、手作りの布団など芳醇な愛情で夫を包んだ栄の心情が、ここには投影されているようだ。

それにひきかえ、革命運動のなかで無残な死を遂げる寛治の方は、全く英雄視せず（検閲上明確に示すのが困難とはいえ)、あくまでも日常生活の面から、リアルに捉えている。けっして美化せず、「生意気だ」という女性差別むきだしのせりふや、妻や子供に不満をぶつける人間的弱さも見逃さず描く。

冷徹な視線ではないが、寛治の卑小さ、狭量さもはっきり見据えて描かれている。登場人物の醜さをあからさまに表現することを避ける栄の創作方法からは、むしろ珍しい部類に属する。たとえばこんな描写がある。安静時間を告げる看護婦の言葉が聞こえないので、シズエに救いの眼を向ける寛治の表情——。

何度も聞き返す寛治の「呆けた老人のよう」な表情や、「聾者特有の」「自信のない声」などが、看護婦の眼には滑稽にしか映らないという状況の残酷さ、それを語り手は、感傷も憤激もまじえず、むしろ淡々と直截に描くのだ。

またこんな寛治とシズエのやりとりもある。

その日はいつも療養費を届けてくれる小山ツタ（壺井栄を思わせる人物）が月末になっても現れず、金に窮したシズエは不機嫌な夫を扱いかねて、ついに小山に援助を乞うため訪ねることにする。寛治はそれを制し、はがきを妻に託す。はがきには「うちの女房がまた経済を下手糞やって私は十日も前から薬をのめず困っています」とあった。シズエは「本当に下手なのかしらと考えたが、結局女房のせいにでもせねばならない寛治の気持なのだろう」と夫を思いやる。

客観的には「下手」どころか、米びつには、茶碗いっぱいの糠だらけの米しか無いような暮しなのだ。

援助を乞う卑屈さ、恥ずかしさを、「女房のせいにする」ことでごまかそうとする夫の卑小さ、それすらシズエは夫への哀憐の情で許している。この時期まで来ると、彼女は寛治より人間的に一段高いところに立っていることを、語り手は示しているかのようだ。

女性差別むき出しの寛治に対し、シズエの方ははるかに広い観点から夫婦関係を捉えている。そのことを示すエピソードであろう。何があっても夫を見捨てない覚悟で、夫の暴言や暴力も、病苦と貧困のなせるわざとして許す愛情、こうした強靭な愛をシズエは苦闘のなかで育てていく。むしろこの小説では、夫の精神的弱さが増すのと反比例して、シズエの強さが増していくのである。物語の結末近く、寛治の死の前後の緊張感あふれる筆致はきわめて迫真力がある。

時節柄、寛治の革命運動との関わりは、きわめて暗示的にしか語られず、いわば解る者にはわかるという程度にとどめられている。耳を患ったことが警察の拷問によるという事実は隠されているし、刑務所での生活が「もとから丈夫でなかった」彼を「廃人のように」したというあいまいにぼかした表現になっている。

また、「今にみんなが仕合せになったら」という寛治の言葉や、寛治自身への信頼から出発して「寛治のすることを信じ、黙ってそのあとについて来たシズエ」という言葉が革命運動への参加を暗示してはいる。しかし、寛治にとって、その運動がどのような積極的意味を持っていたかは一切語られない。むしろ、彼のこうむった犠牲的側面ばかりがクローズアップされている。この点は山室静の同時代評でも指摘されたことだ。その側面が強調されればされるほど、寛治よりもシズエの健闘ぶりが目立つ結果となる。したがってシズエの強靭さも愛情深さも、革命運動への信頼の結果とは、かならずしも受け取れないのだ。

「廊下」の執筆時期には既にプロレタリア文学運動が壊滅し、検閲の厳しさが次第に増したとはいえ、宮本百合子の「小祝の一家」と比較すると、両作品の創作意図にはっきりと違いがみられる。百合子が描いたのは、あくまでもプロレタリア文学の基準に沿って、革命戦士を称揚し、夫の感化によって目覚め、彼を支えるために懸命に努力する妻の成長を描くのが眼目であろう。妻の視点から描かれているにせよ、モラルの絶対の基準は夫にあり、妻は夫に近づくことによって、夫からも語り手からも評価される存在にすぎない。

いっぽう栄の「廊下」は、困難な時代を生き抜く女の粘り強い生き方を、妻の主体を尊重しつつ共感こめて描くのが、目的なのだ。

作中人物に話を戻そう。

寛治は何かいいそうに唇を開き、何もいわずに強く妻の手を握りしめた。そしてそれからすっかり覚悟がついたようにだんだん落ちついて来た。……寛治はもう愚痴もこぼさず不平もいわなかった。二人はうなずき合う気持で刻々に迫るものを覚悟した毎日を送った。

結末近くに置かれた夫婦の心の結合を示すこの場面は、壺井栄の小説にしばしば見られる悲惨な人生を浄化し、救済する役割を果たしている。この場面によって、一組の夫婦の愛と苦闘に満ちた人生に、鮮やかな締めくくりがついたという印象を与える。いかにも栄らしい創作方法といえるのは、死を迎える結末に至り、諦観に満ちた静かな平安と、互いの愛情の確認が一つの救済として、この夫婦の上にもたらされたことだ。ここまで読み進めてきた読者には、この救済が、主としてシズエの努力によってもたらされたことを知るのである。

今日、私はとうとうこの長い廊下を一人で帰る――

廊下の行きどまる入口のあたり、そこに小さくゆき交っている人群の方へシズエは胸をはるようにして歩いて行った。

「一人で帰る」「胸をはるようにして」という表現は、残酷な事実を独力で受け止めようとする強さと、そうした状況に立ち至った自分の苦闘を誇りに思うシズエの心境を語るものであろう。

〃誇り〃とはいっても、革命運動に献身したことへの誇りとは、やや色合いの違うものだ。むしろ、懸命に夫婦の人生を全うするために生き抜いた、その苦闘にこそ向けられている。夫の偉大さではなく、妻の努力によってもたらされた浄化と救済。それをこそ、作者は語りたかったからであろう。

8　家というトポスの設定

それでは、『新潮』に掲載され、栄の文壇における地位を不動のものとした「暦」（一九四〇・二）について、まずその文学的特色の概略から述べてみたい。

初期作品のなかでも「暦」は、初めての中編小説であり、同じ題材ばかり手がけるということれまでの批評も吹き飛ばすほどの力作で、ここへきて栄はいよいよ独自の文学的鉱脈を掘り当てた感がある。多くの好評に迎えられ、翌年、第四回新潮社文芸賞を受賞した。

この小説は、瀬戸内の島の樽職人一家の三代にわたる歴史を綴ったもので、物語の内容は栄の実体験に基いている。ただし、事実そのままではなく、現実世界を再構成したフィクションであることは、言うまでもない。貧困と病苦にめげず、家族と他人への愛に満ち、労働を歓びとする主人公の祖母や父母の像は、暖かく肯定的な人間認識によって照らし出され、それが作品全体のトーンをまとめ上げている。

栄はこれまで小説の構成力が弱いと批判されていた。その原因は、語り手の眼が届く範囲でしか、物語世界が展開されなかったからである。こうした一人称的な語り手で、家の長い歴史を俯瞰的に語ることは、不可能であり、「暦」の文学的成功は、語り手とその物語の構造をどのように設定するかにかかっていた。

この小説では、語り手を人物から独立させ、世代ごとに複数の視点人物を設けている。時代の推移と共に、母いねから、娘実枝の視点に移ることによって、それぞれの親の世代が娘の眼で外側から愛情を込めて捉え返される。このようにして家族の歴史は当事者の詠嘆的語りに、子ども世代の客観的語りが積み重ねられ、奥行きのあるものとなっていく。さらに時代の流れが物語のタテ軸となり、家というトポスがヨコ軸となって、大きな物語の枠組みを作っていく。いねと重吉の夫婦愛の物語が、日常生活のディテイルとともにきわめて肯定的に再現され、だから物語世界に決定的対立は訪れず、いわば輪廻のように、人間の生が繰り返される。

このように家族の歴史が語られれば、読む者は物語世界を容易に受け入れることができる。この小説の成功の原因は、こうした構成の仕方にあったのだろう。栄はこの一作で、構成力が弱いという評価を払拭することが出来た。

モデルとなった家族について記すと、栄の祖母イソはかや、父藤吉は重吉、母アサはいね、兄弥三郎は隼太としてほぼそのまま人物像が再現されている。高子は栄自身をモデルとしているが、四人の姉千代、コタカ、ヨリ、ミツコはそのままの人物像の再現ではなく、八重は栄の人物像をも取り込んで、フィクション化されている。クニ子は妹のシンの、実枝は末妹の貞枝の面影を伝えているが、弟の藤太郎は物語から消去されている。物語世界が女の人生の見本図のような構成を持っているところから、必然的に弟は省かれたのであろう。同じ理由で夭折した隼太に関しても、ごくあっさりとしか触れられない。

「暦」という題名が示す通り、物語は隆盛な大家族を誇った家が没落し、貧困と病苦が襲う中で家族が身を寄せ合って、生の意欲と家族愛で乗り切っていく姿を追っていく。その過程で、さまざまな女の人生が選びとられていく、そこに女性の真の幸福の可能性を探った作品が、「暦」である。

この物語世界は、家父長制が厳格に支配している〝家〟ではない。姑かやも嫁のいねに威圧感を感じさせる存在ではない。総じて家族は、支配―服従の上下関係を基本とせず、対等に近い情愛のきずなで結ばれている。この点に、栄の理想とする家族関係が表現されているだろう。一例をあげれば、重吉は、身重のいねのため、「遠い町まで振り出し薬を買いに行ったり」「子安地蔵の守り札」をもらったりする。一方いねもまた、「毎日生卵をのんだり」するのだが、これは明治期の嫁としては破格の扱いであろう。姑の視線を気にしないこうした嫁の待遇は、この家がかなりにジェンダー差別のゆるやかな、開放的な〝家〟であることを物語っている。また結婚に際し、娘たちの自主決定を許す気風があることも、当時としてはかなり自由な〝家〟といえよう。

この小説は家族の物語であるため、物語の舞台は「家」＝家屋とその周辺にほとんど限られている。視点人物のいねと実枝はどちらも家にいる女性である。だから「暦」は家の中から世界を捉えた物語なのである。

まず初めにおびただしい登場人物の死について触れておきたい。

登場人物の死はそれぞれ重要な意味を持っている。

かや、いね、重吉の三人の死が物語の山場を作っているが、それは、それぞれの人物の人生を総まとめし、救済する形の死である。一〇人の子供のうち、五人が死ぬという結果になるが、しかし、物語全体の印象は、暗鬱でも陰惨でもなく、むしろ、幸福感が漂っている。これについては同時代評でも指摘されたことだ。

まず、かやの死である。子や孫に愛情を注ぎ、その世話をし続け、「朽木のような」自然死で八四歳の大往生を遂げる。いねの死は、半身不随の身体を嘆き口説きはするが、夫重吉との深い絆を実感しつつ、娘たちの愛情にも包まれて、いわば幸福な死を迎える。語り手は重吉のこまやかな愛情を写し、そのためいねの最後は穏やかな光が差すような明るさがある。家族の愛がいねの病苦の陰惨さを消しているのである。

三人の死は重吉といねの営んだ日向家の中の死、小豆島の自然に囲まれた死、家族愛に囲まれた死、充足した人生を生き切った果ての死であり、そのために幸福感を与える死である。

時代の流れに翻弄され、樽屋の親方から零細な運送業者に転じた重吉は、貧困の中でも向日性を失わない家長として生き抜いた男である。脳溢血で半身不随になった晩年、言語障害にいら立つ毎日も盃一杯の酒に至福の味を感じ取って、決して自棄に陥らない。その背後にある看護役の実枝のユーモアで包み込むことによって、語り手は生の歓びを謳おうとしている。

この家族は、樽の構造のように、幾枚かの板（実子や養子や弟子たち）を、タガ（重吉といねの愛情）で締めて形成されているものだった。語り手はこのようなトポスを設定することで、貧困と病苦と死という不幸を、幸福に転じる語りを紡いでいるのである。

だから、樽の構造に象徴されるトポスから逸脱していった子供たちは、三人とは対照的な死を遂げる。隼太、フサエ、八重、アグリの死は哀れ深い死として描かれている。小豆島の自然による救済と家族愛による救済を描くのが、作者の目的だったため、外部における死は簡略に扱われているのだろう。

文学の力による救済を、これほど実感させる小説はない。これこそが栄文学の魅力にほかならないのだ。

では、栄が「暦」で表現しようとしたモチーフは何だったのか。

物語は小豆島のなかで展開していくが、この物語空間は人間の営みに豊かな恵みを与えている。このような自然を背景に、両親や祖母の貧しく苦難に満ちた、しかし充足した人生を顕彰したいというモチーフが物語に貫かれている。そのモチーフに沿うように庶民の激しい労働と家族愛に支えられた安定感のある生のありかたを、語り手は終始肯定的に描くのだ。

さらに、娘の世代の女たちの結婚観と生のありかたを比較し、女性差別に無自覚な結婚観と、自覚的な結婚観を対照的に示したいという、語り手の意図は明白である。ここにもモチーフの存在が感じられる。この語り手はさまざまな様相を示す女たちの現実を、まるごと〝自然〟として受け入れるのではなく、小豆島という風土において、ジェンダーの問題の再検討を秘かにもくろんでいるように見える。

設定されたキャラクターの一つは、職業を持ち自活して、結婚などはしたくないと高言するクニ子の生き方であり、二つ目は、周囲の反対を押し切って、危険思想の持ち主と恋愛結婚し、服役中の夫を支え貧乏に耐える高子、さらに恋愛中の男とすでに性関係も持ち、結婚を熱望する実枝の生き方。三つ目は、初婚を自分の意志で解消し、再婚したが、夫の不満と愚痴を並べるカヤノ、および同じく慣習に従った結婚をし、愚痴ばかりきかせるミチの生きかたである。

クニ子と高子、実枝は女性差別に自覚的だが、カヤノとミチは無自覚である。

姉たちの愚痴話に苛立ちを覚える実枝は、女性差別に苦しみながら、それを打ち破る展望を全く持てない姉たちに不満なのだ。女にとって抑圧的なモラルと慣習をはねのけたいと実枝は切望し、恋愛結婚に進もうとしている。この実枝の行動は、一九四〇年と云う時代において十分新しいものだ。

独身主義のクニ子の内心にも結婚への揺らぎがある。カヤノとミチの夫との関係も、必ずしも愚痴そのままというわけではない。それらすべてを観察しつつ、たとえ未婚でも、恋人の子を産む覚悟を決めている実枝の慣習にとらわれぬ新しさと強靭さに、語り手は希望を託している。

祖母と親世代の人生の顕彰と、三代の女たちの結婚に示された女性差別の問題。モチーフにおけるこの両面が矛盾を来さず、渾然と融合しているところにこの小説の成功の秘訣があり、栄の作家的技量が示されている。

娘たちの結婚に際しての重吉、いね夫婦の対応の揺れと迷い、八重の結婚に際し、娘の経済力を当てにする自分のエゴイズムを自覚し、最後にはそれを抑制して、娘の幸福のために彼女の意志を尊重するいね。八重の自己決定と、いねの理性のどちらをも語り手は評価する。語り手は女の自己犠牲を美徳とする欺瞞的モラルにとらわれていない。そこに新しさがあると同時に、重吉、いね夫婦の賢さも見落としていない。

親の勧めによる、いわゆる「良縁」とみなされる慣習通りの結婚生活の不幸、女性差別による妻への抑圧を、語り手は娘たちの結婚の実態そのものによって静かに批判する。ここに示された新しい男女関係への期待は、最終章のクニ子の幸福な結婚の可能性と照応するものである。

さらに、姉のクニ子の結婚を願い、幸福の可能性を信じる実枝の思いには、新しい結婚観に対する語り手の信頼が示されている。「男にやしなってもらう」ための結婚とは全く違った両性の合意と信頼にもとづく結婚である。

敗戦前の旧家族制度のもとで、栄がこのような従属関係から解放された対等の夫婦関係を理想として提出したことは驚くべきことで、この新しいジェンダー認識は、一家の歴史の物語の中で、派手に目立つことは無いが、この小説の隠れた主張の一つとなっている。栄のこうした認識は、家族関係と、プロレタリア文学運動への参加、さらに百合子・佐多稲子との交友の中で培われたものにちがいない。

最後に栄の文学的個性を際立たせる表現上の特色について触れておきたい。

「暦」の顕著な特色は、口承の唄の調べのような語りのリズムの持つ音楽的効果、あるいはことわざを効果的に使っていることである。祖母かやの唄の調べのような語りのリズムが、夫に対する情愛の深さを表わしている。「五人育てりゃ、五つの楽しみ。七人育てりゃ、七つの楽しみ」という言葉の楽しげなリズムも、同様に子育ての苦労を楽しみに変えるのに役立っているに違いない。これは民衆の語りのプラスの側面を示している。

一方、マイナスの側面を示すのは、次にあげることわざの例である。

「四十四の尻ざらい、四十五の業ざらし」という、高年齢で出産する女をあげつらうことわざをわざわざ四六歳のいねに告げる村人が登場する。このことわざの放つ毒は強烈で、この一言で、当時における女性差別の圧力を読む者は肌で感じることが出来る。その意味では、ことわざはきわめて効果的なのだ。

つまり語り手は、民衆の語りの中に暖かく慰撫する働きと、束縛し、抑圧する働きとの両面を読みとり、それを露骨にではなく、さりげなく語っているのだ。したがって、このことわざに込められたいわば露骨な女性差別への反発を、語り手はストレートに示すことはしない。そのかわりに、高齢出産を恥じるいねを「不義の子じゃあるまいし」と励ます重吉の言葉と、身重の妻への細やかないたわりを書き込むことで、ことわざの女性差別への批判をさりげなく示す、という方法を取っている。「孫のような子をつれて宮詣りでもあるまい」と恥じているいねに「何をいうぞいの」とたしなめる姑のかやの言葉もさりげなく置かれている。女性差別に対抗する語り手の意図がここにも示されているが、日常生活のディテイルに溶かし込まれているため、押しつけがましい印象を与えない。むしろ、夫の愛情の深さと、姑の優しさを実感的に印象付けるのに役立っている。

家業の没落という修羅場においても、登場人物には冷酷な人間が登場せず、過酷な人生が語られても、汚辱や陰惨な側面は描かれず、そのため読後に爽やかな救済を感じさせる。

このような題材と、テーマと表現方法によって、この小説は、栄の文学的可能性を開花させることになった。この時栄は四一歳になっていた。

第四章　戦時下の潜り抜け

1　戦争協力としての外地体験

朝鮮総督府鉄道局の招待で一九四〇年六月から七月にかけて、四一歳の栄は半月ほど佐多稲子と二人で朝鮮各地を旅行した。京城、開城、金剛山、平壌の順に回り、途中、慶州にも寄るという大旅行で、京城では朝鮮ホテル、金剛山では朝鮮鉄道局営の内金剛山荘などに泊まった。

「至って単純に朝鮮を見られる喜びでやってきた」（佐多「朝鮮印象記」）というが、「時にはスケジュールに引きずり回されて」（「朝鮮の思い出」一九四二・一）とあるから、見せたい場所をなるべくたくさん見せて、女性作家に見聞記を書かせることが、総督府側の目的であることは言うまでもないだろう。事実、帰国後栄は「駆け足で見た朝鮮」（初出未詳）「朝鮮の旅」（同上）「朝鮮の思い出」（一九四二・一　文化朝鮮）など、多くのエッセイを書いている。ただし、栄も佐多も総督府の朝鮮統治のちょうちん持ちの記事を書いている訳ではない。むしろ、批判のトゲを僅かにのぞかせた文章もあるのだ。

栄の随想は一見したところ気楽な旅行記である。といっても四角四面の名所旧跡を並べたものではなく、石けりをする子供や、花の美しさ、弁当のおいしさなどを語っていて、無邪気なまでにおおらかである。旅行で得た最大の自慢が青の上着と白いスカートの朝鮮服だと語り、これを着て撮った写真が残っている。

しかし、その文中に「創氏改名」に触れた部分がある。「創氏」について控えめだが疑問を呈した佐多稲子の「朝鮮の子供たちその他」と読み比べて見ると、二人の女性作家が共通して抱くこの問題への関心のありようが窺われる。佐多は、京城で行われた座談会で、『創氏』のことに話題が及んだ時「座は一瞬しーんとなった」と書き、「姓が朝鮮では家を現さずに祖先を現すものなので、姓を創り変えるということはつまり祖先の抹殺になる、ということが言われた。したがってこれは感情的に困難な問題らしい」と続けている。現地の人々の「創氏」に対する反発を伝える発言で、朝鮮統治の仕方への婉曲な批判である。

栄も「京城でお目にかかった女の方たちがみんな日本流に創氏されたということなども、何となく胸にひびくものがあって」（「朝鮮の思い出」）と印象を述べ、朝鮮人の側に立って「婦人記者をしていられた田さんが、田村芙紀子さんになったと聞かされても私の頭にはやっぱり以前の田さんの姿としてより浮かんでこないので、私の頭がおかしいのだろうか。」と書いている。「京城でお目にかかった女の方たち」とは、先述の座談会に出席して、「座は一瞬しーんとした」という反応を見せた女性たちではないだろうか。さらにその場で「創氏」は朝鮮の人々にとって「感情的に困難な問題」と発言した者も含めて、全ての者が「創氏」せざるを得なかったのだ。それを聞かされた栄が、「なんとなく胸にひびくものがあって」と表現したことは、隠された陰翳を持つものとなる。朝鮮の人々の屈辱に対する悲痛の念に他ならないだろう。きわめて控えめな物言いで、ひそかに「創氏改名」を批判したものではないだろうか。

佐多よりいっそう婉曲な表現ではあるが、やはり「創氏」に対する朝鮮の人々の抵抗感を伝えているものだ。（＊この作品については鷺只雄論文にも詳細な分析がある。）

2　戦時下に示された良心

壺井栄の良心のありようを示す作品として「海の音」（一九三八・一二『自由』）をまずあげたい。反戦というよりも、戦争に対処する庶民の本音が語られた小説である。出征によって、より明確になる家族の絆。生きることにためらわず真っ直ぐに進む三人の男の子たちのはちきれんばかりの生命力と、それと一体になった家族への愛。与平は親としての情の薄かった自分の父と引き比べ、自分と子供たちとの絆の強さに信頼と感動を覚える。

それほどの家族愛で結ばれた父と妻子の仲を引裂く戦争への呪詛が、薪割りの場面には確かに表現されている。しかし、この小説の主眼は、戦争によって顕在化した家族愛の濃密さ――虚無と自棄に崩れんばかりの与平さえ救済可能な家族愛の強靭さを、身体感覚を通して表現することにある。エピソード的に語られる、うどん屋のばあやんと魚屋のばあやんは、家族の出征に直面して「心臓がドキドキ」したり、「私しゃもう嬉して嬉して」と言いながら「わああわあ泣き」続ける。どちらも、国策協力とは無縁な庶民の本音が、家族愛に刺戟されて噴出するさまである。

戦争を推進する権力は強大で、与平は「首根っこをつまみあげられた仔猫」のように無力だと感じている。あまりに強大であるために、それに抵抗するとか、憎悪や批判の対象にもならない。いわば天災と同じである。ただ何としても家族の許へ生きて帰ってきたい、という強烈な願望だけがある。まさに庶民の本音であろう。

なんとしても、生きて帰ってきてもらいたい、帰ってさえ来たら、豚や鶏を飼って家族一緒に生きて行こうという息子の言葉に、与平は感動する。その言葉は、金を惜しむあまり、自分を労働力として船長に売った父への恨みさえ、溶解させるほどのものだった。端的にいえば、与平にとって憎いのはむしろ父親であって、戦争では無い。

とはいえ、当時本音を口に出すことはタブーだったから（さかな屋のばあやんも口では「嬉して」というのだ）、このように本音を表現すること自体、勇気のいることだった。

息子たちの弾けるような躍動力と未来への健康な意欲に溢れるイメージが、この小説の魅力のポイントであろう。与平の恨みを抱えた陰翳とは対照的で、結末において明るさが暗さを凌駕する構成になっているのが、読後に救いを与えている。

息子たちの子供らしい言動が、「ツマコを忘れ」という戦意高揚の掛け声や、「千人針」のご利益などをユーモラスに解体してしまうところにも、作者の戦略はあるようだが、あくまでも自然に織り込まれている。

戦時下の作品傾向として、もう一つ特筆すべきことは、栄がいわゆる「軍国の母」ものを書かなかったことである。

当初から栄は母性の作家とみなされる傾向が顕著であった。「大根の葉」「赤いステッキ」で文壇に出て、母親の愛情の深さ、強さを感動的に描いた栄であり、その後も「窓」「霧の街」など眼の不自由な子供に寄せる母の愛の切なさは、読む者の胸を打つものがあった。その他にも「帰郷」「寄るべなき人々」「柿の木」「風」「裁縫箱」「坂下咲子」など母と子、あるいは母の代理としての祖母と孫、叔母と姪などの交情の暖かさが、小説の中心的内容になる小説が多い。そこでは母性愛と戦時状況とが絡めて描かれることは無い。

しかし、栄にしても、いつまでも戦時体制と無関係な昔の村の生活などを小説に書いている訳にはいかなくなってきた。一九四一年には太平洋戦争が始まり、挙国一致体制は出征兵士だけではなく、国民の生活の隅々にまで浸透し、戦意高揚を目指す言論統制は、一段と徹底的になった。新聞雑誌などは戦争遂行の世論操作のため政府・軍部によって存分に利用された。小説も詩も短歌も、頁を繰れば聖戦の称揚と将兵への賛美でうずまり、そのための銃後の女性の献身と奉仕が讃えられるようになった。

栄も「提灯」（一九四三・一）では産業報国をめざして、工場で働く若い娘の献身を讃美する小説を書いているし、出征兵士の家族も健気に増産にいそしむ様子が、讃えられている。

しかし、こうした作品は決して多くは無く、なかには「夕焼」とその続編「海風」のように、長編小説でありながら、戦意高揚のためのフレーズはほとんど一言だけ、という小説もある。船員であった父親を海難事故で失った娘・直江が、母の手一つで育てられ、結婚を勧める母を説得して自活を目指すようになる。しかし、職場で尊敬する同僚の女性に出会い、彼女の弟が父と同じ船会社に勤めることを知って、父への憧れも作用してその弟と結婚することになる、ハッピーエンドのいわば通俗読み物といって良い小説である。しかし、作中には意外にも、戦意高揚どころか、戦時体制へのやや冷ややかな、あるいはシニカルなセリフさえ見られるのだ。

直江に結婚を勧める母親は、「でもお前、結婚すれば徴用されないっていうじゃないか」と強いるのに対し、直江は「いやっ、わたし、徴用されないために結婚するなんて……」と反発する。母親は「結婚して子供を産むのも、云わばご奉公じゃないか。」と続け、今は国が早婚を勧めているということも考慮すべきだと説得するが、娘はそれをはねつけて郵便局で働きだす。徴用に関して庶民の本音を漏らす母親のせりふを堂々と筆にするのは、栄の抵抗精神の表れであろう。

さらに注目すべきせりふがある。弟は、戦時なので「御用船で私たちの知らない海を航海しているわけだけど」「戦争でもすめば、直江さんのお父さんのように、日本海を北海道から九州まで往き来するかもしれないわ」（傍線引用者）と職場の同僚は語る。「戦争でもすめば」とは、いったいどこの国が戦争してるのか、といった他人事のようなせりふで、呑気きわまる、というよりむしろ戦争への冷ややかな距離感を感じさせる。ご丁寧にこのセリフは、もう一度くりかえされるのだ。「戦争でもすんで、弟が無事に帰れたら、あなたたち、ほんとに直江津へ新婚旅行しなさいよ」と同僚の女性は勧める。弟の任務に関して触れるのは、他に一言、「激しい戦いのかげに、輸送報国に挺身する弟さんたちは、世界の海の危険極まりない波を、どんな心で航海するだろうか」というせりふである。

このせりふも、重点は「危険極まりない」にあり、弟の無事を願うことが主眼で、任務をいかに立派に果たすかという点には、関心が薄い。いわば、間接的ながら、厭戦的態度を示しているといえよう。一九四二年から四三年にかけて発表された小説としては特筆すべきものであろう。

ただし、随筆を書く際は、さすがに戦争協力的言辞を押し出さなければ済まなかったらしい。その最たるものとして最近の研究でも批判されているのが、ルポルタージュ「日本の母（一）（二）」である（岩淵宏子「戦時下の母性幻想」『女たちの戦争責任』東京堂出版 二〇〇四・九）。当時、戦死した将兵を軍神として讃美し、志願兵の増加をもくろんで、軍国の母、軍国の妻を美談として形象化する小説やルポ、随筆が数多く書かれた。代表的なものが一九四二年に書かれた「日本の母」というルポルタージュの連作で、これは日本文学報国会と読売新聞社の共催で行われた一大キャンペーンであった。夫が戦死したため、貧しい女手一つで何人もの子供を育てた母、五人の息子のうち四人まで出征し、その一人は戦死したという母。こういう母を日本全国から四九人を「日本の母」として選定し、それぞれ作家たちに訪問記を書かせたものである。「母性の作家」壺井栄もここに加わっている。

岩淵宏子はその（一）の「棚田キノさん―日本の母」（一九四二・一〇）をとりあげ、五人の息子が次々と志願兵になったのを、むしろ喜んでいる母親の姿に感動した栄の言葉を引用し、痛烈な批判を加えている。「十六年間片親で育てて来たキノさんの労苦に酬ゆるものが、たとえ「靖国」の標牌であろうとも、彼女はそれをすでに覚悟した上でこの落ちついた日々を送っているのである。やがては又、棚田家の三尺の戸口の上に「忠勇」の札が一枚殖えることであろう。」という忠君愛国を絵にかいたような栄のせりふに対し、岩淵は人間的感情をおし殺した「軍国の母」を賛美する栄の「戦時体制への荷担」ぶりを、追及している。

筆者も岩淵宏子の論に全く異論はない。戦死を美化し、家族の死を嘆かずむしろ誇りとする母親を讃美した文章であることは間違いない。

しかし、「日本の母（二）」（『女性生活』初出未見）の方は、（一）の軍国の母賛美とはがらりと様相が異なっている。実は執筆時期はこの方が早く一九四二年夏、栄が四三歳の時の作である。これは桐生市で絹織物関係の仕事に従事する笠倉とめを紹介している。この女性は、夫が戦死した後、まだ幼い子も混ぜて五人の子供を育てている。夫が出征した時のことを語る際は、声が震え、眼に涙を浮かべる。「ありのままの感情をかくすことなく、又飾ることなく、正直に語るとめさんに、私はまっとうな女の心を見る思いがした」と、栄は記しているのだ。また長女の書いた作文を紹介して「友達の一人が凱旋の父親を迎えて、駅頭で嬉しそうに語るのを見てうらやましさに涙ぐみながら、泣いているのを母に見られまいと顔をかくすのだった」「父は子供と同じくらい愛していた愛馬と共に死んだのだ」「がいせんの時には国旗を新調して迎えると約束したのが、今は新しい国旗に黒い布がついている」とも記している。

この作文の文章は、どんな名文家の文にもまして、父の戦死という冷厳な事実を前に、必死で悲しみに耐えようとする少女の心を伝えている。ここで表象される戦死は、けっして名誉の死とか、お国に命を捧げるとかいった美辞麗句では飾られていない。

栄はなぜこの作文を引用したのか。作文を紹介したことで、自分では書けないことを、語らせようとしたのではないか。戦死を賛美するのではなく、父亡き後の母子の「自分の腕一つ心一つを頼みにいささかも人に頼ることなく」五年の歳月を張りつめた心で切り抜けた、その「世の中に向かって敢然と立っている」姿を感動的に伝えている。

この「日本の母」(二)の方は、女性雑誌に掲載されたようで、「日本の母(一)」のように、キャンペーンを行う当事者の読売報知新聞に掲載されたものではない。したがって、掲載誌による心理的束縛が少なかったとも推測される。いずれにしろ、壺井栄の書きたかった文章は、(一)よりも(二)の方だったであろう。しかし、言うまでもなく、実は書きたくなかったという言い訳は不可能であり、活字になって発表されたものは、自ずと独り歩きする。その責任を栄もまた逃れることは出来ない。

3　家族の絆を守り抜く決意

革命運動の嵐の中でも、戦時下の困難な状況においても、夫繁治と、養女にした姪の真澄とで築いた家庭を守り抜こうとする不退転の意志が、栄には存在した。

夫と中野鈴子との恋愛——栄にとっての背信行為に敢然と立ち向かい、夫を取り返すべく一歩も引かなかった強さも、ここから生じる。

夫婦の結合への信頼と共感が中心テーマになった小説は、一九四〇年代後半から敗戦まで、夫婦を描いた小説のほとんどの作品に明らかに示されている、と言っていいだろう。「廊下」「暦」「三夜待ち」「垢」「坂下咲子」「箪笥の歴史」など、全てそうである。

栄にとって、離婚は耐え難い不幸であり、夫婦の結合は何にもまして守り抜かねばならない人生の価値そのものだった。

いっぽう繁治の側はどう感じていたのか。栄の日記から察するところ、ジャーナリズムからの注文を受け旺盛に仕事をする栄に圧迫感を感じ、亭主の威厳を示すために腐心しているように見える。

敗戦直前の六月、「畑を作るとて繁治大いに張り切っている」と四五歳の栄は日記に記している。大東亜省から無償で土地を借り受け、「芋四百本ほど植えつけ了る」とある。「百姓をするのに、一人でなどできるものではない」と不機嫌にあたりちらす繁治をなだめるため、体調の悪い栄は「フラフラのからだを引きずって畑へついてゆき」、かなり無理をして、三日で芋六五〇本ほどの植え付けを、共同作業で終わらせた。

夫婦喧嘩のあと、栄は原因が自分にあると反省しているが、こうした夫への寛大さはどこから来るのだろう。筆者としてはそこをむしろ追及してみたい気がする。

昨日は朝起きる時、生活の単調さを何とか工夫する愉快な日程表を造ろうと云いながら起きたのだが、それから五分もたたない中に、云い争いになった。こんな筈はなかったのだけれど。私が普通の女房であったら、繁治は仕合わせだったろう。私は並みはずれの悪女房とは自分でも思っていないし、それどころか、口に出せない心づかいもしているのだが、それはとうてい分かって貰えないのだろう。繁治は困っている。（中略）なぐられたことを根にもってなど毛頭いないのだが、私の気持ちはまだもとにならない。

（全集第一二巻　日記　一九四五・二・一四　以下、日記は全て全集第一二巻から引用）

養女の真澄にしじゅう叱言をいうのも、直接栄に怒りをぶつける代替行為——八つ当たりではないだろうか。

叱言に理はあるのだが、このことに限らず、どうしてこうもアラが目につくのだろう。マスミに言い訳の言葉がないのを、いつまでもくりかえして叱言をいうのに私は腹を立てて、一時マスミを林（真澄の実父の家　引用者注）へ帰らそうと考えた。繁治はマスミに対してどうしても理解がもてないらしい。叱られることばかりして終日叱言を云われるマスミは叱言を云われるための毎日のようだ。マスミは泣きながら米をついていた。

（日記　一九四五・七・一六）

栄は、繁治が真澄に「理解がもてない」からだと考えているようだが、はたしてそうだろうか。失職した繁治に代わって、この家では栄が家計を支える仕事をし、家事を負担する女房的役割は真澄が担っている。女房的役割が十全に果たされていない時、それを叱責するのは夫の役割だと、家父長的社会では考えられてきた。それは夫の威厳を示す場面でもあった。繁治は真澄を叱責することで、疑似的に家庭内での夫の威厳を保ちたくなったのではないだろうか。真澄が憎いのではなく、自分の尊厳を回復したいのだ。真澄が結婚したら、ぽっかり穴があいたような寂寥感を覚えたほど（『激流の魚』）、可愛がっていた娘でもあるのだ。

また違った側面からは、このようにも考えられる。真澄と栄の、濃密で芳醇な愛情で結ばれた関係に、繁治は時として割り込むことの出来ない寂しさを感じたのではないか。栄の母親的側面を独占しているかに見える真澄、あるいは真澄の娘としての愛情を独占しているかに見える栄。その両方に嫉妬を感じ、いい年をして拗ねることも出来ず、家長としての威厳を取り繕いつつ、二人の関心を引いて見せたのではないだろうか。

裕福な農家の三男坊として、母親や姉から愛情を注がれ、家の責任から逃れてきた繁治には、こんな子供っぽい自己顕示欲――男の優位性を強調したい欲求があったと思われる。

繁治の子供っぽい甘えを窺わせるこんなエピソードもある。防空壕掘りを手伝いに来た人が、一つ一つ繁治に反対するのに対して、直接反論も出来ず、栄のもとに「うるさくてしょうがないがね」と「云いつけに来る」。その態度が「まるでいじめられた子供が、母親に云いつけるような様子なので思わず吹き出した」と日記（一九四五・四・一九）にある。繁治の幼児性とともに、そうした繁治の幼さに栄の母親的愛情がそそられてしまうという側面もあったのではないか。そんな想像も自ずと浮かんでくるのだ。

しかし男性の優位性を強調したがる繁治の言動は、繁治個人のものと栄は見なすことが出来ない。繁治個人は可愛げもある憎めない男なのだが、その背後に永年の間女を差別し抑圧してきた男権社会の壁がそびえている。繁治にしても、そうした永年の男権的習俗の上に乗っかって、安心して女を叱る男を演じている訳だ。したがって、栄は、繁治の背後の壁に苛立ち、真澄をかばい、守ってやりたくなるのである。

にもかかわらず、栄は繁治と言う伴侶を失うことは耐え難いように見える。口喧嘩はたいてい、繁治の文句から始まるようだ。それを栄と真澄が共同戦線で巧みになだめ、切り抜ける。他愛が無い不満ともいえるが、要するに家長として尊重してもらいたいというのが本音だろう。その辺の呼吸が栄には解っているのだろう。「どうせ二〇年もつれ添った夫婦だから、もうお互いに何とも仕様がないからあきらめようよ」と栄が言うと、繁治は「うんあきらめるよと云った。そして穏やかな眉をしている。」と栄は日記に書きとめている（一九四五・一・七）。夫婦が平和にむつまじく暮らすことへの祈りにも似た期待。そんな心情が感じられて、切なさを感じさせるものがある。

ささやかな日常の営みの中で、夫婦が心を寄せ合う瞬間、そうした時間を、宝玉のようにいとおしむ心情も日記には記されている。

水道管が破裂した時のこと、「やっと中井の水道屋で蛇口を買ってきて、繁と二人でなおし安心した。こんな嬉しいこと近ごろなし。何故だろう。何度もその嬉しさが心の中へわき上がってくる。全く嬉しい。」（一九四五・一・二六）。

二人の共同作業で何かを成し遂げたということ、そのことがこんなに嬉しいというのは、夫婦の愛情表現に他ならない。それも少女の恋のような初々しさである。だれしも小学生か中学生の頃、経験があるのではないだろうか。一緒に掃除当番をしても嬉しくて仕方がなかった、誰かにその嬉しさを語らずにはいられないというような経験が。

みずみずしい情感と、子供のように純で率直な表現で語られる夫婦愛への希求。この根強い希求を、さまざまに設定を変えて小説の形に表現したいという作家としての意欲が、戦中から戦後にかけてずっと、栄の中に継続していたと思われる。それが形をとって表れたのが、「昔の唄」「垢」などの作品である。

4　女性作家のシスターフッド

妹貞枝一家との緊密な絆は戦時下においてますます強まった。第三章で述べたように、姪の発代の眼の手術では栄の側からの援助だったが、食糧事情の悪い一九四二年以降は、栄の方が貞枝と夫の仁平治から助けられた。

九月に仁平治は熊谷の農学校の英語教師として転任し、一家は熊谷に転居した。しかし、当時英語は敵性語として排斥され、英語の授業もほとんど行われず、農作業に従事することが多かった。思想的前歴もあって、仁平治は三年余りしか勤めずに退職を余儀なくされる。

次第に戦争が激しくなり食糧事情が悪くなると、逆に栄の方が戎居一家から助けてもらうことも増えた。一九四五年当時、配給量は乏しかったから、買い出しは必要不可欠であったが、闇米の売買は禁じられた行為であった。そんな状況の下に壺井家から「ヤギサンタノム」と電報が来ると、仁平治は米を融通して栄の下に運んだ。「米」を「八木」と暗号化したわけである。農学校の教員だった仁平治は、もとの生徒たちとの関係で、米を手に入れることができた（発代からの聞き書き）。

その様子は「仁平治さん来。米二升、メリケン粉六〇〇匁もってきてくれ、皆大にここになる」（一九四五・二・二八）などと栄の日記にも書かれている。

佐多稲子の場合は、一九四四年頃から敗戦の時期まで、原稿の注文もほとんど来なくなったので、壺井さんに助けられたと語っているように、一九四三年から四四年にかけては、栄の方が佐多より執筆量がはるかに多かった。「箪笥の歴史」、「客分」、「俎板の歌」などの小説や、「めがね」、「妙諦さんの萩の花」書き下ろし作品の「海のたましひ」（全面的に改作して「柿の木のある家」）などの童話にくわえて、随筆など毎月数編ずつ書き、敗戦直前の三月頃まで注文が途切れることは無かった。

佐多は戦地慰問以降、百合子とは疎遠になり、中野夫妻とも以前の親密さが失われたが、栄とは互いに信頼する関係が続いていた。執筆の急場に際しては、夜間に駆け込んできて原稿用紙を借りにくるほど、内側をさらけ出した仲だった。そうした行為も許して包み込む暖かさが、栄にあったということであろう。

空襲が次第にはげしくなった一九四五年四月に、佐多は栄の紹介で鷺の宮の壺井宅近くに疎開した。佐多の自宅のあった戸塚より、やや郊外にあるというだけの場所で、安全が保障されている訳でも無かったが、栄の傍に来たいという心理が佐多に働いたためである。さらにまた、いよいよ窪川鶴次郎との離婚を決意した佐多が、寂しさに栄の近くに身を寄せたいという心理状況になったためでもあろう。栄には同性の友が甘えたくなるような暖かさがあったのだ。引っ越しの際は、家族のほかに五人分を加えて嫁菜飯、煮つけ、お汁、味噌和えなど夕食を用意した。十分な米も手に入らぬ配給事情のなかで、精一杯心のこもったもてなしであろう。容易に出来ることではない。

このもてなしに限らず、栄の優しさと親切は、食べ物に結び付くエピソードが多いようだ。それがまた一般的な母性のイメージに結び付く所以でもあろう。

大谷藤子の場合は戦争中、栄の家によく避難した。鷺の宮の栄の家が世田谷の大谷の家より安全だと考えたからではなく、栄の「飾り気のない穏やかな人柄が」「心に何か安心感をあたえてくれる」からだったと、大谷は後に書き、「栄さんの気持ちが、いまも温かく私の心に残っている」と「大地の匂い」で大谷は回想している（新選現代日本文学全集5　壺井栄集　付録24　一九六〇・二　筑摩書房）。佐多の場合と同じ心情である。

さらに大谷は栄の作家魂を証明するものとして、こんなことも挙げている。

富本家（かつての『青鞜』の同人富本一枝と陶芸家・富本憲吉の家）に集まる人々の間で、戦時下で発表のあては無くても、作品を書くべきだ、めいめいで何か書いて持ち寄ろうという相談がまとまり、締切日も決めた。しかし、締切りの当日までに作品を書いて来たのは、栄一人だけで、他の人は結局書かずじまいの人がほとんどだった。「このように栄さんは誠実であったばかりでなく、作品を書く情熱を人一倍もっていたのだ」と大谷は回想している。

大谷の回想は栄の日記にも符合するくだりがある。大谷と相談して「例のささやかな雑誌」

を同人誌として出すことになり、敗戦の年の「四月二日を〆切として持寄ることに決まる」と日記に記している。結局その日までに原稿は集まらず、四月九日、「徹夜して『朝のかげ』をかき上げる」と日記にある。これは戦後、一九四六年一月、『東北文学』に発表された。

宮本百合子の場合はどうか。旺盛な執筆意欲を見せると共に、生活者としての栄は困難な状況で食を確保する手段も、しっかりと講じていた。繁治と協力して、畑作りに精を出している様子を、宮本百合子は日記にこう書きとめている。「畑よく出来ている。林町（百合子の家）と比べものにならず」（一九四四・六・三〇）とあり、半年後の日記には「久しぶりに壺《ママ》のところ、燃木切り、良人は防空壕掘。」（一二・二三）とあって、緊迫した戦時の状況を窺わせる。

さらに六月三〇日の日記には「栄さん、仕事」とも書かれ、敗戦まぢかのこの時期まで栄が文筆を取っている姿が、百合子の眼にとまっている。

敗戦の年の一月には小説「特殊衣料配給日」（『週刊毎日』）「馬糞」の二作品、児童文学として「寒椿」（二月『少女の友』）、随筆として「たぬきばやし」（二月　朝日新聞）などが発表されている。さすがに敗戦を挟む四月から八月までは発表が無いが、敗戦の前年にはほぼ毎月二回以上は発表している。児童向けの作品が多いとはいえ、この時期の女性作家としては、売れている方であろう。

ちなみに同時期の百合子は執筆禁止であり、取り調べのため検事局に通う身であった。「経済的に困窮した」(自筆年譜)百合子のため、栄は知人の借家の世話から、薬を手に入れることまで、生活面でさまざまな援助をした。一九四三年から四五年にかけての頃であろう。その頃、百合子もしばしば栄の自宅を訪れ、泊っていった。「お里帰りなのよ」と称していた。そうした折、栄、百合子、大谷の三人で嫁菜を摘み、その頃貴重な白米で嫁菜飯をふるまってくれた。百合子にとっても栄の存在が精神的に大きな支えとなったことが推察される。

この時期の日記からうかがえるのは、百合子をはじめ、窪川(佐多)稲子・鶴次郎夫妻、中野重治夫妻、井汲夫妻、大谷藤子との結び付きである。日常的に夕飯や風呂をよんだりよばれたり、子供を預かったり、時には映画や演劇を誘いあったり、困れば借金もするという開けっぴろげな付き合いであった。B29が七〇機の編隊を組んで来襲し、東京各地に被害をもたらすような日々のなかで、その間隙を縫うように栄と百合子は行き来して援助し合っており、二人の結び付きの並々ならぬ強靭さをうかがわせる。

こうした女友達との親密な関係があったからこそ、栄は繁治との時には険悪になる付き合い(後述)も、客観的に眺める余裕が生じたのではないか。

ただし百合子との関係は終生、対等とはいかず、つねに栄の側には一歩へりくだった遠慮があったようだ。百合子は文学上の生みの親であるばかりでなく、繁治が転向・出獄後の四年間、経済的に困窮した栄一家を百合子が援助したという理由からであろう。逆に百合子が一九三五年五月検挙され、翌年三月まで市ヶ谷刑務所で服役した期間、栄は百合子への面会と差し入れのため献身的に働いた。しかし、謙虚で働き者の栄は、自分の働きを誇ることなく、百合子の援助にもっぱら感謝した。

この検挙に際し、栄は百合子の怒りを買い、じつに辛い思いをしたと後年回想している。

この落合の家でのもっとも辛かった思い出は、検挙された朝行き合わせた私が、外部への連絡に気をとられて大切な百合子さんの日記帳をスパイ（特高刑事、引用者注）に奪われたことだった。そのことで腹を立てている百合子さんはまるで私が敵に通じでもしたかのような恐い顔をした。そんな百合子さんの一面に私は私で腹を立てながらそれを顔にも出せず、五目ずしを何度淀橋署に運んだろう。

（「宮本百合子を偲ぶ―思い出あれこれ」全集第一一巻）

百合子と栄との関係がけっして対等でなく、つねに栄の方が遠慮していたこと、百合子は時には栄に理不尽ともいえる感情を爆発させたことがうかがえる。

中野重治は百合子に対する栄の態度について、「我慢しすぎたようなところ」（『回想の壺井栄』）と題するエッセイで栄の遠慮深さを指摘している。文学上の恩人として尊敬し、感謝していた百合子のマイナス面について栄はごく稀にしか語っていない。

敗戦まぢかのこの時期には、むしろ、生活面、家事雑用面で百合子は栄を頼りにしていた。大谷藤子も栄を精神的支えにしていたし、佐多稲子も、敗戦直前には執筆のチャンスが失われ、経済的に栄の援助に支えられていた。家を新築するため、庶民金庫から住宅資金を借りる保証人として、栄に依頼したこともある（『文学者の手紙7・佐多稲子』）。多くの女性作家に頼られる包容力豊かな、シスターフッドに溢れた人柄だったのであろう。

5　家族愛に賭ける夢

では、困難な戦時下を作家として生き抜いた栄は、どのような作品を書いていたのか。この時期、童話もかなり多く書いているが、ひとまず童話は脇において、小説の内容を検討してみよう。

先述のように、初期の「廊下」「暦」に始まって、その後の創作活動においても「三夜待ち」「霧の街」「昔の唄」「垢」のように、栄の一貫して追い続けたテーマは、夫婦の結合の意義を確信し、それを維持していく覚悟である。なぜこのテーマでなければならなかったのか。そこには、夫婦の結合は強靱であらねばならないという信仰に近いような意志があったと見なければならない。

それでは「三夜待ち」(一九四〇・五)などの小説で、夫婦の結合を求める作者の想いはどのように表現されているだろうか。

老年の恋に注ぐ視線の暖かさ

「三夜待ち」という短篇には、老いの日々を支え合う男女の生の美しさ、それを評価する栄の心情が泌み出ている。一九四〇年五月の作品である。

〝三夜待ち〟という風習は、各地で異なるようだが、この小説によれば、いわば老人の慰安会である。子育てを終えた老年期にさしかかる男女が稲荷神社に集まり、毎月旧暦二三日の遅い月の出を待って拝みながら、歌ったり踊ったり、めいめいの手料理をつついたりして一夕の歓を尽くす昔ながらの民間行事である。とりわけ一〇月二三日の月の出を待って宴を張る伝統的な風習は二十三夜待ちと呼ばれ、都会でも一般に広く行われた。

この物語は、孤独な老人と老女(といってもまだ六三と五五だが)が登場する。行事には参加せず、二人だけで持った三夜待ちの結果、和合がほのめかされて終わるというほほえましい話である。

生まれつき背が低く、容姿にコンプレックスを抱く貧しい農家の娘シノは、意に染まない結婚をさせられ、精神を病む姑の世話と、一家の飯炊きに明け暮れていた。

亭主は六つ年上のシノに憎しみの目を向け、働く意欲もなく、一家を支える労働はすべてシノの背にかかってきた。こうした二〇年の後、家族が死んで一人になった五〇歳のシノは、日雇い人としてミカン畑で精いっぱい働くようになる。誰に気兼ねもなく、青天井の下で働く喜びにシノは解放感とともに「世の中の面白さ、生きていることの楽しさを知る思い」であった。そうしたシノに日雇い人仲間の新六爺さんが好意を寄せる。彼は六〇歳すぎたやもめであった。

親しくなるきっかけは、シノの弁当がトンビにさらわれた事件だった。新六の親切な申し出でで、弁当を分けて貰って食べたシノは、もう色恋などとはとうに縁が切れ、後はせっせと金を貯めるだけだと考えていた。それにもかかわらず、弁当を食べる二人の情景は、さりげなく、艶っぽい雰囲気が漂う。

笹萱を折って作った箸を白い飯に突っ込むと、固くつめ込んだ飯の中で箸はすべっこく、しなやかに撓んだ。（中略）二人の咬む沢庵が、遠くの方まで響いていくかとおもわれるほど、歯切れのよい音をたてた。（傍線引用者）

傍線部分は、愛を交わす時の女の姿態を連想させるし、歯切れの良い音は心の弾みに通じるものがある。

次第に親しさを増すうち新六は、とうとう「一そ、いっしょに暮らせんもんじゃろうか」と切り出す。シノは「冗談じゃない、若い者のように」とはぐらかすが、これに対する新六の返事が面白い。

「そうはいうけんど六十は過ぎても、それはお前、齢の方で勝手に六十を越したんでのう。おれの気持ちじゃ二十の時も、三十の時も、六十越した今日もたいして気が変わったとも思えんがいの」／「冗談いいなさんな」／わざとシノはきつい顔をしていったが、かあっ、とのぼせて来るのを自分でも押えることが出来なかった。

「齢の方で勝手に六十を越したんで」という巧まざるユーモアは、いかにも農村の老人らしい、人の心を慰撫するユーモアである。高みから批評し、裁断するところに生じる笑いではなく、自分も相手も暖かくくるんで許して行くところに生じる笑い。こういう種類のユーモアを生み出すところに、栄の特色が端的に表れている。またその特色は、老人と子供において生き生きと発揮されるのだ。だから、小豆島を舞台とする栄の小説では、子供と老人が際立って生彩がある。

いっぽうシノはというと、思いがけないプロポーズに舞い上がり、しかし、あんまり嬉しがると後で不幸のしっぺ返しが来るのを警戒する。こういうシノの反応は「あたふの悪い、人に嘲われら。」という一見、きついせりふで表現される。

「後家とやもめがいっしょになることが嘲われるなら、そりゃ嘲うほうが間違うとる。」（中略）シノは黙っていたが、何かうきうきして来る気持ちを沈めるのに困った。こんな心のはずみを、シノはかつて味わったことがあったろうか？（中略）

そんなシノの心の動きが顔色に現れていようとも、新六にはそれを掬いとるほどの若さはなかったのであろう。

「人に嘲われら」というシノのせりふは、当時（おそらく大正か昭和初め）の農村の共同体における共通認識を踏まえたものであろう。それに対し、「嘲うほうが間違うとる」という新六のせりふは、旧弊な村の常識よりも、一人一人の幸福の側に立場をおいた、いわばより人間的で自由な立場からの意見である。元来は他国者であったという新六の立場の自由さが言わせるものであろうが、ここには、語り手の近代化された認識も透けて見える。

申し込みはしたが、シノのゆらめきに乗じて直接行動に出る「若さはなかった」新六は、無理押しはせず、そのまま帰って行った。ついに三夜待ちの晩、シノの気持ちはほぐれて二人の気持ちは暗黙のうちに通じあう。

この日が三夜待ちの晩だということは、巧みな設定である。村の老年の男女の公認された無礼講のような宴であってみれば、それを機会に性的に結ばれる男女があったとしても、世間は寛容な視線で許すであろう。さらにそれが発展して一つ家に暮らすようになったとしても、（親族は別として）それほど非難がましい眼では見ない可能性がある。いわば三夜待ちという慣習を利用することは、世間の非難をやわらげ、共同体のモラルとの折り合いを付けることにつながる。世間体を完全には無視できないシノの躊躇を、辛抱強くなだめながら事を進めようとする新六の態度とも合致する。無理をせず、いわば自然な流れに乗って事が成就するという、理想的な形で二人の希望は叶うのである。

二人が結ばれる予感で小説は終わるのだが、結末のフレーズは、「大根の葉」に酷似している。

月の出は遠く、秋の夜らしい深い空一めんに、こまかに星がきらめいていた。

「大根の葉」と同様、この場には心の結びあった二人の者しかいない。そして空には星が二人を祝福するようにきらめいている。月の出を待つことは、二人の幸福を待つことにつながる。二〇年の労苦の末に、シノが幸福を摑むという設定は、「大根の葉」の、貧苦と障害を乗り越えた末に獲得できる幸福の予感に通じるものがある。

さらにまた、不幸な結婚の後、男に会ったシノと、妻に死なれた孤独な新六との結びつきは、互いに恋愛に敗れた後、再出発を願って結ばれた栄と繁治の結婚に重ね合わされているのではないか。

結婚にこりごりし、独り身の解放感に自足していたシノが、新六の申し込みに、口では拒絶しながら、ひそかに胸をときめかせ、永年の間抑制していた男女の結合への欲望をそそられた様子が、描写されている。シノの期待はそれだけではない。「茶のみ友達というもんじゃろか。こやって、気心が分かって見りゃ、それも面白かろじゃないか」と新六のせりふにあるように、心の通い合う者同士、共に暮らすという愉楽への期待に胸が弾んだのだ。

狭い村落共同体のしがらみに縛られながらも、その束縛を気のあった男女二人の結合で振りほどいていく、その明るい展望が予感される展開である。そこには人生を共にする男女の結合から生まれる家族愛への信頼、それを至上の価値として求める根強い語り手の憧れが、投影されている。その家族愛に支えられてこそ、一人ひとりの人生は完全なものになるという信念。この信念は、「廊下」「暦」を書いた栄自身のものにほかならない。

恋愛に破れた後、燃え上がるような恋ではないが、互いを生涯の伴侶と決めた栄夫婦の結び付きを、いとおしみ、育てて行こうとする栄の強い意志が、「三夜待ち」には投影されているように見える。

体験に基く夫婦愛の確認

ここで「昔の唄」について少し説明しておこう。

「昔の唄」は一九四二年一月に書かれ、自らの体験をふりかえりつつ、夫婦の結合を再確認した小説である。

作家とおぼしき咲子が、友達の女性作家を伴って郷里の瀬戸内の島を訪れる。「生田春月の詩碑」「オリーブ畑」「数十万の巡礼」などの言葉から、ここが小豆島であることが推察される。

一九四二年一月前後の年譜を見ると、この小説が栄の体験にかなり基づいていることが解る。「男の作家たちの中に交じって」「半分は公の旅」という言葉から推察すると、作品世界の題材は一九四一年一〇月二八日、文芸春秋社および文芸家協会が共催した文芸銃後運動講演会のため菊池寛、浜本浩、日比野士朗、佐多稲子と一緒に四国各地を回った時の体験から得たものであろう。佐多を除いては四国出身者で占められており、ここに佐多が加わったのは、女性ではただ一人の参加となった栄に対する、菊池寛の配慮だったようだ。講演会解散後、栄は佐多に自分の郷里を見せるべく、小豆島に渡ったのである。そこで語られる咲子の恋愛事件も、体験に基づいている。第一章で述べたように、恋愛の相手は大塚克三という画家志望の若者である。後に舞台装置家として大成した大塚の名前を劇場のパンフレットで見て、胸が騒いだこともあったようだ。戦後書かれた「草の実」という小説には、「大塚克三」の実名を舞台装置家として使い、ヒロインが大阪文楽座で観劇の折、パンフレットの中にその名を見るという描写がある。

体験に基づいてはいるが、「昔の唄」はいわゆる「私小説」と違って「咲子」という女主人公と語り手とを区別している、しかも語り手によって咲子は冷静に、客観的に、ある時は批評的に描かれている。しかし、終始、作者の分身と思しき人物のせりふが物語の展開を促しているという点で、この小説は「廊下」「暦」「三夜待ち」「垢」などとは形式が異なるものだ。にもかかわらず、テーマは夫婦の強い絆を求め、信頼する志である。その点では、「廊下」「暦」「三夜待ち」「垢」などと共通するものであり、栄が戦時下においても一貫して追求してきたテーマなのだ。

栄は、このテーマをずばりそのままの私小説として描くことに、面映ゆさがあったのかも知れない。また、自分たちの夫婦生活がそのままの形で生かされ、感情が生のまま吹き出すのは避けたいという思惑があったかも知れない。感情を抑制した形で示したいという配慮から、「咲子」と、それを冷静に見つめる語り手とを区別する構成にしたのではないか。

ではなぜ、この時期に自分の過去の恋愛を視野に入れつつ、夫婦の絆の強さを再確認する小説を書いたのか。作品世界では六、七年前昔の恋人の名前を新聞で見つけたことになっているが、この時の揺らいだ女心を振り返り、揺らぎにおいて、なお現在の夫との結婚生活の重みや、自分たち夫婦の結合の強さを再確認出来た喜び、それこそがこの作品を書かせたモチーフではないか。くりかえし、フィクションの中で語り、確認して来た夫婦の結合への信頼感を、体験に即した形で再確認できた安らかさが、この小説には漂っている。

郷里と、そこに住む人々に深い愛着を抱き、作品のほとんどすべてが「郷土の臭いの無いものはない」ほど強く結び付けられている咲子と、それを羨ましがる東京育ちの和子。作品世界は、この二人の郷土をめぐる思いを中心に展開される。話題は次第に島の娘や親たちの素朴な結婚の習慣などに移っていく。ここで語り手は、咲子の語る島の自然や、人々の人情、風俗習慣などが、冷厳な現実そのものでは無く、「咲子が抱いている夢であるかも知れない。咲子自身の青春から割り出した夢と人生観であるともいえよう」と、鋭い批評を下すのだ。

さらに話題は咲子の破れた初恋の思い出と、それに続く東京での結婚に移っていく。修造との結婚についても、「同じように失意の中にいた修造との結びつきは、間ちがっているかもしれないという不安をお互いに抱きながら、二人はまるで恋人同士のようなふりをして、家を持ったのであった。」と、語り手は批評的に語っている。しかし、二人の結婚は「恋人同士のようなふり」から始まったかもしれないが、共に暮らした一〇年の歴史の重みは「何ものが現れようとも心を騒がすことがないほど二人の間は平凡ながらも、動かせないきずなで結ばれていた」と総括されている。初恋の人の消息を口に出しても、もはや、そのことでお互いが傷つけあうこともない。

こうした夫婦の過去の恋愛をめぐるやりとりは、そっくり「縁」（初出不詳）という小説にも再現されている。そのやりとりにもかかわらず、かえって夫婦の関係が、盤石の基盤の上に立っているのを再確認するという結末も全く同じである。この小説は、妾の子と呼ばれて育った娘の恋愛と結婚への模索を描いたフィクションであるが、この夫婦のやり取りの場面だけは、妙にリアルである。察するに、これは栄の実体験であり、繰り返し作品化したい題材なのであろう。

「昔の唄」には「作家として世に立とうとしていることも、半分の力は修造にあるといっていい」という注目すべきフレーズもある。したがって修造に対しては「かげろうのように消え去った昔の思い出の人とは比べられないたちの信頼」を持っていることを再確認しているのだ。物語の結末では、咲子は真っ先に修造にハガキを書こうと思い、舂月の詩碑のある丘で「昔の唄を歌いました」と記し、「それでいい、とひとりでに眉のひらけるような気持になった」という言葉で終わる。「昔の唄」は「かげろうのよう」な「昔の唄」で、現在の修造との結婚生活は「動かせないきずなで結ばれている」という、自分の人生への明るく肯定的な認識が示されている。

戦時下の抵抗としての夫婦愛

時代状況にあてはめつつ、同じモチーフを鮮明に示す小説として、同じく一九四二年二月の「垢」がある。

応召を数日後に控えた若い夫婦の熱っぽく切ない夫婦愛と、もはや老境に差し掛かった夫婦の労りに満ちた愛とを対照的に描き、そこに脈打つ二組の男女の心情を鮮烈に描きだした佳品である。若い妻の視点から、淡々と抑制された筆で描きながら、互いに相手を唯一絶対の愛の対象と信じている男女のありようを、短いせりふと、言葉以上に雄弁な表情としぐさで輪郭鮮やかに浮かび上がらせている。若い方の妻は身重である。

「今時、涙なんか人に見られたら、大変だよ。」
「人になんか見せやしない、これは内緒ごとなの。私はいいけどあなたが可哀そうだから涙が出るのよ。」
「どうして」

「だって、赤ん坊の顔も見られないでゆくなんて、――私、赤ん坊見せてからやりたいな。」

出征する夫を「可哀そう」だと言葉に出すことは、たとえ物語世界の中でも当時タブーに違いない。語り手はそれを承知の上で、こんな形で妻としての愛情を恒子に吐露させている。それに対し、夫の大吉は、表面上は冷静に召集を受け止め、果たすべき義務のみが頭にあるという態度を示している。しかし恒子は、大吉のおもいやりを「一つ一つの動作にも、眼のくばり方にも」感じるのだ。

この夫は、戦地に赴く兵士としての使命に尊崇の念を抱くよう、暗に妻に強制したり、自分への奉仕を求める夫ではなく、もっぱら妻にいたわりのみを示す男である。

たとえば大吉は、妻への愛情といたわりをこんな形で示す。召集と聞いてにわかに増えた客の応接に忙しく、疲労をにじませている妻を見て、大吉は、「一日だけ、二人っきりになろうじゃないか」と、周囲には内緒で温泉行きを提案する。「二人っきりになろう」というせりふは、状況が状況だけに切実で官能的な愛情表現として、読む者の胸に響くものだ。

温泉に行くため電車に乗り込んだ若い夫婦は、殺人的に混み合う電車の中で、一組の老夫婦に出会う。混んだ電車に乗り込んで離ればなれになったこの老夫婦は、お互いの姿を確認することが出来ない。やむなく老人は車内のどこかに向かって大声でこう叫ぶ。

「おばばは乗ったかよ」／それは、揶揄などに構ってはいられないような、悲愴な声であった。人々はますます笑いだした。（中略）するると思いがけないほど離れた後部の方から、子供っぽい、だが、まぎれもない老婦人の声で、／「おじいさん、ここにいますよ」（中略）それは、あの母親のような声とは違う、早く夫に安心させたい妻の声であった。（中略）「よしよし、乗ってればよい。」／老人の安心した声に、車内はまたも笑いのかたまりとなった。「笑いどころじゃない、こちらは気が気じゃない。」／老人の自信をもった言葉に、人々の笑いは微笑となって静まって行った。それは人々の心に何かを残すものであった。そういう何ものの妨げをも許さない夫婦の間の呼びかけ、それは、妻を「おばば」と呼べるところまで行って会得できる夫婦愛であろうか。

電車を降りた二人は「いい、老人夫婦だったな」と共感し合う。しかし、恒子は「自信を持っておばばは乗ったかと呼びかける心のつながり方に比べて、この時代に青春をおくる自分たちは、おばばと呼び交うまでには、どれだけの年月と、経験をへねばならないことか」と、戦地に向かう夫の身の上を思い、複雑な心境に陥るのだ。

時局がら、明確には語られないが、「年月」といい、「経験」という言葉に不安と恐怖が込められていることは、いうまでもない。ただし、戦時体制への配慮からか、厭戦的、あるいは戦争に非協力的と見られることを慮ってか、結末近くではこのように語られる、

「しかし、あの人たちだって、子や孫をきっと出してるよ」／「そうね」／「自分だって日清や日露に出たかも知れないよ」／「そうね」／「同じなんだよ、あんな浮世の垢を落としたような姿をしていても、いろんないろんなことがあったろうよ。」／「そうね、私たちも温泉へ行って、少しでも浮世の垢を落としてきましょうね」／恒子はそり身になって、はっは、と小さな声を立てて笑った。

題名にもなっている「垢」とは何だろう。これにはどうも両義的な意味があるようだ。「浮世の垢を落としてきましょうね」と「そり身になって、はっは、と」笑った恒子の態度を表側から見ればどうだろう。そこには何かをふっ切って、くよくよせずに希望を持って夫の生還を待とうとでもいうような明るさと、強さがある。戦争を遂行する側から見れば、美談になるような軍国の妻のイメージではないが、それなりに望ましい銃後の妻の姿であろう。この場合、

恒子がふっきったものとは夫に赤ん坊の顔を見せたい、とか、召集のショックで口もきけなくなるほどの不安と恐怖とか、そうしたもろもろの妻としての愛情から生じる執着であろう。その執着を「垢」にたとえ、夫婦ともそれらをふっ切って、平和で安穏な平時における日常的感覚を脱し、出征兵士と銃後の妻として生まれ変わったすがすがしい心で、非常時に生きる覚悟を固める。恒子と大吉夫婦の到達した心境はこういうものだろうか。一見、そのように読めなくもない。特に結末部分だけ読めばそうであろう。しかし、筆者には、どうもそうは読めない。

なぜなら「赤ん坊の顔も見られないでゆくなんて」「あなたが可哀そうだ」と言って泣いた恒子の言葉と、先述の力強い明るさの部分とは落差がありすぎる。むしろ、ここからは、銃後の妻としての不安と悲哀を、ねじ伏せようとする虚勢が感じられる。物語の最初でも、「覚悟だけはしておいた方がいいよ。」と再召集の可能性を告げる大吉に、「覚悟なんて、しなくったって出来ちゃうものよ。だけど、今はいや。」と「わざと捨て鉢にいっては」涙ぐむ恒子であった。まだ新婚と言ってもよい夫婦なのに、仲を引き裂かれるようにして戦地に夫をおくらなければならない、そのことへの口に出せない憤りと悲痛な思いが、この言葉には潜んでいる。「覚悟なんてしなくったって出来ちゃうものよ」という「捨て鉢な」表現は、夫婦の仲を引き裂く強大な力への反抗心と、無力感を伴う口惜しさが滲んでいるようだ。

こうした心情の持主であるとすれば、恒子は「浮世の垢を落とす」ことを、どのような比喩として使っただろうか。結論からいえば、それは夫婦の仲を裂こうとする、あるいは真摯な愛情表現を抑圧する世間の眼や、戦時下の心理的規制から自由になることではないか。

それを読み解くためには、この夫婦が駅で出会い、電車の中で「おばばは乗ったかい」と呼びかけ、「おじいさん、ここにいますよ」と応えた老夫婦と、恒子たち夫婦とが、作品構造の中でどのように位置づけられているか、分析する必要がある。恒子たちは、出征を控えて挨拶や事務引き継ぎなどでひっきりなしの客の応接に追われ、ゆっくりと別れを惜しむ時間もない。いわば片時も夫婦らしい時間を持てない状態である。

片や老夫婦は、混雑の極みにある電車の乗客にもみくちゃにされ、離れ離れにされてしまう。片時も離れたくないとぴったり寄りそっている老夫婦が、だからこそ、老人は伴侶のありかを確かめずにはいられない。周囲から揶揄され、失笑されても、そんなことを顧慮する気にはなれないのだ。老人は世間体や見栄や体裁など振り捨てて、老妻の安否を気遣っている。いわば人間らしさの溢れた夫婦愛である。その美しさに恒子たちは感動したのだ。

ここで、誰しも恒子と老夫婦が相似関係にあることに気付くであろう。世間の思惑、慣習、常識による圧迫から逃れて温泉に行く若夫婦と、周囲の思惑を意に介さず、毅然と公衆の前で率直な愛情表現を示す老夫婦と。この二組の夫婦の行為は、比喩的な意味で「垢を落とす」もしくは垢の無い清らかさを表すものなのだ。

では「垢」とは何か。この場合は電車の乗客の軽薄な嘲笑が示す世俗的反応であろう。真の倫理的基準などとは無縁な、ただ世間的慣習に外れると言うだけの理由で、嘲笑う軽薄さ。「三夜待ち」の「人に嘲われら」というあの世間の嘲りと同質の笑いである。

恒子たち夫婦の場合は、出征前の別れを惜しむ温泉行きであるが、「時局を忘れてるみたいだから」「人に笑われないかしら」と「内緒で」行くことにする。世間へのはばかりからであるが、その世間の常識、無言の規制を加える圧力、自然な夫婦愛の表現を抑圧するものが「垢」であろう。今後、どういう状況になっても、可能な限り真率な夫婦愛の表現を憚りなく示し、互いの愛の絆を強めていこう、という抵抗の意志の表れ。それが結末の恒子の「笑い」ではないだろうか。

この二組の夫婦を取り巻く過酷な状況は、殺人的に混み合う満員電車によって象徴化されている。だから「垢」は、戦時下にあってもありうべき夫婦の生き方を、二組の夫婦によって比喩的に表現した巧みな構成の小説なのだ。巧みさが表面に出ず、いかにもスケッチ風にさりげなく描いているところに、大仰な構えやてらいを見せず、質朴な表現で効果をあげるという栄の本領が発揮されている。

第五章　戦後民主主義運動の伴走者

1　左翼作家の再編成

敗戦直後から、旧プロレタリア作家たちの間には、かつての革命運動と文学運動との再検討の上に立ち、もっとリベラルな作家をも含めた幅広い層を取り込んだ文学運動と組織作りの機運が、旧プロレタリア作家の間に高まって来た。これが一九四五年一一月新日本文学会の創立につながった。

とはいっても、その中心となったのは、共産党員作家およびその周辺の作家たち、言いかえれば旧ナップ系の文学者である。名前を挙げれば、投獄されたが非転向のまま出所した蔵原惟人や、非転向を貫いて獄中にあった宮本顕治や西沢隆二。良人宮本を支えただけでなく、執筆禁止の狭間をくぐって、検閲すれすれの線で、戦争に抵抗する意思を表現した宮本百合子。さらに転向はしたが、独特のやり方で文学精神を守り続けた中野重治などである。

『新日本文学』創刊準備号（一九四六・一）に中野はこう書いている。

一日も早く戦争中政府と軍閥とから強制と陰謀とで動員せられ、それの反省からやゝ自虐的に活動再開をおくらせてゐる作家たちに「活動を再開せよ、それは可能だ、それは貴重ですらある」とハッキリと言はねばならぬ。

ここに書かれた「強制と陰謀とで動員せられ」という言葉が端的に示すように、政府と軍部の戦争責任を追及する視点は明確だったが、屈服させられた文学者の側の弱点を検討するという視点には欠けていた。

ともあれ、四六歳で敗戦を迎えた栄はごく自然に、戦時下の仲間たちに加わって小説や童話を書きはじめ、壺井繁治は共産党に再入党してさらに旗職を鮮明にすることになった。それだけではなく、繁治は、佐多稲子の再入党に際しても、党の中枢――宮本顕治、蔵原惟人などとの仲介役を果たしたことが、佐多の一九四六年八月一七日付の中野宛書簡から知ることができる（『文学者の手紙7・佐多稲子』）。

ただし、栄は戦前はもちろんのこと、戦後になっても共産党員の入党資格が緩和される状況になり、繁治もくりかえし勧めたが、入党は拒み続けた（戎居研造からの聞き書き）。これは栄として深く考えるところあってのことであろう。党を支持はするが、入党はしない。ここに栄らしい自己認識に基づく信念が示されているように思う。夫が戦前からの党員であったことを思えば、入党を拒んだことは栄の確固たるポリシーだったと考えて良いだろう。戦後、共産党への入党者が飛躍的に増大し、新日本文学会にも、婦人民主クラブにも多数の党員が存在したにもかかわらず、勧められても栄は拒み続けた。党の活動方針を大局的には支持し、党にシンパシーは感じていても、自分が党員として指導的立場で活動することは、任では無い、と感じていたのではないだろうか。

栄は新日本文学会の掲げる反ファシズム、反封建主義、民主主義の実現と民衆との連帯を素朴に信じ、創作内容にもそれを取り込もうとした節が見える。それが必ずしも成功しなかった例は、「襁褓」などの作品に見られるのだが、それについては後述する。

戦時下の言論の抑圧された状況にあって、栄と繁治は日常的に百合子や中野重治の身近にあり、物心ともに困難な時代に身を寄せ合うようにして生き抜き、特に栄は百合子のシャドウワークを引き受けて、百合子からは同志的存在と見なされていた。

創作の上でも、栄は夫婦の絆への信頼を作品の核として、「暦」「三夜待ち」「垢」など庶民の女子供の生の実相を暖かく見つめ、その美点を掬い出した作品を書いて新境地を開き、露骨な戦争賛美の体制追随的風潮に流されることがなかった。そのため、百合子からその人間性において厚い信頼を得ていた。

繁治は侵略戦争に非協力とは言い難かったが、旧ナップの中心メンバーとして、壊滅直前の事務局を支えたこともあり、また百合子と常に親しい関係にあり、日常生活の上で百合子を支えることが大きかった。それらの条件のためか、旧ナップの中心メンバーの文学者からなる新日本文学会創立の発起人になった。創刊準備号には巻頭詩として「海へ」を発表し、創刊号には詩「二月二〇日」を発表している。栄は発起人には加えられなかったが、同じく左翼系の機関誌『民衆の旗』にいちはやく「地下足袋」（一九四六・二）を発表し、翌月「昔の顔」を同誌に発表している。

また新日本文学会監修で刊行された新日本名作叢書には、小林多喜二の「一九二八年三月一八日」や中野重治の「鉄の話」、佐多稲子の「キャラメル工場から」と並んで、栄の「大根の葉」も収められている。敗戦の翌年には、リベラルな女性雑誌『女性線』に「若い乳房」（三月）、左翼系の『女性改造』に随筆「今昔」（六月）、『婦人民主新聞』には随筆「おとずれ」（八月）「甘い誘惑」（一二月）などを発表し、栄は、いわば戦後民主主義文学運動の一角に位置を占めることになった。

2　戦後民主主義運動の仲間として

敗戦直後の作者自身の体験に基づく小説として「表札」がある。ミネと新吉夫婦の家に「終戦直後のある日の午後」谷本謙一が訪ねてくる。全集の解題によれば谷本のモデルは蔵原惟人、妻高木は中本たか子と推定されている。谷本は新吉たちと同じように「ある文化団体の指導的立場に」いて検挙され、獄につながれた。ミネも一度だけ、彼と短い面会をした経験がある。刑を終えて刑務所から出た後、或る女流作家と結婚し子供が生まれたが、「わざと遠慮して誰ともあまりつき合っていないという」噂が伝わってきたという。これらの記述から、谷本のモデルを蔵原と判断したものであろう。

蔵原は、プロレタリア文学運動を代表する評論家の一人で、プロレタリア文化運動の全国組織であるナップ（全日本無産者芸術団体協議会）結成後は、機関誌『戦旗』に「プロレタリヤ・レアリスムへの道」をはじめ、数多くの評論を書き、マルキシズムの立場にたつ指導的文学者となり、共産党に入党した。しかし、一九三二年、左翼への大弾圧により検挙、投獄され、一九四〇年非転向のまま出所、戦中は作品を発表しなかった。

戦後は共産党の文化政策担当として指導的立場に立った。新日本文学会機関誌『新日本文学』の編集兼発行人は蔵原であり、創刊号には巻頭論文を発表している。

この蔵原の訪問を受けたとすれば、共産党主導で戦後民主主義を推進する文学運動の中核を担うことを、党から公認されたに等しい、と繁治が感じても不思議はない。転向の負い目を抱いていた新吉（繁治）の顔が歓びに燃えて、彼の訪問を迎えたのは、当然のことだった。百合子と違って、蔵原とは戦時下に全く付き合いが途絶えていただけに、その訪問は表面上は私的な訪問を装いながら、より公的に近いものと受け取られたにちがいない。

終戦の日に玉音放送を聞いて「戦争から解放された喜びの中にあるのに、これは一体なんだろうと考えて見たが、その奇妙なむなしさはよくわからなかった。これは私が今度の侵略戦争に対して積極的に抵抗できなかったからだろうか？」（『激流の魚』）と、繁治は自分の心の内側を分析している。ここには転向した過去の行為に対する疾しさが揺曳している。

こうした心境にあった繁治の像としては、作品世界はあまりにも翳りが無さ過ぎるように見える。戦時下の左翼の活動家の逼塞した生活ぶりが語られ、「三人集まって話をすることにさえ光った眼を感じるような情勢の中では、残されたものはひそやかに身を守るより仕方が無かった」とある。言論統制下の状況がまさにこの通りだとしても、これでは自己正当化に終始し、人間の心の奥底に潜むものを探り出す点で、いささか物足りない感が残る。先の繁治の自伝の方が、自責の念がやや薄いとはいえ、その点では自己追究の可能性を秘めている。

「表札」という題名は象徴的である。表札には「谷本謙一と高木なつ子の新しい出発の姿があった」というのが小説をしめくくる一文であるが、もちろんここには新吉・ミネ夫婦の新しい出発も重ね合わされている。だから、「表札」は公の場に向かって自分の存在をアピールする意味があり、この二組の夫婦は、戦後社会に公然と自分の主張と表現を掲げていく喜びを感じている。ただし、谷本の方には逼塞した暮らしの屈辱の想いを秘め、静かな緊張感が感じられるが、新吉の方には、谷本の訪問を受けた時点で、疚しさや恥の記憶は吹っ飛んでしまったように感じられる。繁治が事実そうであったというよりも、そうした繁治の屈折した思いを汲みとる認識は、執筆当時の栄には無かったのであろう。

ともあれ、栄と繁治は、旧プロレタリア文学者を中心とする新日本文学会に所属し、主要な書き手として、また『思潮』『民衆の旗』『民報』などの左翼系の雑誌・新聞の寄稿者として、戦後日本の文学状況の海へ漕ぎだして行ったわけである。

しかし政治問題、社会問題に関する栄の発言はけっして多くは無い。入党を拒んだことと同様、オピニオンリーダーになるのは、自分の柄にないことだと考えたからであろう。ただし、共産党の選挙の応援などには助力を惜しまなかった。一九四六年四月一〇日の第一回総選挙に際しては、四国へ応援に出かけていき、帰りに小豆島に寄ったりもしている。

そうした言動の中で平和問題にはとりわけ敏感で、一九四九年五月、羽仁説子、佐多稲子、宮本百合子、湯浅芳子等有志二〇名とともに声明書「平和を守り教育を憂うる女性の皆様へ」

を発表するなどの活動も見られる。

数少ない政治的発言ではあるが、家庭婦人的なセンスと言い回しで、主張すべきキーポイントはしっかり押さえた文章を書いている。一例をあげると、「もの言えぬもどかしさ」（初出未詳）などは、かなり明確に主張を述べたエッセイである。一九五〇年代に書かれたと思われるが、「政治のことや法律のことを、私はあまりよく知りません」と断りながら、言論の自由が制限される怖さについて述べている。警察の取り調べで暴行を受けたと訴えた者がいた。警察で暴行を加えた刑事の顔を見ながら、当人がこの刑事にやられたと訴えたが、刑事はこぞって否定し、彼の訴えは取り上げられなかった。こうしたやり方に栄は強い危惧の念を示している。国民が激しく反対してさえ、「ぬけぬけと軍備をすすめたり」「秘密保護法案だの、教育二法案だの、と、要するにこういう法律は、国民をだまらせる法律だと思われます。」「庶民のおとなしさをいいことにして、原爆使用を支持するなどといい出す日本人を憤らずにいられません」と、逆コースと呼ばれた政治状況にも、警戒の念を表わしている。当時、平和と自由、徹底した民主化を求める社会党、共産党、労働組合、婦人民主クラブ、全国婦人団体連合会などの女性団体、新日本文学会その他の文化団体にとって、政治的最重要課題は、再軍備反対、原水爆反対、言論の自由の尊重であった。世話に砕けた物言いではあるが、要となるメッセージは明確に伝わる文章である。

3　右文を引き取る

敗戦直後、栄に生じた生活上の大きな変化は、甥の子供で孤児となった右文を引き取ったことである。第一章で紹介したように、早世した長兄弥三郎の妻マサエは鍼灸師の免状を取るため、二年間栄の母に子供二人を託して勉強した。

免状を取ったマサエは広島市で開業し、子供二人を育てた。長男の典は建築士、次男の卓はジャーナリストとなった。戦争が激しさを増す一九四四年二月には卓の結婚式の仲人を頼まれ、横浜まで出かけている。戦時下の上海で新聞社に卓は勤務していたが、その地で戦病死した。卓の妻の順子は一九四四年九月に右文を産んだが、敗戦直後の九月八日に腸チフスで命を落とした。

孤児となった右文は、やむをえぬ周囲の事情により、順子の死の直後から、栄夫婦が引き取ることになる。この経緯は「戦争がくれた赤ん坊」（一九四六・二）に詳しく描かれている。この小説によれば一歳で栄の家に来た右文は、青黒く痩せて栄養失調のため立つことも出来ない赤ん坊であった。お世辞にも可愛いとは言えない子であったが、栄はそれがいっそう不憫でならず、「この顔をまるまると太らせてやりたいわね。人の顔色ばかりをうかがっているあの眼の色をほぐしてやらなくちゃならないわ」という使命感に燃える。「今度は私がお手伝いできるから大丈夫よ」「私だって弟が出来るんですもの」という正子（養女真澄がモデル）の言葉に、救われたように感じるのも、作家である栄に代わって実際の育児をするのは、正子だからである。後年に書かれた「右文覚書」によれば、右文は神経質でわがままな、「暴君のしるしがある」少年に育ってしまった。この小説の末尾には、これは「私の身辺に起った事実の物語」で孤児右文のために「残しておいてやりたい記録の一部」であるという付記が添えられている。

「二つ身の着物」（一九四五・一二）は同じ題材を小説化したものである。主人公の「私」と夫は、新婚のころから、「私」の姪正子を引き取って育てていて、今では実子同様の愛着を感じている初老の夫婦である。この作品では引き取った赤ん坊を背負って帰る道々「正直なところ未だ愛情よりも不憫さの方が強い感じね。」「ただ一片の義理と不憫さの中で育つなんて、可哀そうよ」と「私」は嘆く。しかし、背中からおろすと不安がってしがみついてくる赤ん坊のしぐさに「僅か三時間ほど馴染んだだけで、これだけの信頼を見せる右文の動作はいたく私の心をうった」というふうに、変化を見せる。この作品でも、「肩張らなかった？　もみましょうか」という正子の優しさに涙ぐむ。同じく養女として自分の家に来た正子に、すっかり家族としての愛情が根付いていることに、この「私」はあらためて感動したのだ。家族として暮らす年月の重みが愛情を育むということを再確認し、子供を産まなかった自分に与えられた家族愛に感謝したのだろうか。それもあるが、その愛を噛みしめるまでに、積み重ねた自分の努力をもいとおしんでいるのだろう。努力の結晶だからこそ、いとしく、手離しがたい。それが家族愛であり、夫婦愛だという認識であろう。

栄は、この題材で実に多くの小説を書いた。「若い乳房」（一九四六・一二）「北海道の花」（一九四七・一二）などで、それらを集大成して「右文覚書」（一九四八・五から翌年・三まで連載）が書かれた。これら右文をモデルにした小説では、他の人物には作中の名前が充てられているが、右文だけはすべて実名である。おそらくここには、彼のための記録を残すという意識が、働いているからであろう。

上落合に住んだ頃、隣家で親しく親戚同様の付き合いをした井汲花子とは、戦後住まいがやや離れても、往き来が続いていた。敗戦直後、薬の販売をする花子を助けていたのも栄である。「グローブ」（一九五〇・一二『潮流』）と「木の上でおるすばん」（一九五〇・四『少年少女』）という童話は、この井汲家の二人の息子、多可史と明夫をモデルにしたものである。以下は、筆者が井汲家の二男明夫から取材した直話である。

一九四八年頃、二人の兄弟は、しばしば高円寺の自宅から鷺宮の栄の家まで、徒歩三〇分の道を訪ねていった。栄の家には、彼女の作品を掲載した児童雑誌がたくさん送られてくるので、それらを貰う楽しみがあったからである。当時兄は三年生、明夫は一年生だった。遊びに行くと、明夫より三歳年下の右文がいて、兄の多可史はあまり一緒に遊ばなかったが、明夫はよく右文と遊んだ。神経質な甘えん坊で、よく泣く子だったから、姉の真澄はしばしば手を焼いていた。右文の世話はほとんど真澄が見ていて、栄はいつも仕事部屋にいた。

栄は次第に執筆が忙しくなり、家事や育児を真澄に頼ることが多くなったのであろう。

栄の養女と養子である真澄と右文が、なぜあんなに躾けられ方が違うのかと、筆者は不思議に思っていた。真澄は栄と繁治の気持を良く察し、よく気がつくやさしい娘である。お手伝いさんと共に家事を切り盛りし、我ままな不貞腐れたところは少しも無い。少なくとも、栄の小説にはそう書かれている。しかし、右文は栄の小説のなかでも、小さい暴君で、学校へ持っていく鞄が気に入らないの、洋服が気に食わないのと、いちいち癇を立てる。真澄はなだめたりすかしたり、ずいぶん苦労しているのが良く解る。この違いは、どこから来るのだろう。革命運動の渦中で、男女平等思想を身に付けた栄であってみれば、男子を尊重し、女子を奉仕する存在と規定するはずは無い。とすれば、なぜ右文はあんなに我ままに育ってしまったのだろう。思うに右文の養育を真澄に任せたが、その真澄が右文にとっては全然怖くない存在で、むしろ右文が泣いたり騒いだりすると、栄の執筆の妨げになることに真澄ははらはらした。困難な時期をくぐった時期の栄は緊張感もあって真澄には厳しかったが、右文には不憫さが勝って、いまや甘いおばあちゃんになってしまったからではないか。小さい暴君が生まれる条件がそろっていた訳である。

姪の発代も、ピアノの稽古で、自分には早朝練習を欠かさず実行させ、厳しくしつけた伯母が、どうして右文にはあんなに甘かったか、と不思議がっていた。

4 ジェンダー差別の意識化

戦時下から栄は、出版ジャーナリズムからの注文に応じ、童話やエンタテインメント的読み物も次々と書き続け、職業作家としての地位を不動にした。しかし、戦後になって、栄の文学的美質が十二分に発揮されるのは、一九四七年四月から七月まで連載された「遠い空」(『民報』)と七月に連載が始まった「妻の座」(『新日本文学』)からであろう。

戦後の栄の著作には、ジェンダー差別に敏感になり、それを小説の中に表現することが目立つようになる。その顕著な例は「妻の座」である。妹の離婚の衝撃とそこからの立直りを描いたこの小説の前後から「遠い空」、「渋谷道玄坂」、「屋根裏の記録」、「母のない子と子のない母と」、「岸うつ波」、「花」・「歌」・「風」・「空」の連作が示すように、社会における劣位の位置づけをはねのけながら、女たちがそれぞれの生を、いかに輝かしく生き抜いていったかが、描かれていった。参政権をはじめ、女性が権利を次々と獲得していった戦後民主主義の理念を追い風とし、ジェンダー差別を排除し、女性の伸びやかな自己実現を切望するように、栄もまた変化したということだろう。そこには身近な妹の実体験が投影されている。日記などを見れば、戦時下でも栄の中にはジェンダー差別への不満は存在しているが、それが戦後のこの時期から、小説の中に明瞭な形で表現されるようになった、ということかもしれない。

「妻の座」、「母のない子と子のない母と」、「花」・「歌」・「空」などはそれぞれ章を改めて論じるので、ここでは、「渋谷道玄坂」と「遠い空」について分析してみたい。

「渋谷道玄坂」

敗戦直後に栄の作家としての実力を示したこの小説は、一九四七年五月に発表された。

題名になったこの場所は、栄が上京して初めて、繁治と新所帯を持った世田谷区三宿町や太子堂に近い盛り場であった。一九二六年三月、妹のシンと貞枝を一時引き取ってそれぞれ女学校に通わせ、暇を見つけて三人で半襟の店や、小間物屋や、呉服屋を覗いて歩いた思い出深い地であった。小説は栄自身と妹二人をモデルに、この地を二〇年後に再訪した三姉妹のそれぞれの悩みを、姉のミネの視点から描いている。「渋谷道玄坂」という地名が姉妹にとって懐かしいのは、ミネにとっては新生活の出発の地に近接した盛り場であり、少女だった妹二人にとっては、はじめて上京して触れた大東京の一隅だからである。それと同時に、ミネと妹二人の関係が、時には叱られたりしながらも、暖かい肉親愛に満ちたものとして記憶されているからにちがいない。「いいじゃないの閑ちゃん。三人で一しょに道玄坂を歩くなんて、二十年ぶりよ。」

という千枝のうきうきと弾んだ言い方にもそれが表れている。しかし閑子の表情は暗く、なにか不安を抱えているように淀んでいる。

閑子は、四人の子持ちの作家野村の後妻となってまだ「半月そこそこ」であった。子供を大勢かかえて妻に死なれた男と、四〇まで独身で、異性との付き合いに全く無縁だった閑子とが一緒になれば、きっと両方が幸福になると信じて、ミネは作家仲間の野村との縁をまとめたのだった。野村も乗り気で、結婚を非常に急いでもいた。

しかし、いざ結婚すると、ミネは得体の知れない疑惑と不安に捉われて、容易にそれが拭い去れない。野村が、結婚してから一度もミネの家を訪ねて来ないばかりか、たまりかねて訪ねていったミネに、よそよそしく警戒心を見せた。閑子はといえば「主人の前で何かあらを見せまいと気を張っている落ちつかない姿」で、ミネの不安はますます膨れ上がっていった。「何か異状がある」と妹の結婚生活に不安を募らせる。はっきりとは解らぬながら、ミネは新婚の二人の不和が、性的な事柄に原因があると、漠然と感づいている。妹に向かって心中ひそかに良き母となることにかまけて良き妻となることを忘れているのではないのか、と呼びかけ、「四十のお前の肉体のどこかには、花を咲かせることのできなかったはたちの青春が秘められているはずではないか。」もし夫が閑子の心身を解きほぐし、燃え上がらせてくれないなら、古くさいつつましさをかなぐり捨てて、自分の肉体と精神を自分で解放しなければならないのに、方法が分からず「うろうろしているのではないのか」と心の中で深刻な警告をする。

ここから作中時間は二〇年前に戻り、女学生だった閑子の、性的な事柄への潔癖さや、並はずれた警戒心、融通の利かぬ四角四面の性格が紹介され、それらが現在立ちふさがっている不幸な結婚生活と関連があるように暗示されて、ミネの不安と疑惑は解けぬまま、物語は終わる。

ミネはうすうす結婚の破綻を予感しているように見え、その原因がこの小説では、閑子の性的な未熟さ、異性とのコミュニケーションの拙さにあると見て、野村の側の責任は追及していない。しかし、たとえ原因が主に閑子の性格にあるにしても、それは「つつましさ」「身持ちの固さ」としてむしろ女の美徳だったはずである。それがどこから「地獄の第一歩」になるのか。

世間の（言いかえれば男性優位の社会の）眼から見ると、娘である間は「身持ちの固さ」は美徳であるが、妻となった時は、その性的魅力を存分に発揮して夫を満足させなければならない。それが出来ない妻は夫から嫌われ、破婚の憂き目にあうということである。この道徳はダブルスタンダードを持っていて、本音と建前があると言い換えても良い。いわば女は相手によって変身を強いられるし、しかも敗戦前までの女性は、その相手も自分で選択できるとは限らなかったのだ。随分と（男にとって）ご都合主義の道徳が女には課せられていたわけである。利口な女はその本音と建て前を使い分け、男性の表と裏の顔を巧みに見極めながら、「ふしだら」という評判が立てられない程度に男性と付き合い、一人の男を獲得する。

しかし、四〇歳まで独身でいて、男性経験を潔癖に避けてきた閑子は、建て前のままで生きてきて、自分を性的に解放するすべを知らなかった。それは閑子の罪では無い、とミネは訴えているのだ。いわば、男性社会のご都合主義の道徳にがんじがらめに縛られた閑子が、ミネには哀れで仕方が無い。

先述のように、閑子を哀れな犠牲者とみる視点から、野村への攻撃に矛先を転ずることは、この小説ではまだ無かった。しかし、いったん閑子の破婚という事件の意味する内容を解きほぐして見れば、犠牲者とされた恨みが深いだけに、加害者追及へと、栄の筆は向かわざるを得なかったのだろう。二ヶ月後には、「妻の座」が書き始められるのである。

「遠い空」

「渋谷道玄坂」の発表より少し前に執筆開始した栄の自伝的意欲作に「遠い空」がある。一九四七年四月二二日から七月一六日まで、左翼系のタブロイド紙『民報』に連載された。

既に述べたが、戦時下においても、夫婦の結合の強靭さを確認し、あるいは家族を作ろうとする男女の結合への信頼などを、くりかえし栄はテーマにして来た。このテーマにまっすぐ繋がる長編小説が「遠い空」である。少女時代から恋愛して結婚前に子供を生み、なかなか夫の親に結婚を許されずに苦労した栄の妹貞枝を、モデルにしている。したがって、定職が見つからない夫と別居し、小豆島の実家で子供二人を内職の収入で育てているという主人公の設定は、貞枝の体験にもとづいた部分が多い。やっと夫の勤めが決まっても月給はお話にならないほど安く、この一家は、妻の内職で家計を補う状態だが、北関東の小都市で、家族愛に満たされた明るい日常生活を送っている。収入の不足をひがみ、苛立ちを子供や妻にぶつける夫との感情的衝突などを、生活者としての明るさ、たくましさで切り抜けていく妻松子。その賢さを軸に据え、親子四人の個性を描き分けながら物語は展開されていく。

　敗戦直後の地方都市のいびつな復興ぶり、金があるのは闇屋ばかり、という社会情勢が、衣食住の具体的イメージを通して描かれている。こうした戦中戦後の社会現象の中で、夫の浮気のからむ夫婦の感情のもつれがどう解決されたかを語る時に、この小説は断然生彩を放ってくる。だが結局、家族の結合をけっして手離さないという松子の決意によって、この家族は現在の一応の安定と幸福を得ている。それこそが語り手の最も伝えたいメッセージにちがいない。

　いずれにせよ栄は第四章でも述べたように、表に出なかった夫の浮気をめぐる妻の動揺と、それへの対処の仕方をフィクションの形で表現し、そこに自分自身の体験と、それを乗り越えた自分の覚悟とを、再確認したかったにちがいない。

5　妹の離婚という事件の波紋

もう一つ、この時期、栄の身辺に起った大きな事件がある。前の節で述べた通り、妹のシンと作家徳永直との結婚が最終的には徳永からの一方的な離婚に終わった一件である。この事件にほぼ忠実に基いて「妻の座」が書かれた。シンは「暦」のモデルとして描かれたように、安定した教師という職業を支えに、一生独身を通しても構わないと思い続けていた。だが、四〇歳を迎え、戦時下の困難をくぐった結果、「妻の座」に書かれたところによれば、「この年になるとあとあとが思いやられて、やっぱり適当な相手さえあればと思うようになってね、戦争中に、もう一人でいることにうんざりしたの。」という心境になっていた。

栄は結婚こそ、人生において最も充足した人間関係であるという対幻想の持ち主で、人にも我にも結婚を勧めたい人間だった。だから、徳永直から直接手紙で結婚の世話を頼まれ、「縫物の出来るといふやうな人なら尚結構だが」（佐多稲子の原泉子宛書簡『文学者の手紙』7）という希望を告げられた時、すっかり乗り気になった。徳永は敗戦の直前に病妻に死なれ、がっくりと気落ちしているさまが傍目にも明らかなほどだった。美しかったというその妻の思い出を「妻よねむれ」と題して執筆中であった。徳永とは共通の友人に当たる佐多稲子にも間に立ってもらい、栄は妹にもこの縁を勧めた。

こうして徳永の方も気持が動き、「妹さんの人柄からうら表のない人らしいし、だんく好きになれさうだとおもはれて話が決まることになりました」（前掲書）と当時の佐多稲子の書簡は伝えている。その書簡では「栄さんは自分の妹さんのことではあり、非常に控えめにしてゐられましたし　私としても」「徳永さんの気持本位にと心がけました」とも書かれてあり、栄が佐多を味方に引き込んで、強引に妹を押し付けたということは無かったようである。

徳永直は、家事万端を取り仕切ってくれる家政婦役を緊急に必要としていた。そのために、この女性を妻として愛することが出来るかどうか、深く自分の感情や感覚を吟味することなしに、慌てて事を運んでしまった感がある。同時に結婚というのは、相手の女性の人生に責任が生じることだという認識にも欠けていたと、言わざるを得ない。もっとも、「秋蒔きの種」（一九四六・一〇『女性ライフ』）に描かれたところによれば、シンは徳永の結婚話に乗るために、教職を擲ったという訳ではなく、その直前に自ら退職してしまったようである。

こうしてシンは一九四六年八月に結婚したが、まもなく徳永は佐多稲子を介して離婚したい意志を伝えてきた。そして二か月後には破局に至るのである。

離婚の理由とされたことに納得できないものを感じ、離婚に至るまでの徳永の対応に、憤りを抑えかねたのであろう、栄は離婚の翌年、「妻の座」を書いた。さらに一九五三年四月から一二月まで、やはり徳永の別の離婚問題を題材に「岸うつ波」を書いている。

この小説は離婚された女性からその顛末について、訴える手紙をもらったことに触発されたと栄は後に記している（「小説のむつかしさ」筑摩版『壺井栄作品集11　岸うつ波』）。しかし、たとえ、手紙をもらったにせよ、それを題材に書くということは、モデルが容易に推定できる場合、ある決意が必要であり、栄にとって、妹の離婚事件が与えた衝撃がいかに根深かったかを推定させるものである。「岸うつ波」で糾弾された登場人物のモデル・徳永は、これに反論すべく「草いきれ」（一九五六・八〜九『新潮』）を書き、文壇に「草いきれ」論争が起こった。徳永は「壺井さんへの応酬ではない」（一九五六・九・二二『図書新聞』）を書き、それに対して栄は「虚構と虚偽――『草いきれ』に関して」（一九五六・一一『群像』）「徳永直氏へ」（同年・一二『群像』）で対抗し、さらに徳永は「破婚問題を扱う態度について――壺井栄氏に答えながら」（一九五六・一二『群像』）を書いて報いた。この時栄は五七歳で、『朝日新聞』や『主婦の友』に連載をかかえる流行作家になっていた。栄の作家としての自信が、こうした反論の背後にうかがえる。

「妻の座」

この小説は一九四七年七月に『新日本文学』に発表され、いったん中絶して四九年二月から四月まで連載、次いで七月に発表されて完結した。このように断絶的発表になったというところに、栄の受けた打撃の強さが如実に示されている。この間しばしば栄は体調を甚しく崩している。

ここに主人公ミネの述懐がある。あくまでも、日常生活のレベルで、体験的、実感的に語られているが、この指摘は今日でも古びてはいない。いまだに解決されないジェンダー差別の現れ――性別役割の不平等さを突いた指摘であろう。

一しょに目がさめても、男は寝床で新聞をよみ、女は起きて台所に立たねばならぬ。男たちが起きて顔を洗っている間に女は掃除をすまし、朝食と弁当の支度をする。それが五分おくれたといって文句をいえるのは男だけで、女は結局三人分の弁当をかかえてあとから出かけることになる。

この小説の作中時間は一九四六年一〇月である。この時期をミネのモデルである栄の体験に即して見直すと、栄、繁治の夫婦関係の別の側面が明らかになる。この時栄は作家として、戦時下から引き続き、年間四〇本以上の原稿をこなし、稿料を得ている。一方繁治は、一九四四年一月頃に就職した北隆館出版部を、翌年三月に思想的理由で辞めさせられ、以後は敗戦後のこの時期まで、職に就いてはいない。詩は書いているが、出版ジャーナリズムからの求めに応じて旺盛に原稿を書いている栄とは違って、収入としては僅かなものだったであろう。したがって、主として家計を支えているのは栄であったと想像できる。引用部分が栄夫婦の日常生活の一コマを反映しているとすれば、こうした夫婦の場合ですら、旧態依然たる「家事は女の仕事」という社会通念が支配していたことが解る。

旧態依然、といったが、厳密にはこの場合、性別役割の規範は捩れているようだ。なぜなら、「家事は女の仕事」という規範は、「男は仕事」で収入を得て家計を支えることが前提条件のはずである。その前提が崩れているのも関わらず、女にだけ性別役割分担を押し付けることは出来ない筈だからだ。しかし、この社会通念は男社会によって、永年あまりにも強固に守られてきたため、前提条件が崩れても、不変の道徳律のように、女を束縛し続けた。ミネにしても、男への不満を秘かに胸の内でつぶやくだけである。

〝稼いでいるのは私よ〟というのが、夫にとって最も痛い点であり、それだけにタブーとして絶対に触れてはならないことを、ミネはよく知っているからだ。なぜ、夫婦の間にタブーが存在するのか。それこそ、家族の中で男が権威の象徴だからなのだ。権威によって構築された支配・被支配の関係を容認しても、夫婦の結合を大切に維持していきたい、という気持ちが妻の側にある限り、妻はこのタブーを破ろうとはしない。

再び、「妻の座」に戻ると、語り手もまた、こういった理屈を一切口に出さない。ミネの心情に即して語っていく語り手は、夫婦関係がぎくしゃくするようなことを口にするより、じっと我慢する方を選ぶミネに同化している。

こうしたミネの不満は、この後、性別役割への批判として発展するわけではないが、妹の離婚を巡る経緯から、女の置かれた社会的に不利な条件にミネは敏感にならざるを得なかった。そうしたミネの意識の変化を側面から物語っている。ジェンダー差別への疑問を物語の前面に押し出すための、補助線の役割となっているのだ。

栄のジェンダー認識の新しさ

〝妻の座〟という言葉は栄の造語だという。とすれば、栄のジェンダー認識の鋭さは時代を先取りするものといえるかも知れない。河出新書版のカバー見返しに、窪川鶴次郎はこう書いている。「妻の座という言い方が流行するようになったのは、婦人の解放への目ざめといった機運ということもあるだろうが、やはり壺井さんがつくったこの言葉そのものに、流行させずにはおかぬものがあったからである。」

戦後、新憲法によって女性の地位が上がり、妻の法的権利も保障されるようになった。相続権、財産分与の権利、離婚の場合の慰藉料請求権、親権の保障、正当な理由なく離婚を求められた場合、これを拒否する権利など、さまざまな権利を獲得し「社長の座」ほど実権は無いが、それと似たような実体のある地位と見なされるようになった。そんな時代にまさに適合したネーミングだったわけである。

この小説自体、モデルへの興味からも、似たような境遇に陥った女性が少なくないという社会情勢からも、非常によく読まれ、その後六年足らずの間に、文庫も含め四回刊行されている。小説のタイトルだった「妻の座」は、やがて普通名詞としてメディアにしばしば登場するようになる。

一、二例を挙げてみよう。『妻の座』を追われた若い人へ」(一九五四・一二『主婦の友』)や、「悩める女性への手紙」のセクションで、座談会「結婚と妻の幸福」(一九五五・一一・三『産業経済新聞』)などが目につく。結婚してすぐ、婚家先から気に入らないと返される嫁もあった。従来泣き寝入りだったものが、戦後、年数を経るに従い、権利意識に目覚めた女性によって、こうした悪習は糾弾されるようになった。

しかし「妻の座」の執筆当時、栄にはこの題材を広く社会問題として普遍化しようという意図は、ほとんど見られなかった。あくまでも、理不尽きわまる仕打ちをした左翼作家・徳永直を個別具体的な対象として批判するのが、主たる目的だったように見える。

では、妹の離婚の顚末を小説に書くことによって、この事件はどういう方向で収まったのか。またこの小説を、栄夫婦、徳永、佐多などが糾合して作る団体の機関誌『新日本文学』に発表したことの意味は何だろうか。

そのことの意味を探る前に、先ずこの小説の内容の概略を説明しておきたい。
登場人物は、容易にモデルが分かる形で設定されている。ミネとその夫は栄夫婦をモデルにしており、ミネの妹閑子は栄の妹シン、結婚の相手野村は徳永直、女友達貞子は佐多稲子である。物語世界は第５節で述べたような事実関係をほぼそのまま辿って展開される。視点人物はミネで、ほとんどミネの見聞のみで描写され、他の人物の胸の内が語られることは無い。閑子は、そのせりふと身ぶりによって、容易にその心理が推察できるように描写されているが、野村の心の奥はあまり明確ではない。

とにかく、野村は閑子と離婚したいという意志を、はじめは遠回しにほのめかし、次第にミネや貞子を通して、閑子に納得してもらおうという戦術に出る。本人にはっきりと離婚を宣告するのでは無く、周囲の人間の口を通して、望みが無いのだと閑子を説得してもらおうともくろんだ。この野村のもくろみは、時系列を追って丹念に辿られ、この男の卑劣さが浮び上がるように描かれている。離婚の理由は、美しい亡妻の面影を忘れかね、どうしても閑子を女として愛することが出来ない、というものだった。閑子は最初のうちは何もさとらず、多忙な家事に追われて、睡眠も十分に取れない状態にも耐えて努力していたが、ある時野村の日記を見て、夫の心が自分から離れていることを知り、ミネのもとに家出して来る。これをチャンスと見たのか、野村は以後閑子が戻ろうとしても身の置きどころの無いように仕向け、ミネたちにはひたすら詫びて正式に離婚を申し入れる。

ミネは野村を面と向かい非難することは差し控えたが、憤懣は蟠っていた。それがほぐれたのは、メーデーの日に、家族総出で参加している野村を見て、同じ戦後民主主義運動の戦列に並ぶ頼もしい仲間として、共感を覚えたからであった。

創作上の栄の戦略

この小説では語り手の役割がきわめて重要である。物語はミネ（栄）の視点から語られるが、語り手は努めて冷静に客観的に語ろうとしている。

語り手は野村を辛辣に非難せず、閑子にも非があるという言い方で、公平な立場を誇示している。さらに、自分の言動への反省も怠らない。しかし、語り手が物語る野村の言動を整理していけば、その事実そのものによって、野村の非は明らかになる。そこが語り手の狙いのように見える。

野村の卑劣さを事実そのものによって証明するというのが、栄の戦略だったのだろう。たとえば、閑子とは別れたいと書かれた野村の日記を、閑子が呼んでしまった一件にしても、わざと閑子に読まれるように仕向けたのではないか、という推測が、読者に働く。家事に追われる閑子は、わざわざ家探しをする暇も、心理的余裕も無い。だから、たやすく閑子の目に入る位置に意図的に、野村が置いたのだろう。それによって閑子が自分から身を退くことを野村は期待したように見える。自分の口から閑子に離婚の意思表示が出来ない、という野村の卑怯さは、繰り返し強調されている。一方閑子と語り手の関係に眼を移すと、語り手から見て閑子は身内である。どんなにひどく叱りつけ、閑子の認識不足をあげつらっても、彼女に対する自分の愛情に疑いは持たれない、という自信がミネにはあっただろう。

「自由を求める作家精神」というせりふはどこから生じたのか

野村の作家精神の自由を認めるべきだというミネのせりふは、まだ野村との結婚生活に希望を持っていた段階のものだろう。閑子に、野村のもとに戻るように説得するためのせりふだと思われる。物語は、その希望が打ち砕かれるプロセスが事実の経過を辿るように展開される。一見客観的描写の背後にミネの悔しさと恨みがこもる。閑子の惨めさを徹底して無慈悲に暴いている語りにしても、暴かれる閑子の屈辱と、そこまで閑子を追いやった野村の罪の糾弾とを秤に掛け、後者が前者にまさった結果であろう。したがって、野村への復讐といえるのである。

野村が妻に求めたものとは、要約すれば次の二点である。

①緊急に、滞った家事を処理する家政婦的役割。

②夫として、男として愛することが出来るような女としての魅力。

野村は①の要求を優先するあまり、②の条件にはとりあえず眼をつぶったのだ。ところが、いざ一緒に暮らしてみると、②の点で野村には耐えがたいということが解って来た。写真を見て、閑子の顔が「ケチンボ」のように見えるという理由で、野村は一旦この縁談を断っている。このようにして語り手は野村の口を借りながら、女性に対する根強い男の本音を語らせているのだ。

女性差別の問題との関わり

注意深く読めば、語り手には、この問題を普遍的な問題に結びつける視点が無いわけでは無い。例えば、野村の離婚の意志が固い事を彼の口から聞かされた際、ミネは、妹の境遇を普遍的な女の不幸に結び付けている。

二人とも小気な人間なのだ。しかも結局は女の側にだけ最後の重石がかかってくるのだ。こんな場合、解き放たれて息をつけるのは男だけで、女の方は予想もしない負い目をおわされるのだ。その重石に圧されて自分を小さくして生きてきたのが日本の女の歴史である。

そういうものをも払いのけて道を開くために同じ思想で手をにぎり合っている野村やミネたちでありながら、うかつにも一人の女をそこにおいこんでしまうことになりそうだ。

こうした普遍的な女の問題として捉える視点を、ミネは持ってはいるのだが、物語全体の中では、きわめて弱い印象しか与えない。野村の卑劣さ、無責任、お体裁やの側面を丹念に熱を込めて描いているため、読者の方も、ミネの野村に対する個人的恨み、あるいは左翼作家の人格的欠陥を暴くという方向で、この小説を捉えてしまうのだ。

野村が妻に求めた②の条件、つまり妻として愛することが出来るか、どうか、などということは、もし女としての魅力を問題にするなら、見合いの席で判断できたはずではないかという疑問が、当然湧いてくる。現に野村は写真を見て、いったんは断ってきているのだ。「ケチンボ」というのは、恐らく口実にすぎない。「好きになれそうもない女」だったからであろう。

しかしミネは、どうしてもこの縁をまとめたいという熱意から、この重大な情報を閑子に伝えなかったのである。ミネの熱意とそれをサポートする貞子（佐多がモデルで、徳永の親しい友人）の感情的圧力に押されたのだろう、再び野村は結婚を申し入れてきて、二人の縁はまとまった。野村は気が小さくて、昔からの作家仲間の圧力に負けたのかもしれないし、目前の家事を処理する緊急性に負けたのかもしれない。

だが〝どうしても好きになれないものは仕方が無い〟というのは、子供の言い分である。結婚が社会的契約であるなら、契約を結んだ段階で責任が生じるのは解りきったことだ。

野村もそれが分かっているからこそ、自分の口から離婚を切り出せない。そして、閑子の口から諦めて離婚を切り出すように仕向ける。まるで経営者が労働者の首切りを宣告する代わりに、自主退職に追い込むためにイジメていく仕打ちのようで、卑劣と言われても当然だろう。

②を無視できないなら、この結婚はすべきではなかったし、既に結婚した以上は、潔く自分の不明を恥じて謝罪し、しかるべき補償をするしかないと思われる。これが現代の読者から見た大方の反応であろう。同様の趣旨の古谷綱武の同時代評は、読者の最大公約数的反応を示している。

小説では明確に書かれていないが、女として愛されていない事実を知った栄は、どのような解決策を考えたのだろうか。②の点を無視できないとしても、形式だけは夫婦の関係を続けてほしい。どうもこれが栄の本音だったようである。後年徳永直がこの問題に関して反撃した小説「草いきれ」にはそう書かれている。その線での妥協が出来るのではないかという希望的観測を栄が持った時期もあるようだ。小説に書かれたことが事実とすれば、徳永がシンにはっきり離婚の意志を伝えず、一時逃れの気休めを言ったりしたからであろう。栄の口から、シンに説得してもらいたいのが本音だったのだ。

「妻の座」の内容に即して言いかえれば次のようになる。いよいよ離婚の意志が固いようだと解ってからは、ミネは閑子に、野村を諦めるように仕向ける。が、最後の最後まで、ミネ自身も、一抹の希望を捨て切れなかったのではないか、という疑いも生じる。閑子に「戻る気なら、馬鹿にもなるのよ。負けて勝つってこともあるんだからね。馬鹿にならなくちゃ女は勝てないのよ」とか、野村の下に戻って努力して見るなどと、野村の気が変わることを期待している愚かな妹に、「あたってくだけろっていうから、やってみるのね。やるだけのことをやってみなくちゃ、閑ちゃんも納得できまいから。」などとなまぬるい事を言わずに、「無駄な行為はやめなさい」とアドバイスした方が、この状況における姉の立場としては、適切ではなかったか。そうした疑問や感想が、この作品展開からは感じられる。

しかし、大部分の責任が野村にあることは確かであり、問題の処理の仕方も先述のように無責任極まるものだ。ミネもこの点我慢がならなかったとみえ、この経過については実に丹念に辿られている。

このように、物語全体を見渡してみて痛感するのは、もっと栄は、妹の問題を普遍的視点で物語るという姿勢で小説全体を貫くべきだったということである。

それでいて、徳永や栄に「仲間」と認識されている文学者たちにこそ、この悲劇的事件を知らしめたい、という意思が栄に存在したと思われる。文学者仲間の間で、自分は良い子になりたい、という思惑があるので、あからさまな非難は出来ず遠慮する。また、対作家仲間に対するゼスチャーとして、公平さを装うために、妹の誤りを厳しく批判する必要もあったと想像できる。

仲間を意識するあまり、栄は作家の結婚、という特殊条件を重視し過ぎることにもなったのではないか。野村が妻に求めた①と②の条件は、実に一般的な要求で、ある意味通俗的ともいうべきものだ。

あまりに作家仲間の視線に捉われすぎているので、「作家としての自由」などというせりふが唐突に出てくるのであろう。むしろ、ジェンダーに囚われた徳永の性意識をこそ、突くべきだった。その方向に語り手の論の方向を持っていくほうが、生産的だったと思われる。

語り手は気が付いているようだが、もう一歩踏み込んで、男性優位の社会構造が、社会の慣習に浸透し、それが女たちの意識さえ縛っていることを、もっと明確にしても良かったのではないか。作中のミネは閑子を「馬鹿な馬鹿な」と繰り返し批判しているが、彼女はこのジェンダー構造の被害者なのだ。男に愛されない女を「哀れな」とくりかえしているが、大多数の男は、女に愛されるために奔走したりしない。理由は明白だろう。その点をもっと前面に出せば、この物語が徳永への個人攻撃と受け取られることを避けられたはずである。

だから閑子が教員の職を恩給の付く前に自ら擲ってしまったことこそ、愚かだとミネは諭すべきだった。その視点を導入するだけで、この小説全体の方向性は変わる。

安定した職について老後の保障をも得られる女性の存在は、ジェンダー社会を根底から揺るがす存在である。そこでは顔の美醜など問題にならない。だからこそ、この社会構造の存続を望む勢力は、そうした女性を古くは「行かず後家」「オールドミス」と呼んで差別してきたのだ。閑子もその差別意識に骨がらみ捉われているので、「安定した職のために」自分が結婚相手として求められることに屈辱を感じるのだ。「源氏物語」の時代から女は、金持ちの男に嫁ぎたがり、男はそれを屈辱と思うどころか、誇りにさえ感じて来たのに。

この物語世界全体を構築した語り手にしても、閑子のその屈辱に共感してしまっている。筆者はそのことに不満を覚える。

しかしこの小説が、一九四七年の時点でベストセラーになったことを考えると、現在から見て語り手の意識の変革が不十分と見られても、それがかえって、当時の読者である女性たちの、ジェンダー意識から見て受入れ可能なものに感じられたのだろう。語り手の意識が革新的に過ぎれば、多くの女性たちは、わが身に引き寄せて共感することは出来なかったであろうから。

壺井栄文学の良い意味での常識性、大衆性とつながる点でもある。

ハッピーエンドの結末とメーデーの関係

　離婚後の関子はしばらくひがみと口惜しさをミネにぶつけて荒れるが、次第に平静を取り戻し、ミシン仕事で自活する決心を固め、郷里に帰っていく。貞子のとりなしもあって、ミネ夫婦と野村は次第に平静な付き合いに戻り、野村は新しい妻を迎え、表面上はもとの仲間同士の友情が回復したように見える。物語の結末は第一九回目のメーデーの情景である。晴れた空が、生まれ変わった戦後の日本の象徴のように感じられ、誰もかれも高揚した気分で笑顔を交わしている。ミネは、野村も同じ戦列に加わっているという実感に胸が開ける思いがする。ただひとり、野村の長女が暗い顔を伏せているのを、ミネは継母との折り合いが悪いためだと想像し、複雑な心境になる。

　この場面は、メーデーの高揚した気分に感動しているミネを描く筆が上滑りになっていて、あまり実感が伴わない。つとめて明るく描こうとしているところに無理が感じられるのだ。例えば、「みんなそれぞれに、この時代の空気を胸いっぱい吸い込もうとしているのだ」「沿道は人の山で、ビルディングの窓から手をふる女もいた。手をふることで心を一つに通わせている」等々。

　物語世界では、これは一九四七年、戦後第二回のメーデーにあたるが、この前年のメーデーに栄は参加し、「メーデー参観」という感想を『新日本文学』に書いている。それと並んで徳永直も「五十万の足音」という臨場感のある文章を書いているのだが、この時すでに栄の妹シンとの結婚話が始まっている可能性がある。それはさておき、戦後初のメーデーだから、参加者は二回目よりさらに新鮮な感動と興奮を覚えていたと思われるが、栄の「参観記」はかなり冷めていて、あまり高揚した気分や新鮮な感動に陶酔している様子は見られない。「さう云へば若い顔のなんと多いことか。しかも元気のない顔色が目立つ。この若者たちにとつてメーデーはその言葉の新しさと共に経験の浅さを語るかのやうに全体としての歌声は低調であつた」「たつた一人の交通巡査もぼんやりと」「見送つてゐた」。

こういう参観記の冷静で平坦なリアリズムに接すると、「妻の座」の空虚な明るさが、目立ってくる。栄は、この物語のメーデーの場面の結末を、とにかく未来への明るく力強いトーンでまとめたかったのであろう。暗い題材でも結末を明るくまとめて、救いを感じさせるのは、栄のしばしば用いる小説技法なのだ。さらにまた、メーデーという舞台で、ハッピーエンドの結末にしたことは、栄の左翼の作家たちとの仲間意識の確認のためでもあろう。同志であり、仲間であるから仲直りをしなければならない。栄は明らかにそうした義務感に囚われている。栄も徳永も左翼作家で、新日本文学会という組織の一員である。だからこそ、結末の仲直りの舞台はメーデー会場でなければならなかったし、この事件の顚末を仲間にアピールするためにも、発表場所は『新日本文学』である必要があったのだ。

ここで再び、「妻の座」の世界に戻ることにする。新しい妻と幸福そうにしている野村を見て、ミネは彼が妹にした仕打ちを思いだし、内心穏やかでない思いが湧きそうになるが、それをミネはあわてて振り払い、メーデーに家族で参加する野村の生きる姿勢を、肯定的に評価しようとする。しかしこのようなミネは、どこか無理をしているなというふうに筆者は想像してしまう。ミネと野村の和解が、この問題の真の解決ではあり得ない。その点で筆者は、語り手の仲間意識の狭さに不満を覚える。

ミネは野村の心情に理解を示し、妹の愚かさを認め、野村への恨みや糾弾の言葉を思うがままに発することを控えてしまっているが、それは、語り手の背後に存在する栄の意志的な自己抑制ではないか。あたかもそれを裏書きするように、四年後に「岸うつ波」が書かれることになり、こちらではモデルの徳永を思いきって罵倒しているのだ。しかし「妻の座」ではその自己抑制が利いているため、この小説は人物すべてを丁寧に造型し、語り手の主観に流されることなく、人物一人一人の感情を浮き彫りにすることに成功した。

やりきれないほど陰鬱な題材を語りながら、小説全体は案外暗い印象を与えない。それは結末のどこか空疎な明るさのためでは無く、物語の底部に姉妹の信頼感と愛情が感じられるためであろう。荒い言葉を投げつけても、妹は姉に甘えているし、姉も姉妹の結合の強さを信じているからである。

離婚した場合、男の受ける傷は浅く容易に再婚も出来るが、過去の女は、その傷を終生引きずることが多かった。女の場合は再婚するにも不利であるという、日本の現状について語り手は訴える。しかも離婚された場合に自活を求める女の社会的条件も、敗戦直後のこの時期には整っていない。であるならば、女の生の規範が結婚して子を産むことにあるなら、妻の権利がもっと保障されてしかるべきだろう。現代の法律制度は、非婚の自由を女に認めると同時に、結婚した女の権利も、相当程度保障するに至った。女が自活する条件もかなり整っている。この小説から六〇年以上経てやっとここまで来たのだ。

民主憲法が制定されてまだ間もない時期に、この小説を世に問うた意義は大きい。結婚と離婚を巡る男女差別の実態が、なまなましく突き付けられ、丹念に描写を積み重ねて、物語世界を現前させたのは、栄の功績であろう。「妻の座」は女から社会に対する根底的な問いかけを含んだ小説であると言えよう。

第六章　反戦文学と国民文学との間で

1　佐多稲子との友情の深まり

一九四八年から五六年にかけての生活を記した佐多稲子の手帳を見ると、実にしばしば壺井栄の名前が出てくる。友人としては厚木タカ、畔柳二美とともにもっとも頻出する名前である。時には一緒に映画や芝居を見てその帰途食事したり、親密で気の置けない付き合いだったことが窺われる。女流文学者会、新日本文学会、文芸家協会などでも顔を合わせ、帰途を共にすることが多かった。

「壺井栄さんとのつき合い」というエッセイで、この交友は「すべての条件が重なって、ちょっとほかにはないだろうとおもうほどの近さである」と佐多は感慨を漏らしている。

さらに続けて「栄さんにしろ、私にしろ、お互いの弱点さえ見抜いているようなところもある。なれ合いというのではないけれど、自分の弱点も対手が知っている、という安心は、しかしその対手が栄さんだから、私にそのように感じさせてくれるのかもしれない。私の方が甘ったれているのでもあろう。」「誰にでもそんな気持を持たれる人柄」は「栄さんのあたたかさである以上に」「幅のひろい強さ」なのだ、と佐多はこの文を結んでいる。栄の人柄を「あたたかさ」である以上に「幅のひろい強さ」と捉えた批評は、栄の本質を鋭く突いたものであろう。女の美点として、優しさや暖かさがすぐに挙げられるが、女性もまた、自分や家族や友人たちを守るために強さが求められる。栄は黙ってそれを実行している人間なのだ。

プロレタリア文学運動時代からの思想的支柱として、戦後は壺井繁治も佐多稲子も共産党に再入党している。したがって党の指導する戦後の民主化運動に佐多も栄も加わっており、それは両作家の創作のテーマや人物造型にも影響を与えずにはおかない。

さらに壺井家は党関係の会合の場所も提供しており、一九四八年二月一日の佐多の手帳を見ると、壺井宅で婦人民主クラブの党フラクションの会合がもたれていることが解る。ただし、栄は婦人民主クラブの常任委員など中心的活動には加わっていない。新日本文学会の常任委員会が壺井宅で開かれたことも、しばしばあった。ちなみに佐多は新日本文学会の東京支部の会合の後は、しばしば壺井宅に泊まったが、新宿区に引越してからは、むしろ佐多宅が支部の作家たちの寄りあう場所になった。

このように、自身は党員では無かったが、栄はシンパサイザーというよりもっと日常的に身近な存在として、党を見ていたと思われる。

共産党の五〇年分裂に際しては、多くの新日本文学会の会員と同様、中野重治、宮本百合子、佐多稲子などと共に、栄と繁治は反主流派（国際派）に属した。繁治は都知事選挙に国際派その他の推薦を受けて立候補した出隆の選挙応援に、街頭へ連日のように出かけ、栄も、選挙運動の末端で、投票依頼の葉書を書いた。二つに割れた共産党からそれぞれ立候補することも多く、選挙民も戸惑いを見せ、「腹の立つ選挙」（一九五一・四・三〇『全集』第一二巻）だと栄は「右文覚え書き」（小説ではなく日記として書かれた生前未発表のもの）に記している。

婦人民主クラブの常任委員会の大半は共産党臨時指導部（主流派）に対立、栄も佐多と共にそれに賛同し、党臨時指導部の、婦人団体を権力的に支配しようとする方針に憤激を見せている（前掲日記）。

生活面での助け合いも、盛んに行われていたが、もっと政治的な局面での同志的結合も、強かった。当時、共産党の五〇年問題といわれる主流派、反主流派の抗争、除名とそれに対する抗議、果ては選挙に際し、両派から別の候補者を立てるという混乱を呈し、その分裂の余波は新日本文学会、婦人民主クラブなどの団体にも及んでいた。反主流派の中心人物だった宮本顕治、中野重治をはじめ、宮本百合子、佐多稲子、壺井繁治など親しい作家仲間はほとんど反主流派で、栄も仲間への信頼から言っても、思想傾向からいっても、反主流派にシンパシイを抱いたのは当然であろう。臨時指導部を名乗った主流派は、幹部が地下に潜行した。党員に職場放棄や、山村工作隊と称する爆弾闘争、火炎瓶闘争を指示していて、とうてい生活者的センスを持つ栄の付いていける闘争方針では無かった。

佐多稲子は、一九四八年八月から五二年八月まで東京都下北多摩郡小平町小川町に住んでいた。都心に出るのにかなり不便な場所だったため、東京での会合の後など、佐多は壺井宅に泊まることが多かった。当時佐多は、共産党臨時指導部の圧力による強権的支配に抵抗して、婦人民主クラブの多くの常任委員とともに闘っていて、その混乱から生じる怒りや愚痴などを栄に聞いてもらうことも多かった。何を言っても安心な信頼できる友人だったからである。

党との関係でいえば、これよりずっと後のことになるが、一九六四年一一月、佐多稲子が中野重治に続いて党から除名された時、〝中野も佐多も除名されてしまったというのに、あなたがなお党にとどまっているというなら離婚する〟と栄は繁治に宣告した。この宣告の件は、繁治自身が苦笑交じりで小田切秀雄他多数の者に語ったことである（小田切秀雄『私の見た昭和の思想と文学の五〇年』下）。通常の夫婦と違って、栄はこの頃も人気作家で、収入も多かった。一方繁治は「詩人会議」に属する詩人であったが、収入はあまり無かった。この宣告の決着は栄の度重なる入院によって、うやむやになってしまった。

また、一九六二年五月頃、佐多の短編「水」を読んで、病床の栄は泣いていた。戎居研造の

「佐多稲子の家」（『四国作家』一九九九・五）によれば、「稲子さんがいい小説――」と言ったまま栄は目を閉じていた。「お前も読みなさい」と、掲載誌が戎居研造に渡された。その小説は、旅館の皿洗いで働く足の悪い娘が、母の死の電報を受け取り、上野駅で列車を待つ間、ホームにしゃがんで泣いている。その悲しみのさなかでも、娘はホームの出しっぱなしの蛇口の栓を、無意識のまま締める、そしてまた泣き続けるという話である。社会の下積みで働く娘の、懸命に誠実に生きる姿勢と、その悲しみの美しさを描いた佳作で、ここに栄は自身の目指す文学の理想を見出して、深く感動したものであろう。その後で栄は、「病気を忘れたかのように柔らかな表情で」研造に言った。「お父さんと党だの組織だのあんまりやり合わないでね。体に応えてくるから」と。

中野、佐多が党から除名される共産党分裂の一年半前のエピソードである。

2　栄ブームのこと

一九五五年から一九五六年にかけて栄の作品が次々と舞台化、映画化された。この現象は一九六二年まで続いた。

映画界は一九五四年頃から、黄金時代を迎えた。「ゴジラ」（東宝）の観客動員数が九六〇万人を超える空前の大入りを見せた上に、ベニス映画祭で「七人の侍」（東宝　監督・黒沢明）、「山椒太夫」（大映　監督・溝口健二）が共に銀獅子賞を取るなど、日本映画に対する国際的評価も向上した。こうした事情を背景に製作本数が飛躍的に増大し、いきおい、良質で、大衆性に富む原作本が多数求められるようになった。栄も自ずとこの流れに乗り、次々と作品の映画化が求められるようになった。さらに栄ブームに火を点けたのは「二十四の瞳」の映画化である。

一九五二年一一月、「母のない子と子のない母と」が民芸で映画化された。監督若杉光夫、主演北林谷栄、助演宇野重吉ほかで、これを皮切りに次々と栄の作品が映画化された。一九五三年六月には「暦」が「女の暦」の題名で封切られ（監督・久松静児、出演・田中絹代、花井蘭子、轟由起子、杉葉子、香川京子）、翌年九月の「二十四の瞳」（監督・木下恵介、主演・高峰秀子）が全国に爆発的なヒトミ・ブームを引き起こした。栄が五三歳の時である。

一九五五年一月には「雑居家族」が新派の水谷八重子、伊志井寛、大矢竹次郎、京塚昌子などによって上演され、五月には「襧襠」が前進座の河原崎しづ江、瀬川菊之丞などによって上演された。さらに五月、日活映画「雑居家族」（監督・久松静児、出演・轟由起子、織田政雄、新珠三千代、伊藤雄之助、左幸子）が上映され、六月には「屋根裏の記録」が「屋根裏の女たち」の題名で大映により上映された（監督・木村恵五、出演・川上康子、望月優子）。

このように作品が続々と映画化され、「二十四の瞳」に引き続き、壺井栄ブームが現前していた。栄は自分に関わるそのブームを話題にした後、「今度あなたよ」と佐多に予告したりしたことがある（一九五六・九・一四　佐多手帳）。ちなみに「二十四の瞳」の映画の原作料は二十万円（現在の約六百万円）であった。

栄の作品が立て続けに映画化されるので、壺井家にはよほどお金が余っているだろうと誤解した未知の読者から、借金に来られるので困ってしまう、と栄は佐多にも愚痴をこぼしたりした。

「二十四の瞳」は小説の方も六万部売れてベストセラーとなり、木下恵介が映画化権を得て松竹映画で製作された。高峰秀子主演、月丘夢路、笠智衆、田村高広、井川邦子、浦辺粂子他の助演で、小豆島での六カ月間の長期ロケにより制作された。木下恵介が原作に惚れ込んだからとも言われ、たっぷりと時間と経費をかけ、さらに明確な反戦のテーマにもかかわらず、製作が実現したのは、巨匠・木下恵介だからこそであった。松竹は「ほかの監督では絶対許さないと思います」とも言われている（座談会「二十四の瞳」「日本敗れず」をめぐって」『知性』一九五四・一二）。一九五四年九月、封切られるや大ヒットして、「日本全国が泣いた映画」と言われた。

当時の映画界は一方で新東宝が「日本敗れず」といった好戦的な映画や、いわゆるカッコ良い戦争映画も量産されていた時代である。しかし映画会社は「儲かればいい」ので、「二十四の瞳」がヒットしたと見るや、「どちらかといえば、右翼的な日活の堀社長あたりも、『あれはいい写真だ。……あれを日活でも出来んかい』と」言ったという。

女優・有馬稲子もこの原作に惚れこみ、映画化権をもらうべく栄に頼んだが、一足先に木下恵介に映画化権は渡っていた。有馬によれば、栄は有馬の熱意に同情してか、ラジオの朗読だけは有馬に、と「頑張ってくださったが局側がO・Kせず。これ以上無理強いするとかえって駆け出しの私に風当りがきつくなるといけないと心配され、私に長いおわびの手紙をくだすって」（『二十四の瞳』を読んで」『回想の壺井栄』）朗読は田村秋子がすることになったという。いかにも壺井栄らしい、情がこもった、実際的な対処の仕方である。流行作家であることに傲慢にならない謙虚な人柄がよく表れている。お互い気まずくなりがちなこうした場合の対処の仕方に、その人の人格は現れるものだ。

有馬は栄の死後も、「ひた〱と穏やかに寄せてくる春の海のような暖かさ、おふくろそのもの丶円やかさ、人間は信じなければいけないものだと黙って相手にわからせてしまわれるようなお人柄」と感謝と尊敬の念で回想している。

こうして栄は、文壇だけではなく、広く一般読者にも知られた流行作家となり、『母のない子と子のない母と』八万部、『柿の木のある家』三万部、『岸うつ波』一万八千部というように良く売れる作家となった。そのため注文も殺到し、断るのが苦手な栄は、体調不良な時も原稿書きに追われた。この時期さかんに要望された国民文学賞がもし実現したら「さしずめ恰好の授賞対象」であり「壺井栄はいまや一種の国民作家にちかい」と評したのは山室静であった（壺井栄著『風』『紙一重』―一九五五・二・七『日本読書新聞』）。

夏の暑さに弱い体質のため、一九五六年八月、中軽井沢上の原に戎居研造の設計による別荘を新築した。それまで、夏は長野県上林温泉のせき屋、または塵表閣に滞在することが多かったが、別荘新築後は、こちらで仕事をするようになる。中野重治の別荘の向かいにあり、佐多稲子、芝木好子の別荘とも近く、夏は栄の別荘にしばしばこれらの作家が集まって、花札などで遊ぶこともあった。ちなみに中野重治の別荘の設計は、東京芸大を卒業した戎居研造の第一作であった。軽井沢ではホトトギスの声も聞かれたが、栄はその鳴き声が「ゲンコウカケタカ」と聞こえるといって、佐多達を笑わせた。

「二十四の瞳」ブームに連動するように一九五四年から五九年まで、栄の著作集の出版が続いた。そして新書版『壺井栄作品集全一五巻』（筑摩書房）も出版された。ただし、これは新書版であり、人気作家でありながら、生前に全集が出なかった。『壺井栄児童文学全集全四巻』（一九六四・九　講談社）は、収録作品が童話に限られたこと、また『壺井栄名作集全一〇巻』（一九六五・一〇）もポプラ社というどちらかというと児童図書中心の出版社だったことなど、作家としての扱いが不当に軽いという印象を受ける。佐多稲子が一九五八年に本格的作品集である『佐多稲子作品集全一五巻』（筑摩書房）を出し、幸田文が一九五八年に『幸田文全集全七巻』(中央公論社)を出しているのに比べると大変な違いで、純文学作家としてはやや不遇という感じを受ける。ともかく、一九五〇年代後半から六〇年までは、栄の作家としての活動の絶頂期といってよいだろう。

かずかずの受賞に輝いたのもこの時期で、まず一九五〇年度の第一回児童文学者協会・児童文学賞を翌年「柿の木のある家」により受賞した。一九五二年四月に前年度の第二回芸術選奨文部大臣賞を「母のない子と子のない母と」により受賞した。受賞に際しては、再軍備を進める吉田内閣の下にある文部大臣から賞を受けるのは、反戦の立場からは筋が通らない、と受賞を疑問視する意見もあって「ちょっとつまずいた」が、「友だちにも相談して結局受けることに」した。文部大臣が反戦をテーマとする小説に賞を与えたことは、「こういう時代の中で生活している以上、」「そういうものとの妥協という意味でなく、そのなかでの一つの勝利とも考えられる」(「私が世に出るまで」)からだ、と栄は記している。

さらにまた平和を求める自分の立場に共鳴する手紙を日本中の実に多くの人々から――殺人犯や、看守や裁判長からももらうことがあり、これほど広範な人々の共鳴を得ていると思うと、「文部大臣賞をやはりあのとき受け取っておいてよかったという結論」になると、胸の内を披歴している。反戦平和の世論の高まりに促されて、文部大臣はあの小説に授賞せざるを得なかった、と栄は考えていたようだ。

これと似たような状況であるが、一九五六年一一月に小豆島の土庄町に、平和の群像が立てられ、その除幕式に栄が招待された時のことである。この群像は、「二十四の瞳」の大石先生と一二人の子供たちをかたどったもので、この小説の平和への志を未来に生かす意味で立てられた。主賓である栄は、スピーチを求められたが、立腹して断った。「平和の群像」という題字が、再軍備支持者である鳩山一郎の揮毫になるものだったからである。

木下恵介のとりなしで、スピーチをしたくなかった理由を述べ、反戦平和の意志を強調してスピーチを終えた。昔はアカであるため、郷里の人に白眼視された。今になって、アカということだけ除けて歓迎されることにも、立腹していた（戎居研造からの聞き書き）。

戦後発足した湯浅芳子、佐多稲子等を中心とする女性文学者の集まりに栄は参加していたが、一九五五年四月にはこの会の賞も受賞している。プロレタリア文学運動に参加していく時代を回想した自伝的作品『風』により、第七回女流文学者賞を受賞した。この小説は、「花」「歌」「風」「空」という連作で、小豆島時代からの体験から始まって、結婚、文学と革命への関わり、革命運動の壊滅、転向時代等を経て、夫婦の結合がどのような変遷を遂げたかを、振り返るものである。半生を真摯に振り返るというモチーフに貫かれ、評価も高かった。

しかし、自分が作家となった必然性というよりも、夫繁治との結び付きを再確認したこの自伝的連作の後に、その続編というべき作品はついに書かれなかった。作家として認められ、実力を発揮していく以後の生涯が作品化されることはついに無かったのである。自伝的長編小説「転々」（一九五七・一～三、一九五九・四～一九六〇・七各誌にとびとびに転載）は、何故か再び作中時間が夫婦の新婚時代に戻っており、しかも未完で中絶している。連作『風』の続編を書くことに心理的抵抗があったためだろうか。夫婦の結合を尊重する一方で、文学的評価ではなれ合いを許さない厳しさが、栄には存在した。

栄は、繁治の詩に容赦なく厳しい批評も下している。例えば繁治の第二詩集『果実』に寄せて「ひろげすぎた翼―『果実』の作者と私―」（一九四八年六月二日『日本読書新聞』）という一文を、栄は書いている。

壺井繁治の詩の中では「戦争中の詩が一番立派である」「少ない言葉の中に圧縮した思いが織りこまれていて私の心をとらえた。」しかし「戦後の彼の作品には、そういう切実感…戦時中のあの緊迫感が次第にうすれてきていることを否むことが出来ない。」と批判しているのだ。しかし厳しく切り捨てるだけでは無く、「彼のマンネリズムを仕方のないようなもののようにながめた私だったが」「このごろになって少しずつ昔の詩をとり戻しかけてきたような、そんな感じ」を受ける、と救いの手も差し伸べている。

なれあいや妥協のない夫婦関係であるとともに、暖かい愛情も感じられる文章で、夫婦の結合にかける栄の夢と信念を感じさせる一文である。

3　姪の発代の自立を援助

栄は親族に対する愛情の濃密な人だが、なかでも貞枝の子供研造と発代に対する情愛の深さは、並々ならぬものがある。姪の戎居発代の眼の手術については先述したが、発代は視力が十分でなかったので、将来ピアノ教師として自活できるように、ピアノを習うよう勧めたのも栄であった。そのために中古ではあるが二万円（現在の約一六〇万円）で音の美しいドイツ製ピアノを、栄は買ってくれた。ここから筆者が聞いた発代の懐古談を記してみよう。

最初は熊谷の幼稚園の先生に習っていたが、まもなく櫛田ふきの紹介で東京音楽大学の教師である川村登代子（結婚後は山中姓）について、六年生の一一月から習うようになった。七歳で熊谷西小学校に入学した発代は六年生の二学期から栄の家に引き取られたため、鷺の宮小学校に転校し、次いで鷺の宮第八中学校に進学した。ピアノは最初、栄の家にあった。六年生の二学期から中学一年いっぱい（一九四七・九～一九四九・三）栄の家に寄留して通学し、ピアノのレッスンに励んだ。栄はレッスンに関しては厳しくて、どんなに寒い冬の朝も早朝、四時には起きて三時間のレッスンを欠かすことは出来なかった。その約束をたがえ、ピアノに鍵をかけられたこともあった。しかし「寒さで紫色にかじかんだ私の手を、母（栄を甥や姪たちは「壺井のお母さん」と呼んでいた）は両手に包み込む様にして暖めてくれたことも度々」あったという。幼い発代は寒稽古の辛さに栄を恨んだこともあり、「母は可愛がってくれましたが、自分の家のようにはいかなくて、うちへ帰りたくて仕方がなかったんです。それでとうとう、自宅に戻りました。」と語る。

中学卒業後、当時は弱視の子どもの入学できる高校があまり無かったため、高校へは行かず、一七歳頃から週一回、ピアノのレッスンのため川村登代子の許へ通うという毎日が続いた。さらに川村の紹介で、同じ大学の和声学の教員・下里静雄、声楽の後藤昭子にも習うようになった。

この頃、兄研造の熊谷高校の学友・秋谷某の伯父秋谷博愛医師の医院に交替性内斜視の手術のため、三週間あまり入院した。鴻巣にあったこの医院に入院し、一九五三（昭和二八）年の四月、最後の手術を終えた。手術に耐え抜いたおかげで、発代は眼を近づければ譜面も読めるまでに、視力が増した。一九五三年四月、一七歳の時である。

左手で譜面を持ち、眼を近づけて譜面を読み、右手でピアノを弾いて暗譜をする。次は逆に左手で弾いて暗譜する、という具合に練習するので、ずいぶん暗譜にも時間がかかった。ピアノを弾くことは好きだった。これは発代も認めるように、音楽の才能のあった栄の長兄弥三郎のＤＮＡを幾分か引いているためかもしれない。

ピアノの練習に毎日励むと同時に、ピアノ・レッスンの生徒を取るようになった。したがって、朝から晩まで、家の中にピアノの音が鳴り響くようになった。父仁平治は読書が好きなので、ピアノの音がうるさいことに発代は気がねをして、遠慮なくピアノが弾けるピアノ教室が欲しいと、切実に思うようになった。壺井の母（栄）に相談してみると、さっそく自宅近くの熊谷市箱田に六〇坪の土地を買ってくれて、「土地は買ってあげるけど、家も土地も買ってあげると、お前が甲斐性無しになってしまうから、家は自分で建てなさい。」と言った。その言葉に従って、家を建てる金は毎月五万円ずつ返済することになった。

いよいよ完済した時、「今まで私がお金を貸した人はたくさんあるけど、全部返してよこしたのはお前だけだよ。これはご褒美に上げるね」と一万円くれた。本当に子供のためになるように配慮する暖かい心の伯母だったと発代は語っている。

二一歳から六五歳まで毎年弟子たちの発表会を開き、最後の挨拶代わりに、ショパンの「革命」や、モーツァルトのピアノ・コンチェルト四八番などを弾いた。ピアノを教えることは好きで、七三歳の一二月までピアノを教えていた。辞めてからも弟子たちがよく遊びに来てくれるのがうれしいと発代は語る。ハンディを持つ姪の自立を願って援助した栄の愛が、姪の強固な意志と努力によって、見事に生かされたわけである。

発代とピアノとの関わりを描いた小説に「ピアノ」がある。戦争で息子を亡くした女性がピアノを手離したいと思い、そのピアノを姪のために主人公が買い取る話である。息子を戦死させた老年の女性の悲嘆が、そくそくと読む者に迫り、主人公の反戦の志が説得力を持って伝わる小説である。

4　戦後の家庭生活

佐多稲子の回想のなかにこんなくだりがある。

栄さんは晩年、病気のせいもあって、ときどき神経を昂ぶらせることがあったが、あるときは繁治さんと言い合いをして、彼女の方が佐々木さんの家へ駆け込むということもあった。あれはどういうことだったか記憶がはっきりしなくなっているが、とにかく覚えているのは、栄さんが今度はどうしても繁治さんと別れる、と云って、佐々木家へ走って行った、というのである。そんなとき佐々木さんは、気の立っている壺井栄をいつもと変わらぬもの静かな態度でむかえて、栄さんの気の落ちつくまで、お茶でもいれて相手をされたのではなかろうか。

（「鷺の宮の縁――佐々木克子をしのんで――」一九七八・六）

「佐々木さん」とは同人誌『素面』に加わっていた佐々木克子のことである。佐多は敗戦の年の四月、激しくなる空襲を避けて、戸塚から中野区鷺宮二丁目に壺井の世話で転居した。栄の家は鷺宮二丁目七八六にあり、佐々木の家もすぐ近所で、二人は以前から親しかったから、佐多もそこに加わって三人は互いの家を頻繁に訪ね合う親しさとなった。佐多稲子はその二年後鷺宮一丁目六〇二に転居し、一九四八年には都下北多摩郡小平町に移ったから、佐々木との近所付き合いは無くなったが、その後も壺井を介してつき合いは続いていた。この回想はその表現からいっておそらく佐々木からの伝聞であり、「晩年、病気のせいもあって」とあるから、喘息の発作が起こる一九六一年以降のことであろう。

ただし、繁治と別居したいという意思を他人に漏らしたのは、これがはじめてではない。『婦人公論』の記者として一〇年間、壺井栄から原稿をもらうために壺井宅に通うことも多かった永倉あい子は、こんな回想を記している。

「私、アパートに入ろうと思う……すぐにも」と、小鼻をふくらませるようにしてそうつよく私に向かっていわれたとき、私はとまどいながら繁治氏の方をうかがいみたこともある。信じあいいたわりあってきた夫婦であり、繁治氏のオノロケをきかされたことも数多い。しかし作家であり、同時に大家族の家の主婦として、細かな心遣いをも忘れられない壺井さんの、お体の不調ともからみあって、おさえきれずにあふれた叫びでもあったろう。

（「屋根裏の記録」など」『回想の壺井栄』）

永倉は、作家として、創作に打ち込める自由を求める叫びと、これを受け取っているが、まさにそうだったに違いない。

繁治とけんかして癇癪をおこすことは栄にもあった。繁治が佐多稲子に栄の癇癪について訴えたことがある。栄の怒りはすさまじく、自分のメガネを叩き付けたため、つるが曲がってしまったほどだった。この癇癪が繁治の挑発によるものだという反論は差し控えたが、栄は日記に繁治への不満を漏らしている（一九五一・五・八　右文覚え書き）。

栄は、生後間もなくから引き取って育てた壺井右文（甥の遺児）を溺愛していたが、それによって他者への配慮を忘れることは無かった。一九五六年八月彼は交通事故で自動車にはねられ、全治四ヶ月の重傷を負った。加害者の過失だったので賠償金を要求することも出来た。しかし、加害者の兄がやはり交通事故で片腕を失ったことを知り、栄は一切要求しなかったのである。

また右文が中学生になった頃（一九五七年頃か）、繁治と口喧嘩をして、（毎度のことだったそうだが）家を飛び出した時、後を追って来た栄が「『右ちゃん、一しょに家出しようね』といって、私の手をにぎり、走るようにして歩きました。その手のぬくもりを今でも忘れることができません」と、思い出を語っている（壺井右文「母の手のぬくもり」『回想の壺井栄』）。

これとよく似たシチュエーションは「雑居家族」にも再現されている。モデルは右文ではなく真澄であるが、養母（栄がモデル）に反抗して家を飛び出した娘の後を追って、養母はしっかりと娘の手を握り、どこというあてもなく黙って歩き続ける。そうしているうちに、娘の心は解けて素直に家に帰る気になる、という物語展開である。

育ての親としての愛情をしっかり握った手で示すという身体表現が特徴的である。

日記によれば、真澄と繁治との間にも緊張感が絶えない時期があった。

マスミが大豆を捨ててあるのを見つけて繁治がひどく叱言を云い出した。叱言に理はあるのだが、このことに限らず、どうしてこうもアラが目につくのだろう。

（日記　一九四五・七・一五）

しかし、繁治は、真澄が栄の側の親戚で、自分とは義理の仲だという意識はあまり無かったようで、実の娘のような愛情を抱いていたらしい。その点に栄が触れると、繁治はむきになって、義理の仲などと思ったことは無い、と言い張ったという。あんまり真澄を叱るなと抗議する栄に「どなるのはそれだけ親しいからだ」と繁治が反論したという。一九五七年二月二八日、真澄が弘文堂の編集者（のち筑摩書房に変る）・加藤国夫と結婚した時、夫婦はもちろん喜んで祝福した。が、永年一つ家に住んで、家事を担当し、繁治が服役した間の困難な状況も、栄の病気も、共に乗り越えてきた娘の存在が無くなって、「暫くの間、ぼんやりする」と繁治作成の栄の年譜（『現代文学大系39』筑摩書房）に記されたように、夫婦共々寂しさも拭えなかったようだ。

真澄と加藤国夫との結婚をまとめ、佐多稲子と共に媒酌人になったのは、遠地輝武である。彼はプロレタリア詩人で、美術評論も書き、繁治の友人であった。加藤は結婚を申込むまで真澄が栄の養女であることに気付かなかったので、事実を知って驚いたという（森玲子『壺井栄』）。しかしこれはにわかには信じ難い。ひんぱんに壺井家に出入りしていた加藤が、栄を母と呼ぶ真澄の生活ぶりに気付かないはずが無いからである。しかし、出入りの編集者たちに真澄を紹介することはけっして無く、扱いは他のお手伝いと変わらなかったという横塚繁の証言もある（前掲書）。

ここには栄らしい羞恥かまたは配慮が働いているようだ。流行作家で原稿をせがまれる立場の自分が、編集者に自分の姪を紹介することは差控えたいと、考えたのではないか。

真澄と右文は、右文の小学校入学を機に、養子として入籍する。「今日戸籍面でマスミ、右文姉弟となる。私たちとは親子となったわけ。心祝いに肉を買う。」（一九五六・四・二七）という日記の言葉に、家族としてのつながりを永続したいという栄の切なる願いが込められているようだ。

5　モデルにされた家族

「紙一重」（一九五三・一〇『中央公論』秋季号）という小説がある。一九五一年五月から戎居仁平治が事務員として就職した熊谷市立西熊谷病院に取材したもので、この病院は脳神経科の病院であった。就職について仁平治は栄に相談し、貞枝は「迷うなんてぜいたくだ」と言ったが、自分としては迷っていると、栄に伝えると、栄は貞枝の気持も、迷う仁平さんの気持もよく分かると、日記（一九五一・五・七）に記している。それから二年後にこの小説は書かれた。

仁平治は敗戦後の失業時代のあおりをうけて、なかなか望む職に就けず、家族五人の生活は、貞枝の編物の収入で家計を補う状態で、やりくりに苦労する貞枝の姿は先述の「遠い空」にもこまごまと描かれている。仁平治は教師の職に就きたがっていたが、容易に希望はかなえられなかった。一九四六年六月から『新日本文学』の編集発行人は繁治に変わり、おそらくその紹介で、仁平治は新日本文学会の事務局の仕事を手伝い、発送などを担当していた。当時熊谷から東京神田小川町の新日本文学会までは、混んだ電車で二時間以上かかり、栄養失調の身体にはきつかった。帯封の宛名書きなどを研造にも手伝わせたりしたが（戎居研造からの聞き書き）、収入も少なく一家を養うには到底足りなかった。

その頃、自宅に近い三橋歯科医院の院長夫人が貞枝の親しい友人で、その伝手で西田ヨシオという医師に紹介され、この医師の勤める西熊谷病院の事務員の職に就くことが出来た（発代からの聞き書き）。この病院は、三橋歯科医院の院長の親戚筋にあたる人が院長だった。院長は「共産党でもかまわんよ」と言ったと、小説には書いてあるが、就職する半月ほど前、仁平治は就職のために党を出ようかと、栄に相談した。栄は「賛成はしたものの、感慨の浅いのは不思議なほど。動けば除名、従えば不満、除名されても心に響かない党とは、やっぱりつらいことだ。」（一九五一・四・二七）と日記に書いている。折しも、党の分裂にからんで、反主流派と目された党員が、次々除名されていた嵐の吹き荒れるような時期である。しかし、党とは一定の距離を置いていた栄の場合は、佐多稲子のような苦悩や傷は経験することが無かった。それだけに党に幻滅と不信感を覚えつつも、冷静な心境で状況を直感的に把握していたことが、この日記の感慨からもうかがうことが出来る。

したがって仁平治は、あるいは就職の時は、党を出ていた可能性もある。筆者がそれにこだわるのは、「紙一重」の作中、公然と共産党員を名乗っている病院職員が、院長がかばったにもかかわらず、陰惨な事件に巻きこまれるという経緯が描かれているからである。

脳病院ということで、仁平治は迷っていたが、貞枝のいうように、贅沢を言っている場合ではないので、結局就職することにした。勤めて見ると、几帳面に事務をこなす仁平治は院長や他の医師にも信用され、経理なども任されるようになった。

しかし、小説の発表後は、モデルにされた仁平治はその描かれ方に不満だったようだ。発代によれば、おそらくその怒りを見かねたものだろう、研造は、モデルにされた人間の権利というものもある。と栄に抗議したという。病院の側の反応に遠慮したものではないかとも発代は語っている。

6　平和問題に関する発言

一九五〇年（昭和二五）は、戦後日本の曲がり角ともいうべき年で、六月には朝鮮戦争が始まり、政府は朝鮮におけるアメリカの軍事行動に、行政措置の範囲内で協力することを決定した。いわゆる朝鮮特需によって日本経済は回復したが、日本が冷戦体制の中で、はっきりアメリカ側につき、ソ連や中国を仮想敵国とする国際戦略を明確にした年である。翌年にはソ連、中国などを除いた対日平和条約が調印され、日米安保条約も調印された。

アメリカの軍事戦略への参入を目指す政府方針に伴って、国内では共産党とその同調者への弾圧が露骨になり、公務員、ジャーナリズム関係を中心に、一万人以上の党員が職場から追われた。いわゆるレッドパージである。レッドパージはこののち次第に各産業にまで拡大されていった。

朝鮮戦争開始によるアメリカの対日政策の転換によって、政府は迅速に警察予備隊を設置し、旧軍人を追放解除して警察予備隊に入隊を促し、着々と再軍備への道を歩み始めた。この動きに、多くの国民の間には、日本の平和が脅かされる危惧の念が広まった。その危機感は特に学生、労働者の間に強かった。平和を求める女性たちの活動は、次々と全国に広がり、一九五〇年三月の国際婦人デー中央大会には一万人が参加し、ソ連、中国をも含む全面講和と、武器製造反対などを決議した。六月には平塚らいてう等五人の女性が「日本女性の平和への要望書」をアメリカのダレス国務省顧問に手渡すという動きもあった。翌年には日教組婦人部が中心となって「教え子を再び戦場に送るな」を合言葉とする運動が展開された。「再軍備反対婦人委員会」も結成された。日本婦人団体連合会（婦団連）と総評（労働組合の連合体として当時全国最大組織）が中心となって、子供を戦争から守る事を主眼に、母親大会という全国組織の基礎ができたのもこの年である。翌年には杉並区の主婦が始めた署名運動が発端となって、原水禁運動が全国に広まった。

これらの運動に指導的役割を果たした櫛田ふきと栄は古くから親しかった。婦団連のリーダーであった櫛田ふきは『青年　女子版』の編集に携わり、ここに栄は「花のいのち」（一九四三・七～一〇、一一月以降は不明）などを発表している。住まいも栄の近所で、戦中から家族ぐるみの友人である。櫛田の息子克巳の結婚式のため、繁治の一張羅の紺の背広を貸したところ、空襲でそれを焼いてしまった、という顛末を、「紺の背広」（一九四七・八　初出未見）に書いている。宮本百合子と櫛田とを引き合わせたのも栄であった。

平塚らいてう・櫛田ふき監修の『われら母なれば――平和を祈る母たちの手記』（一九五一・一二）に、栄は「一本のマッチ」を書いている。日本の再軍備の進む状況への危機感に突き動かされたためである。それと同時に、櫛田ふきが労農派のマルクス経済学者櫛田民蔵の妻であることからも解る通り、戦時下から続いた左翼の仲間たちのつながりの中で、栄の執筆活動が行われていることも明らかであろう。

『われら母なれば』はまさに「母親大会」結成に呼応して出された書物である。栄の文章も、右文の養母としての迸るような愛情から生まれた平和への願いを、切々と訴えている。戦争で父は戦病死、母は戦時下の栄養不良のためチブスで死んだという右文の生い立ちを語ることは、そのまま戦争への激しい怒りに通じるものである。

だから右文がおもちゃのピストルや戦車を欲しがったとき、栄は断じてそれを与えようとはしなかったので、今では右文も「戦争はんたい」になったと、語る。「私の一本のマッチを、お前こそは平和のためにすらねばならないのだ。平和な世界を一日でも早く呼びよせるために、大きくなれ右文！」と結ばれている。やや感傷的ではあるが、切実な感情が溢れた読者の共感を呼ぶ文章である。

こうした日本の状況の中で、「一本のマッチ」の延長線上に「二十四の瞳」は書かれた。

7　女の視点による反戦文学

栄の作品の中で、二〇一二年の今、もっとも容易に手にすることが出来るのは、「二十四の瞳」である。文庫本でも、角川文庫、新潮文庫、旺文社文庫があり、各種文学全集にも収録されている。これまで書かれた多くの批評は、この小説を反戦文学と規定しているのだが、果たしてこの小説は反戦文学だろうか。栄は明らかにそれを意図しているが、では、どういう種類の反戦文学だろうか。そこに壺井栄らしさは、にじみ出ているのだろうか。

同時代の反響はおおむね好意的で、「心あたたまる美しい作品」「母性の文学」と讃えたものが多い。またその感動は「戦後七年を経たこの国の情勢が『二十四の瞳』の時代と非常に似かよっているため」に生じたものだと、反戦文学としてのアクチュアリティを評価する意見も見られた（加藤地三「壺井栄著『二十四の瞳』」一九五三・四『教育』）。一方、刊行後二〇年経つと、大石先生の「母ごころ」を「古風さ」「よわよわしさ」と捉え、作者の反戦の意図を弱める結果になったという批判も再確認された（来栖良夫「壺井栄の長編について」一九六七・九）。

「二十四の瞳」はまさに、栄にしか書けない独特な反戦文学に違いない。しかし栄の特色が、反戦のテーマを強めているのか、逆に弱めているのか。そこは議論の分かれるところであろう。この小説の特色は、次のようにまとめられる。

1、庶民の視点が貫かれていること
2、戦争の被害者的側面が強調されていること
3、戦争責任を、政策決定の立場にあった権力に対してのみ、追及していること
4、子供を女の視線で捉え（教師的側面はあまり強くない）、女と子供から成る共同体への信頼で包んでいこうとする。したがって批判より慰撫する傾向が強いこと
5、語りの文体で、抒情的にまとめられていること

2、3は1から必然的に生まれてくるものである。4と5も緊密な関連がある。1から5まで、まさに栄の文学的特色というべきものであろう。4は、言いかえれば、女の視点による反戦文学ということである。この語り手は、当時の皇国史観、挙国一致体制、大義に対する献身、これらイデオロギッシュな理論攻勢に抵抗し得る、反戦の論理を持っていない。「死ぬのはいや」「死なせるのはいや」という素朴で強力な実感のみである。この実感は、当時の状況では、無力だが、大石先生も語り手も、内心では当時のイデオロギーに屈服していない。自分の裸の実感を信じ、タテマエは信じていない。この実感を信じて、タテマエを信じないというのは、多くの女の心的傾向である。長年の間、

女は支配する側にはめったに属さず、支配する階級に属したとしても、その中で男たちの抑圧を受けてきた。したがって、タテマエは支配する側にとっての好都合な道具にすぎず、女はそれにやむなく服従させられるもので、だから女の自分にとって結局は束縛でしかない、と肌で理解していたのではないか。

ここから、タテマエを鵜呑みにせず、実感の方を信じる心的傾向が、女の中に育っていったと思われる。

大石先生は、戦時下でも、自分の反戦（厭戦）的心情を恥じてもいなければ、やましさも感じてはいない。国策のタテマエより、自分の本音の方がよほど大切なものと信じているからだろう。論理で組立てた反戦思想ではなく、あくまでも実感的本音、厭戦的心情を根底に据えて、この物語は語られる。この点が、女の視点による反戦文学と見なす所以である。女の視点とは、庶民の視点と重なる部分も多い。基本的には支配する権力を持たない人間の視点であるから。戦時下で、戦意高揚のお先棒をかついだ国防婦人会のリーダーたちも存在したが、女全体から見ればそれは少数で、大多数の女性は支配される側に存在した。

たいていの男たちは、タテマエと秩序で構成される制度の一員として、このシステムを維持する側にいるから、タテマエの意義を認め、それを内面化しがちである。大石先生が、〝軍人は好きでない〟などと大胆な事が言えたのは、いわば女の視点を逆手に取ったものだ。つねに支配され、服従させられる側にいる人間に、自発的責任意識を求めるのはむりだろう。語り手が戦争の被害者的側面にのみ目を向けているのは、これがまさに女の視点で語られているからである。

このように、語り手は女の視点で語っているが、栄自身はもう一つの視点、共産党の同調者としての視点も持っている。しかし、それを栄は裏側に引っ込め、表面的にはあまり目立たないような形で、語りを展開している。このように見て来ると、1も2も、3や4も全て女の視点というところに収斂して来るように思われる。共産党シンパの視点を裏側に潜めた女の視点、これこそ、壺井栄の反戦文学に共通する性格といえるのではないだろうか。

では、1、2、3がこの小説のどこに示されているか。また、栄の反戦のメッセージが強調された背後の事情について、述べていきたい。

壺井栄は、光文社版の「あとがき」に保安隊（自衛隊）について触れる。そして「再軍備の匂いはだんだんはげしくなってきています」という危機感に促されて、「くりかえし私は、戦争は人類に不幸をしかもたらさないということを、強調せずにいられなかったのです。そういう念願をこめて書きおえた」と反戦の意図を明白にしている。この「あとがき」を引用して小田切秀雄は、作者の「念願はこの作品で充分に実現されて戦後の代表的な反戦文学の一つとなることができた。」と評価する。さらに女主人公の大石先生は「彼女自身がまさに民衆の一人として生徒たちにとけこんでいる」存在で、「生徒も彼女もひっくるめて戦争によって傷つけられ苦しめられる経過がもり上げられていって、戦争と民衆との関係の真実の一端」が示されている、とその特色を指摘している。この「彼女自身がまさに民衆の一人」という点については筆者も同感である。が、「戦争と民衆との関係」については、小田切秀雄とはやや違った角度から考えてみたい。

この小説はキリスト教系の家庭雑誌『ニューエイジ』に一九五二年二月から同年一一月まで一〇回にわたって連載された。光文社から単行本として刊行されるにあたり、壺井栄は、全体に大幅な加筆訂正を加えた。『ニューエイジ』は宗教雑誌という性格もあり、発表当時はさして反響を呼ばなかったが、刊行後は光文社という大きなメディアの力もあってたちまち版を重ね、新書にも再録されて、単行本と合わせて一九万部の売上げに達した。ベストセラーになるとともに映画化もされ、空前の観客動員数を記録して壺井栄ブームをもたらした。映画化によってこの作品は子供だけでなく、大人も楽しめる国民文学として認知されたという（福間良明『「反戦」のメディア史』二〇〇六・五）。

大石先生は、教師と一二人の生徒からなる共同体と、家族という共同体の両方に属しているのだが、この共同体の中での対立は、つねに回避されてしまう。たとえば、売春婦になった富士子に再会したという仁太の言葉をさりげなくそらしてしまう大石先生、また、失明したソンキを指して「あんな体になって」というマサ子の言を咎める大石先生。彼女は「同級生じゃないの」というふうに、共同体を壊す言としてマサ子を非難するのであって、対立を際立たせるのではなく、むしろ共同体の輪の中に包み込もうとするのである。

彼女が教師を辞めたことは、教え子と対立したことではなく、子どもたちを共同体の中に包容する力が自分には無いと、悟ったからにほかならない。

彼女の愛と善意を、母性的と評する意見が多いが、教師時代の大石先生は「母性的」とはや違ったイメージだ。世間知らずの娘で、母にはわがままを言って甘える。また村人たちの羨望と反感を理解できず、嫌味を言われて涙を見せる幼さもある。落とし穴に落ちてけがをするというエピソードは象徴的である。大石先生自身が子供の純真さに通じる無垢で無防備な存在なのだ。純真だからこそ、世間の功利主義にも、立身出世主義にも毒されていない。子どもを絶対的な保護者の立場から慈しむというより、いっしょに歌を歌って楽しむある意味で対等の存在である。だから子どもがなつくのだ。

特に優れた存在でもないし、世界を動かす機構が見えているわけでもない。教師の持つ知識人的側面は、意識的に消去されている。難しいことは「先生にもわからんのよ」と降参してしまう。

戦争に反対する気持も「死ぬのはいや、死なせるのはいや」という単純だが、きわめて根源的で純粋な願望をそのまま貫こうとしているのであって、その意味で子供のように単純で無垢なのだ。むしろ当時の好戦的風潮のなかで、このように根源的で純粋な願望を抱くことに、いささかの引け目も抱かなかったという彼女の自信こそ、稀有のものであろう。心身を抑圧する当時のファシズムの暴力に対抗するには、対抗する側にもイデオロギーによる理論的武装を必要とするのではないか。単純で無垢な願望のみでは、自分の正当性を信じ続けることは困難であろう。そうした疑問にもかかわらず、大石先生と生徒のイメージはリアルな存在感をもって読者に迫る。それは彼女たちの交情の濃やかさが、ディテイルの丹念な描写によって眼前に浮かび上がってくるからに違いない。

教師として戦争に加担することを潔しとせず、辞職した大石先生の態度、それを彼女の弱さとして批判する論もある。しかし、反戦的心情を消極的にせよ貫いたという点では、「強さ」と捉えることもできる。その反戦的心情は、世界情勢の中で日本の戦争政策の無謀さを愁うるものではなく、日本の国力からいって勝ち目のない戦争に、国民を引きずり込んだ愚かさを批判するものでもない。庶民と同じ情報しか手にしていない立場から、それでもやはり、「死ぬのはいや、死なせるのはいや」という素朴な反戦的心情を、教え子とわが子への愛によって固めていった経過が、ここには描かれている。この心情は、けっして自己保存のエゴイズムではない。当時の軍国主義的論理や美談の数々を全否定するだけの倫理的価値をもつものである。

そのことをきわめて自然な形で、この小説は読者に納得させてしまった。

大石先生は特権的知識や情報とは無縁なところで生き、徹底して非力であった。にもかかわらず、一億総狂信状態のあの戦時下で、きわめて当然至極の反戦的心情をしっかりと保ち続けた女性の半生がここには描かれている。それは反戦文学の一つの可能性を示したことであり、そこにこそ意義があると言えよう。平凡な庶民の心に存在する心情の美しさと、時流に躍らされぬ平静さの価値を再認識させたところに、この小説の値打ちがある。

戦争という悪意・害意に対するに、教師と生徒からなる小さな共同体の愛と善意、というのがこの小説の基本の構図である。戦争によって、痛めつけられながらも、愛と善意の輝きを失わず、粘り強く復活した小さな共同体。そういう形で普遍的な希望を語ったところに、多くの読者を獲得したこの小説の魅力があるのは、言うまでも無い。

ところで、「あかってなんのことか」「先生にも、ようわからんのよ。」という会話は、大石先生があくまでも一般庶民の一人として、受身の形で時代に翻弄されるままに生きる人物であったことを示している。けっして指導的立場に立つ知識人のひとりとして、時代状況を見据え、見抜く存在として造型されているわけではない。ただ素朴な感性によって戦争に反対し、言論が封殺される状況に心を痛めている。それは死地に赴く家族を心痛とともに気使った庶民の心情と重なるがゆえに、限りなく一般読者の共感を呼ぶものである。支配権力に対する無力感においても同様である。

改稿後の加筆箇所は反戦的心情が封殺された当時の状況を表すとともに、反戦的言論を代表する当時唯一の勢力が共産党であったことも強調している。さらに共産党はもとより、如何なる政治勢力とも無縁であった庶民のひとりである大石先生でさえ、一歩誤れば言論弾圧の犠牲になりかねなかった時代、そうした息苦しい当時の状況をも浮かび上がらせ、戦争遂行勢力への静かな怒りを示している。これが語り手自身の反戦の意志表示のありかたである。

大石先生の反戦的心情はあくまでも心情のレベルに留まるものでしかないし、その心情を退職という消極的な方法でしか示すことができない。しかしそうした彼女の心情と行動のありようは、戦後七年というこの作の発表当時の日本の庶民にとって、きわめて共感できるものだったに違いない。あの戦争による被害者であり、戦争反対どころか、それに懐疑の念をもらすことさえ許されず、情報操作され否応なく戦争に協力させられたのが日本の庶民だった、という自己規定に、まさにぴったりな存在が大石先生だったわけである。そんな庶民像を純真で愛情深い存在として美化する形で大石先生は造型されている（この点は福間良明の前掲書でも指摘されている）。

終戦の玉音放送を聞いて「敗戦の責任を」自分一身に感じたかのように「しょげかえって、うつむきがちに帰ってきた」長男大吉に向かって、大石先生は「とにかく戦争がすんでよかったじゃないの」と応じ、負けても泣かないのかと問われて「うん」と答える。

軍国少年になっていた大吉はそういう母に対し批判的だったが、敗戦から半年後になれば、かつての自分の「忠君愛国」ぶりを、「いまは恥ずかしがる」少年に変貌している。

大吉の変化は、こんなふうに改作された。

かつての彼は軍国の母らしくない母をなじり、「父はよろこび勇んで」出征したと思いたかったと、大吉の忠君愛国ぶりが強調されている。いっぱしの軍国少年であるために、反戦的言辞を吐く母の存在を恥じて反発し、批判を口にする。したがって、改稿の方が戦中と戦後の大吉の変貌がはっきり示されている。この間の変化を、改稿では「時代に順応する子ども」と捉え、「大吉たちの目がようやくさめかけたとしても、どうしてそれを笑うことができよう。笑われる毛ほどの原因も子どもにはない。」と、子どもたちには責任がない事を主張している。さらに、「戦死」の門標を「恥を知らぬように」各戸に飾り、敗戦を迎えるや、たちまち引っ込めてしまった大人たちに対しては、「それで戦争の責任をのがれられでもしたかのように」と痛烈な批判を漏らしている。

反戦思想を生徒に教えたという小学校教員が孤立したように、一般民衆が支配権力の手足となり、互いに監視しあう体制が完成してこそ、言論弾圧は有効に働くものである。そのことを、きわめてさりげない日常的表現を用いて随所にこの作品は示しており、「戦争の責任」の一句は、それらを一まとめにして強烈に印象付ける効果を発揮している。いわば、大人たちの戦争責任を暗示する一方で、子供たちを、無垢な存在として強調し、戦中から戦後への時代の流れの中で、軍国少年が平和愛好の少年へと変貌したことさえも、「恥ずかしがる」という彼の態度によって語り手はすんなり許容しているように見える。

言い換えれば、戦時下に於いて、そのように少年を洗脳した支配権力を憎悪する一方で、戦後の少年の心中で「徹底抗戦」思想が消滅したことは、自然で当然の変化と捉え、状況への順応として肯定するのだ。

戦後社会の激しい変貌の中で、軍国少年の大吉が感じたはずの違和感は、いっさい描かれていない。何の葛藤も無く、すんなり受け入れ可能な変化だっただろうか。価値観の一八〇度の転換だったからには、何等かの葛藤があったはずで、世間の変化に順応しただけなら、功利的、保身的な大人たちと何の変わりもない。

いや、語り手は、支配権力を持つ側の責任は追及しても、庶民である大人たちの責任は問おうとしていない。たとえば、大石先生に「あかだと言われとりますよ」と注意した校長は、広く言えば庶民だから、彼の責任は問われていない。むしろ温情溢れる人情家として大石先生に接する、善意の人物として描かれているのだ。

さらに、ミサ子の家を例に取ってみよう。戦中も戦後もうまく立ち回り、いわば戦争を利用して財をなしている人間たちへの批判は、チラと漏らしても、深くは追究しない。自転車を買うなら相談に乗るというミサ子の言葉を、さりげなくいなすという形で話題からはずし、批判を表に出さずにやりすごす大石先生の態度に、語り手は共感しているのだ。

庶民の中の悪をけして追究せず、醜悪が見えてもさりげなくやりすごし、被害者としての側面のみ、強調する。一方で支配権力の側の悪――責任のみを追及する。この意味で語り手の態度は一貫している。よく言われるように、この小説は、戦争による被害者としての側面しか描かれていない、というのは、戦争責任を支配権力だけに限定したことと同根であるに違いない。

戦争を遂行した支配層と庶民との関係は、後者が前者に情報操作され、洗脳され、抑圧されたという図式で捉えられている。これは庶民の総体をいわば大吉とおなじ次元で捉えるということであり、軍国少年の順応性も庶民の体制順応と同質のものと捉えることに繋がる。大石先生が息子の順応性を暖かく許容するように、語り手も、庶民の体制順応を寛大に許容するのだ。この小説が、きわめて多くの読者に快い読後感を与え、国民的ベストセラーになった理由の一つは、ここにあるだろう。

銃後の民衆はもっぱら戦争の被害者であって、戦争責任は存在しないということは、もちろん無い。戦争に進んで協力し、反戦的心情のものを監視し、摘発し、疎外した隣組などの行為。それらをすべて軍部の強制によるものとして免罪しようとする世論の傾向が、戦後は強かった。

民衆一人一人の責任を問い、悲劇の再現を防ごうとする論調は、稀だった。この小説も、そうした世論の一翼を担うものとなったことは否めない。なぜ騙されたのか、騙されないためにはどういう方策が可能だったのか、という追究へとは進んでいかない。それがこの小説の最大の弱点であろう。

必ずしも庶民の非を責め立てるべきだという事ではない。たとえば、貧困が戦争を支える重大な基盤の一つであることは明らかであり（それは現代も変わらない）、貧しさ故に少年たちが下士官に憧れるというエピソードが語られている。下士官になれば月給がもらえるということが、大した出世に思えるからだ。こうした側面を、もっと展開することも可能だったのではないか。貧困への憤りは、反戦と並んでこの小説世界に鮮烈に形象化されているが、貧困と戦争を結びつける線は、それほど強調されているわけではない。貧しさ故に娼婦に売られていく教え子の娘。その不幸と海外に植民地を求めて侵略戦争に突き進む日本軍の行為。二つは同根のものだ。その点がもっと書き込まれたら、この小説はずっと反戦の意図が鮮明になり、物語世界の奥行きが増しただろう。その不満はあるが、栄の特色を十分発揮して読者の情感に響く小説を書き上げた作家的実力は評価すべきであろう。

一般民衆の責任追及が全くないからこそ、この小説は快い涙で多くの読者の心を洗い流し、カタルシスを与えた、という指摘（福間良明の前掲書）はおそらく当たっているだろう。しかしこの小説は、戦争責任追及という視点と全く無縁かといえば、そうではなく、戦争を遂行した勢力の責任は、かなり厳しく指摘しているのだから、そのあたりは絶妙のバランスで描かれているとも言えるのだ。改訂箇所は、主に権力の側の責任追及をさらに明確化する目的だったといってもいい。また、共産党に代表される反政府勢力が、反戦の意思を示しながらも壊滅させられた、その事実も、改作によって明らかにされている。

プロレタリア文学運動をくぐって作家として出発した壺井栄が、いわば筋金入りの反戦思想を露骨に示す形ではなく、庶民の女の実感を持って描いた戦争の害悪。その背後には、侵略戦争に反対した共産党への共感もひそませて造形された美しい師弟愛の物語。栄の特色が十全に発揮された小説である。

8　生活者の視点で革命の闘士をみつめる

流行作家となった栄の戦後の代表作の一つは、自伝的連作小説「花」（一九五四年九月）「歌」（同年一〇）「風」（同年一一月）「空」（同年一二月）である。

四篇の小説は全て栄自身の体験に基づいて、物語世界が構築されている。これらを通読すると、ヒロインの茂緒が生育した小豆島の風土と島の人情、その島で培われた茂緒の人間性と夢や希求、さらに上京して修造と結婚し、革命運動に参加するなかで激しい体験に揉まれ、茂緒がどのようにそれを受け止めていったかが理解できるように描かれている。ただし、作中時間の進行は、後述のように、必ずしも発表順序に即している訳ではない。大まかに言えば、「花」は茂緒の少女時代の体験から結婚、文学運動と革命運動への参加、修造の投獄までが、絵巻物のように事件を並べていく形式で、語られている。いわば茂緒の青春物語である。カバーする作中時間はもっとも長いが、体験の掘り下げは浅い。「風」「空」「歌」の三篇は、茂緒の体験した時間を三つに分割し、「風」は修造がアナーキストだった時代、「空」は修造がボリシェヴィズムに転向し、夫婦ともに革命運動に挺身していく時代、「歌」は再び茂緒の小豆島時代に戻り、修造にそこはかとない関心を抱き、二人の関係が生じる萌芽が描かれるという構成になっている。

登場人物は四篇とも重なり合い、繁治をモデルとする修造、黒島傳治をモデルとする倉島をはじめ、林芙美子を小林扶佐子、平林たい子を多枝というふうに、この時代の文学状況を多少とも知っている読者なら、容易にモデルが推定できるような語り方である。

モデルが推定できるから、読者はそのイメージの助けを借りて、作中人物を肉付けする。語り手はそうした読まれ方を期待していると見えて、茂緒と扶佐子を除き、人物は十分客観化されているとは言い難い。

四篇に共通するテーマは、茂緒と修造とが結婚にまで至るいくつかの要因である。さらに結婚後は、女性差別をはじめ、革命運動、文学運動の中に潜む醜悪な部分に茂緒が気付き、それをどのように修造に疑問としてぶつけたか。それによって二人の関係がどのように変化し、結合を強固なものにしていったか、ということである。いわば、夫婦の結合の肯定的再確認ともいえる。

四作品の中では「風」と「空」が特に描写の密度が濃く、テーマも鮮明で一貫しており、茂緒の眼に映った革命詩人たちに対する問題意識も明確である。

では四作の中でもっとも評価の高い「風」について、その特色を洗い出してみよう。この小説は震災後から一九二〇年代末までの革命運動に関する予備知識を前提としているらしい。たとえばアナーキストのたまり場だった本郷の南天堂という酒場は実名で出てくる。これはこの酒場にまつわる文学的エピソードを知っている読者を前提としたものに違いない。また、文学史上有名なアナ・ボル論争、さらにその余波として起きたアナーキストによる襲撃事件が描かれる。だが総体的、概説的説明を省略し、ただ茂緒が直接見聞した事柄のみ語る、という方法は、このように政治的、思想的事件を語るにしては、真に不十分なものと言える。三・一五事件についても同じように、「その年の三月十五日に、日本の新しい思想に圧迫が加えられ、たくさんの人たちが獄につながれている」というような、きわめて曖昧で、漠然たる語り方しかしていない。こんな語り方でも、事件の概要は把握できるような、予備知識を持った読者を想定していいるとしか、考えられない。

アナーキストだった修造が仲間の行動に疑問を感じ、ついにアナーキズムと決別するまでの顚末を描き、妻である茂緒が、破天荒なアナーキスト詩人たちの暮らしぶりにきりきり舞いをさせられながら、生活者の視点で彼らを観察し認識していく経過が、この小説の見どころであろう。どん底の貧乏生活をこれほど弾むように楽しく描いた小説は少ない。今夜食べる米を買うにも着物を質に入れる、という貧しさ。さらに将来の不安のために、茂緒は時々泣いたりするのだが、語り手はそんな茂緒夫婦をいかにも楽しげに見つめている。貧しくても新婚時代の甘さと初々しさがあり、さあ、東京で働こう！　とばかり「手ぐすね引いて」いる茂緒、生きることに積極的に立ち向かっていく茂緒を、語り手は信頼し、そんな茂緒に寄り添って物語は展開される。

では「風」の作品世界で、茂緒はアナーキストたちをどのような視線でとらえているだろうか。まず視点人物の茂緒は、修造とその仲間のアナーキストたちの書く詩は、ちんぷんかんぷんで、さっぱり解らないし、アナーキズムがどういう思想かもよく解らない。真面目に働くこと、自分の生活は自分で賄うこと、借りた金は返すこと、こういった茂緒の常識はことごとく彼らによって覆される。働くのは資本家に搾取されることだという理屈で、働こうとしない彼らの言動は、茂緒にとって理解のほかだった。茂緒にとっては、働き者の家族を見て育ち、自身も働くことは生きるための当然の前提であり、働かずに「ぶらぶらしている」人間は怠けものとして軽蔑される、そういう精神風土の中で育ったためもある。こうした栄にとっては、労働こそが人間存在の根幹に関わる行動原理だったわけで、企業と女性に寄生して生きる仲間のアナーキストたちの生活ぶりは、到底肯定することは出来なかった。

彼らは、リャクと称して企業から詐欺まがいの金をせしめてしまう。「悲劇の手紙」と仲間内で呼ばれている手口は、「女房が死にそうだとか、子供が病気だけど医者にかけられないとか、哀れっぽく書くんだよ。二円送ってくるよ」というものだった。茂緒はまずこれに仰天し、修造がその仲間であることを肯定出来ず、おさえがたい疑問の念を修造にぶつける。

「アナキストって、どうして人のふところ、あてにするの。自分は働かないで」（中略）／「資本家に搾取されるのはごめんだというんだろ。」／「へえ、そして女は搾取してもいいの」

茂緒のこの痛烈な一言は、扶佐子の夫のNや、多枝の夫のIが、女房に喫茶店勤めをさせて自分は働かず、しかも、金が無くなると不機嫌になり、女房に殴る蹴るの暴行を加えることに向けられている。それればかりか、女房の帰りが遅くなると、客との浮気を邪推してやはり険悪になるという。

この小説では「喫茶店」と書かれているが、林芙美子や平林たい子の体験に即して言えば、カフェーというべきであり、ここで働く女給はセクシュアリティも商品のうちであって、客との交渉によっては性の売買につながる可能性もある。

語り手は、こうした事情のかなりな部分を、読者には自明のこととして物語を展開している。読む方も、扶佐子や多枝が店でコーヒーだけ運んでいるとは想像しないだろう。『放浪記』を書いた林芙美子に女給の体験があることは、周知の事実なのだから。

IもNも、アナーキストであり、文学を志すことによって特権化され、「ヒモ」的行為を仲間から免罪されている。しかし、その根底に旧態依然たる女性差別が存在することに、茂緒は我慢がならない。こうした疑問を茂緒に語らせているところに、この小説の独自性が光っている。と同時に、一方では、扶佐子や多枝が夫の「搾取」と暴力にもかかわらず別れようとしないことにも、茂緒の常識で測り知れない男女の仲の不可思議さに思いをひそめるのだ。

茂緒にはくわしい理由は語らないまま、修造はアナーキズムとの決別を宣言し、アナーキストの仲間たちに骨折するほどの暴行を受けて帰宅する。

心機一転、新しい左翼の思想的立場（三・一五事件に触れているから、共産主義と解る）に立って、同じ目的の若い仲間と共に、未来への理想と意欲に燃えて、修造、茂緒夫婦が歩きはじめるところで、この小説は終わっている。

この小説のメッセージは、女性の身体が体得した実感的行動原理と生活感覚によって、アナーキストの生活ぶりを批判するところにある。いわばアナーキストの言動を鏡として、労働を生の根幹に据える生活者的行動原理を再評価し、最終的には語り手が茂緒夫婦の生の軌跡を肯定的に再確認する、ということである。生の軌跡の核となるのが、夫婦の結合関係である事は言うまでもない。したがって、この小説のメッセージは、その結合への信頼ともなっている。その信頼は「空」でも一貫したメッセージとして通奏低音のように作中に響いている。

修造のアナーキズムからボリシェヴィズムへの命がけの転換を通して、なぜアナーキズムを離れざるを得なかったか、その必然性が女性の視点から語られている。生活の過程で、茂緒の修造に与えた感化も、語られるうちに自ずと印象付けられる。「井村（修造）は変わりましたね。茂ちゃんが変えたんだろうな」という倉島の言葉もそれを裏付けるものだ。確かに結婚を契機に、修造は労働によって自活する道を選ぶようになったのだ。

しかし、アナーキズムとはいかなる思想で、ボリシェヴィズムとはどう異なるのか、という理論的な説明は全くなされない。紹介されるのは、リャクという行為と、暴力だけだ。一度は修造を捉えた新鮮な変革思想としての魅力は、全く描かれず、ひたすら否定すべき「人間のクズですぜ」（倉島のせりふ）といった主観的断定で批評されるだけだ。アナーキズムは悪という結論が最初からあって、修造のアナからボルに転身する道程を当然のものとして語り手は見ている。つまり、茂緒の主観から語り手は一歩も出ていなくて、理論的裏付けに欠ける。思想的な事は「よく分からない」という茂緒の主観のみで、アナ・ボル論争という歴史上特筆すべき思想的事件を語るのは、無理があったのではないか。

革命運動の中の人間の暮らしのディテイルは描かれているが、運動の全体の流れはさっぱり見えてこない。それは、読む者の、プロレタリア文学運動に関する知識で補って下さい、と言わんばかりの書き方だ。したがって、生活面のピースだけがあって、全体像が見えないのだ。

アナーキストは文学や芸術の伝統も、破壊することに意義を認める人々だった。この小説は、普通の生活者、いわば主婦の感覚によって、一九二〇年代後半の、アナからボルへ移行する疾風怒濤の革命運動を捉えようと試みた。では、その試みによって何が見えてきたのか、または逆に何がみえなくなったのか。

まず、茂緒は普通の生活者だろうか。島の生活の枠組みに収まりきらない女という自覚を持ち、文学に憧れ、そのために型破りな詩を書く修造の誘いに応じて上京し、そのままいっしょに暮らし始めた茂緒である。普通の生活者であるはずが無い。しかし、修造の周囲にいるアナーキストや詩人たちは、さらにひとケタもふたケタも世間の道徳、慣習、常識を踏み破る。だから茂緒の感じたカルチャーショックは甚大なものであった。その結果、彼らと比較することによって、茂緒は常識的で普通の生活者であると自覚せざるを得なかったのだ。いわば、律儀な生活者である自分の意識化である。ここで、衣食住の生活様式は貧乏のためやむをえず修造たちに同化しても、生活者としての常識やモラルをかなぐり捨てるのではなく、それらの最も自分の身に着いた部分を物差しとして、周囲の過激なアナーキストや芸術家の卵の言動を、測るようになったのだ。「何もわからない」と言いつつ、茂緒の自己肯定の強靭さは、揺らぐことは無い。

この強靭さは女の持つ強みであるように、この小説では描かれている。物の値段が事細かに出てくるのは、家計のやりくりも女の仕事だからだ。組合の活動家に腹いっぱいご飯を食べさせ、刑務所帰りの仲間のシャツやももひきを洗ってやり、夫のため、手作りのふとんを差し入れしてやる、そうした女の仕事を通して茂緒は周囲の信頼を獲得し、同時に強靭な自己肯定も得ていった。さらに、仲間との相互信頼を通して、彼らが命がけで飛び込んだ革命運動の理想も信じるに足るもののように見えてきた。次第に革命運動に深入りする茂緒の変化は、このようなプロセスを辿っていった。物語は、そのように語られている。

アナーキストの彼らに対する批判や疑問が、観念を通してではなく、日常の暮らしの中から出てくるところが、この小説の見どころである。人間、どうやって食べていくか、という根底的なところからの批判であり、「自分で働いて食べていく」ことを少女時代から実践し、それこそが茂緒の強みだという印象を与えるように、語られている。茂緒にとってそれ以外の生き方は無かったし、それが常識でもモラルでもあったわけだ。修造たちが求める社会変革の理想も、「自分で働いて食べていく」ことと背馳するものだったら、受け入れられなかったのだ。アナーキストに対する懐疑の念は茂緒の体験に裏打ちされ、揺るぎない自信に支えられている。

では、こうした生活者としての常識やモラルを持ち続けた茂緒とは異なり、同じように貧しい育ちの扶佐子はなぜ、そうした常識やモラルを踏み破らざるを得なかったか。それは扶佐子が自分独自の文学を創るという野心を抱いていたからにほかならない。辛苦の末、「花が咲いたよう」に、文壇にデビューする扶佐子の輝かしさが、それをよく示している。そのことに執筆時点における語り手は気付いているが、作中時間に生きる茂緒はまだ明確には気付いていない。

多枝や扶佐子は男に踏みつけられながら、その体験を栄養分にして自分の文学世界を形成していくのだが、扶佐子の開けっぴろげにセクシャリティをふりまく態度と、茂緒の「つつましさ」「恥じらい」などの古い女の美徳に捉われた反応とがコントラストをなし、ユーモラスである。二人の女の人間性が生き生きとした情景描写で浮かび上がり、魅力的な場面が多い。たとえば――

ふたりでさえもせまいふとんに、六人がねようというのだ。（中略）／茂緒は（中略）ただ恥ずかしさでうろうろした。／（中略）扶佐子は、／「このふとん、くさいわね。百万人の精液のにおいじゃない？」／みんなが笑いだした。それをきっかけに、扶佐子はだんだん露骨になり、わざとらしく甘い声でNを呼んだりした。それをくすくす笑っていた多枝たちも、やがて誘われて大っぴらになった。／「井村さん、おとなしいわね。だまってる人はすごいのよ。どうお」／扶佐子にいわれて修造は、畳の上の茂緒を引きよせながら／「だめなんだ。うちの奥さん、うぶでね。」／茂緒はひとりうつ伏せになり、この青春の渦巻にとけこめず、しのび泣きをしていたのだった。

「きれいな肌ね、井村さん何ていう」／茂緒はびっくりして背をまげた。小さな扶佐子の色の白いからだは、一めんにうすいそばかすにおおわれていた。／「そばかす女っていいのよ。知ってる？」／「そうですか」

「そうですか」という返事はなんとも間が抜けてユーモラスだが、こんなふうにいつも波長があわず、とんちんかんな反応になる茂緒を、語り手は一定の距離を持って描いている。ユーモアはこの距離から生まれてくるのだ。

さらにこうした茂緒に、扶佐子は手放しの親愛感を示し、銀座の大通りで茂緒にかじりついて、わあわあ泣きだす。「奥さんと、別れるの、いやあ」と「幼い子供のようにじだんだをふむ」扶佐子の肩を、茂緒はだまって抱いてやる。このエピソードは、扶佐子を通して、茂緒の人間性を語るものだろう。利害を離れ、文句なしの信頼と親愛の情を相手に抱かせる人柄、そうした人柄が、おのずとにじみ出る描写である。

語り手は、扶佐子たちのたくましさと自信が、アナーキズムの支えによるものではなく、文学に賭ける夢に支えられている、ということを、最後にさりげなく語り手は示している。多枝も扶佐子も次々と書くものが好評で、アナーキストの夫と別れ、「新しい結婚の相手を見つけ、仕合せらしい噂だった」と。

文学と限らずすべて芸術は、常識やモラルに安住する所には生まれない。文学少女の茂緒にしても、おぼろげながらそれを感じていたからこそ、親の嘆きも無視して上京し、自由結婚を実行したのだが、この時の茂緒は作家や詩人を目指していたわけではない。文学青年・井村修造との充実した結婚生活を夢見ただけなのだ。そこが表現者をめざして修業中の扶佐子との、決定的な違いである。しかし、茂緒は扶佐子たちの常識やモラルを無視する行動を、決して否定していない。むしろ、彼女たちの生に対する飽くなき欲望、貧困と男からの虐待にもめげず、人生を諦めず明るさを失わない態度に共感している。それは茂緒の中にも根底に文学への崇拝や信仰があるからだろう。

ところで、扶佐子たちの性に関わるモラルについてはどのように語られているだろうか。この点でも、多枝や扶佐子の旧来のモラルを蹴飛ばした奔放さに、茂緒は眼が眩む思いがする。仲間の男たちと誰彼となく性関係を結ぶ彼女たちの行動は、理解できない。そればかりでなく、周囲の男たちが彼女たちと関係を結びつつ、蔑視していることに、同性として憤りを感じている。

この小説を読むと、扶佐子たちの人生において、アナーキズムとの関わりはマイナスの要因にしかならなかったような印象を受けるが、それはあくまでも、茂緒の主観にしか過ぎない。彼女たちの文学精神の形成に、アナーキズムの影響は色濃く影を落としているのではないか。詩や小説に、それは表現されてはいないか。彼女たちがアナーキストの群れに投じたのは、文学上の必然性があるのではないか。こうした疑問は、茂緒の頭に全く浮かばないのだ。あくまでも、女であり、生活者である茂緒の眼に映じた扶佐子や多枝であって、アナーキズムと文学との関係を正面から論じる意図は、語り手には存在しないのだ。この小説の意図は、アナーキストの生活ぶりを反面教師として、茂緒の行動原理を再評価するところにあるのだから。

「古い女」という茂緒の自己規定も額面通り受け取っていいだろうか？　むしろ郷里にあっては変わりものと見られるような、新しさを持った女と自覚していたのにも関わらず、栄は東京で扶佐子や多枝等に出会って、さらに型やぶりで「新しい女」を知った。そのために、敢えて「古い女」と言ってみたのではないか。この場合の「新しい女」は、他人に頼らず、自分を生かしていくという根源的欲求を持つ女、それが表現者になる夢と結びついている女であり、文学を通して自己表現を為し得る女である。まだ作家を志してはいない茂緒だが、扶佐子や多枝に出会って「新しい女」の放つ輝きに刺戟され、彼女たちに共感する自分を発見していく、その変化が明確に表現されている。文学への漠然たる憧れから、表現者となる夢へと変化する微妙な転換点である。

この小説のモチーフはその転換点を描くと共に、茂緒と修造の結合が「われ鍋にとじ蓋」ではあるが、偶然のものではなく、必然性をもったものであることを確認すること。さらに茂緒の革命運動への参加が、修造に促されたばかりではなく、「社会から貧困をなくす」という理想を茂緒なりに受け止め、その結果生まれた自然な変化によってなされたものであること。これらを再確認することにあった、と思われる。

「空」はまさに「風」の続編で、テーマも手法も共通である。最後に、転向して出所した夫の虚無的な姿と、その疲労感とを並べた結末になっていて、栄にしては珍しく、終わりが暗い小説である。

物語の展開から当然推定されるように、茂緒は革命理論の理解が先にあって、そこから運動に参加したのではなく、夫の活動によって生活ごと運動の中に投げ込まれ、その過程で自分自身を再教育していった訳である。その過程を、暮らしのディテイルを再現しながら、物語は丁寧にたどっていく。

革命運動の高揚期と衰退期を体験し、目標を失い、無気力になった夫のかたわらで、激変を体験してきた妻がこれからどう自分の立ち位置を定めるか、を問いかけて「空」は終わる。

当然、続編が書かれてもよかったはずであるが、これ以後、作家として出発した後の自伝小説は書かれることが無かった。

革命運動という特殊な体験を通して、共産党員である修造との結びつきが強靭なものになっていった必然性、その過程を描くことがこの小説の主眼であり、作家としての茂緒の主体形成を追及することは、主たる目的では無かったからだ。「私は如何にして、共産党員の夫の同伴者となったか」を、共産党支持を暗黙の了解事項として、理論抜きで、主婦感覚で物語った小説。これが「空」にほかならない。

栄はこれ以後、持病が悪化していく一九六一年頃までの約七年間、自分の作家としての人生を批評的、客観的に振りかえる小説を、ほとんど書かなくなる。代わって女性一般の置かれた差別的位置に目を向け、愛情を持って彼女たちの代弁者、支援者となる作品を量産していった。連載を何本も抱える流行作家として旺盛な活動を続けるのである。

第七章　家族との絆

1　過重な仕事量

一九五五年三月、栄は婦人公論愛読者大会のため、編集者の藤田圭雄とともに四国各地を講演旅行した。もう一人の講演者は清水幾太郎であった。この時は「親戚のお嬢さんがつきそって」(「オリーブの思い出」『回想の壺井栄』)いたと藤田は記しているが、これはおそらく真澄であろう。限られた時間に松山、高松、高知、徳島とまわり、池田、徳島間は一等車もない鈍行の汽車だったりして、「病身」の「壺井さんにとって」「ずい分負担だったろう」しかし栄は、「いつもにこにことほほ笑んで、『えい、大丈夫です』と、われわれを安心させてくれた。」(同前掲)と藤田は記している。その鈍行列車の中では、通学の女学生たちにサインを求められ、快く応じていた。前年九月に、映画「二十四の瞳」が空前の大ヒットをして、栄はすっかり有名人になっていたのだ。高知では係の手違いで、長時間「イスもないところで待たせてしまったのに、いやな顔一つせず、係の娘さんたちに暖かいことばをかけていた」（同前掲）とも語り、その人柄の暖かさを偲んでいる。

この講演旅行のお礼に香川県知事から贈られ、藤田にもおすそ分けしたオリーブの苗の一本を、藤田が枯らしてしまったと栄に話したところ、栄は一株の若木をわざわざ持って来てくれた。こんなふうに、「親切心や思いやりが、壺井さんの場合はすぐ実行につながる。」とも藤田は語っている。

社会の下積みで働く若い女性に、いつも暖かい配慮を忘れない栄の人柄は、当時の定宿、上林温泉・塵表閣のお手伝いの女性との関係にもよく表れている。料理の出し方などにミスがあると、若い彼女たちは、「きゃっ〳〵笑いながらおわんをもって走ったり」すると、栄は佐多宛の手紙（一九五一・八・八）に書いている。ミスをしても、きつく叱ったり露骨に不機嫌にならず、笑って許してくれる栄の態度を知っているからであろう。

持病を抱えながら、流行作家として膨大な執筆量をこなしていった栄は、病気の苦痛をめったに他人には見せなかった。一九五五年頃まで、引きもきらぬ原稿依頼の電話にも、体調が許せば自分で出るという誠意を見せたが、時には断わってくれと真澄に頼むこともあった。真澄は結婚後も壺井家の近くに住み、日常的に栄の世話のために壺井家に通った。最も遠慮なく物が言える相手として、原稿執筆の際の苛立ちをぶつけるのも真澄であった。入院中もベッドに小机を持ちこんで、小康状態の時は執筆を続けた。

たとえば『群像』などの文芸誌からの依頼は受け、『平凡』などの大衆娯楽雑誌からの依頼は断る、というような選別が栄には出来なかった。朝日新聞のインタビュー「軽井沢の作家たち③」に応えて「下積みの人たちが激しい生活の中に秘めている深い怒りや悲しみを」その人たちにも読まれるように書くことが「信念である」と洩らしているように、『平凡』などの読者である働く若者に歓びを与える作品こそ、書かなければならない、という使命感もあったようである。かといって、文芸誌からの依頼はやはり、断りたくない。純文学作品を書いて認められたいという創作上の慾も、捨てきれなかったようだ。結果として、ほとんど断りきれないということになったのだろう。一例をあげれば一九六〇年は新聞小説三本、雑誌の連載小説一本、毎週連載のコラム一本、書き下ろしの長篇も含めて小説六本、その他随筆など二七本という驚異的な量であった。執筆速度は一時間二〜三枚、徹夜して三〇枚が限度だったという（「二十個の蜜柑」一九五六・三）。この過重な負担に耐え切れず、栄の健康は徐々に蝕まれていった。栄は「『ことわればよいのに、ついひきうけてしまうので』『自分でひきうけたくせに』「ついムスメにあたりちらしたりしてしまうんですよ』と、にが笑いした」（国分一太郎「いまもその死を惜しむので」『回想の壺井栄』）。国分一太郎はさらに周囲の人間たちが栄の仕事量の調整を図らなかったことを「くちおしくおもう」と述べ、過重な仕事量をこなすために薬に頼り、その薬の副作用に苦しめられ、当時の「医者や医術にいためぬかれたのではなかったろうか」と口惜しがっている。言いにくいことをずばりと言い当てている言葉であろう。

労苦の多い人生を語っても明るさと救いの見られた栄の作品群の中で、一九五七年以後は「落ちていく」（一九五七年七月）のように、人間性の否定的側面を見つめる暗欝な小説が見られるようになる。しかしそれも決して多くは無い。小説世界の基調はやはり初期からほとんど変わらないと言って良いだろう。

人気作家となった栄の晩年の代表作が「雑居家族」と「裲襠」である。まず栄の家族をモデルとして取り込んだ「雑居家族」から見ていこう。夕食には家族全部が顔を揃える。そして「世間話や家での色々な計画について語り合う家族会議が開かれる」「我が家の成員は、私たち夫婦と、育ての子供三人（甥の研造も含む・引用者注）に女中さんが二人の七人である」（「二十個の蜜柑」）と随筆に記されるような、栄自身の家族のありようをフィクションもまじえて描いた作品である。

2　戦後の新風俗をさばく独自のモラル

登場人物に命を吹き込む栄のテクニック

「雑居家族」は、一九五五年三月二五日から八月一五日まで『毎日新聞』夕刊に連載された。

栄はよく知られたように自分の生活体験を巧みに生かす作家であるが、それは「雑居家族」という題名にもよく表れている。登場する家族が、世間並の親子関係で結ばれたものではなく「雑居家族」だという設定は、姉や甥の遺児を引き取って育てた栄の体験に基づいている。主人公の安江と夫と音江、夏樹は、栄夫妻と養女の真澄、養子の右文をモデルにしているが、音江を引き取った事情はフィクション化されている。その他の人物は、境遇などの設定を一部分借りたところはあるにしても、あくまでも物語世界のために造られた虚構の人物と考えて差し支えないだろう。

栄と繁治は、まさに「雑居家族」に近い家族関係を生きた夫婦であるが、このような家族形態は栄主導で創られていった。社会通念からは風変わりな家族形態であるが、栄の体験からすると、案外馴染みのある形態であるかもしれない。なぜなら、栄の父は子沢山の樽職人で、二世代の家族のほかに、常時住み込みの若い弟子が数人いて、そのうえ孤児も引き取って育てていた。血縁のあるもの無いもの取り交ぜて、相当な大家族が父母の指揮のもとで親和的な暮らしを営んでいた。このような家族イメージを持つ栄にとって、姉や甥の遺児を養子に迎えて暮らすことは、自分の父母と同様の生き方だっただろう。この家族のイメージをデフォルメしたものが、「雑居家族」であり、高度経済成長が始まる直前の日本社会を背景にした「雑居家族」が、かつて栄が育った大家族の記憶の再生であることに注目しておきたい。この時期、近代的核家族とは全く異なるこうした家族をあえて提示したところに、栄の作家としての特色がよく表れている。

安江の考えるこの家族内の秩序は、愛情・保護を与える代替として、服従を求めることで形成されている。自分を上位に、音江を中間管理者として位置づけ、音江の下位に浜子を位置づけようとする。家族の秩序の中に浜子を組み入れたいという意図が浜子の反抗を招く。浜子は安江、音枝、文吉、同居人の進などの好意を利用するが、誰の支配も受けず、安江の忠告を個人への干渉として排除する。ただし、彼女自身は、いかなる意味でも自立しているわけではない。欲望充足を求めるのみである。

安江の小言に怒って家を飛び出した浜子がもし、本気で荷物を持って出るようなら、「ほっとけないよ。たのむよ。」と安江は音江に言い含める。

安江は「おとなげない」と自省し、自分の言い方が浜子を傷つけたと反省はする。しかし、上位・下位の支配関係、保護と服従の秩序形成そのものへの根本的疑問は感じていない。

最後には浜子が素直に反省し、安江の家に戻り、和解が成立するという結末の付け方は何を示しているだろうか。「おばさんは古い」という浜子の言い分（それなりに妥当性のあるものだ）を、語り手は、肯定していない、ということである。安江が形成した秩序が破壊され、安江が混乱に陥る、という展開にはならず、小さなさざなみを立てただけで収まってしまう。

遊びのつもりで行きずりの男と性交渉をもった浜子。妊娠して初めて、女だけに負わされたリスクの重さに気付き、ジェンダー差別に目覚めた浜子は、自立への志向を持って働き出す。そして堅実な生活者の自覚を得ることで、安江たちとの和解に達する。だから、安江の性道徳は揺さぶりをかけられ、多少の反省ももたらしたが、結局、安江の自己肯定は崩壊せずに収まってしまったわけである。

安江と浜子の対立と和解に込められた栄のメッセージ

この『雑居家族』に混乱をもたらす安江と浜子の対立点はどこにあるか。第1節でも指摘したように、基本的に女家長の安江がこの家の管理運営の方針——秩序の大枠を定め、他の家族はそれに従うというのが、安江の考え方である。一方的強制ではなく、全員で家族会議を開く場面もあるから、その点民主的でもあるのだが、最終的に決定するのは安江である。

家族一人一人の行動も、安江は自分が肯定できない行動は、家族に許さない。

安江は浜子のあつかましさを嫌うが、このあつかましさは、当然遠慮すべき立場だという自覚が浜子に無い所から生じている。言わず語らずのうちに、分をわきまえて差し控えてしまう態度が秩序の下位のものには求められる、そう考えるのが、戦前の教育を受けたものの考え方だ。ある意味で封建的でもある。家族は親と子、雇主と使用人、上司と部下、この上下関係を自明の秩序として守り、慣習を超えた要求などは、初めから遠慮して出さない。こうした態度が安江にとっては望ましいものなのだ。

もちろん、浜子の取った行動は、戦後教育の理念からいっても批判の余地はある。音江がまだ手も通さない新調のスーツを「ちょっと着てみるだけ」と言い捨てて外出し、そのまま深夜まで帰宅しないというのは、まず約束違反の点で責められるべきだ。が、そもそもスーツを借りるということ自体、安江から見れば非常識きわまる厚かましさだ。彼女の生活倫理からいえば、こういうあつかましい要求は居候の浜子の立場から言いだせないはずである。こんな安江の考える倫理は、浜子に通用しない。

それに対して浜子の行動原理は欲望充足を最優先する。それが阻まれれば諦める、可能なら押し通すまでである。他者とは基本的に対等の関係で要求し、厭なら断る、良ければ応じる、という関係である。自ずとそこには力関係の強弱から生じるかけひきがあり、浜子は音江の気の弱さに付け込んでいる訳だ。浜子は秩序を構成する上下関係を最初から認めないし、そのために、自分の欲望を差し控えるという発想は初めから存在しないのだ。

では安江の考える道徳は「古い」のか。たしかに親と子の上下関係が秩序を形成するという考え方は、当時にあっても、既に過去のものになりつつあった。たとえば次の雑誌記事を見てみよう。

いいつけを守った子供も、いいつけを守らなくなり、やがては自分の良心にしたがって行動するようになる。（中略）だから近代の教育は、大人と子供が愛し合い、話し合って理解するスムーズな過程をくり返すだけでは終わらない。親と子ども、教師と生徒の間には、根本的な緊張と対立があり、そこからこそ鋭い良心をもった強い人間が誕生する。

（永井道雄「誰が道徳教育を行えるか」『婦人公論』一九五八・六）

この永井は後に文部大臣になったが、この発言と照らしても、安江の考え方は、いささか、旧道徳の残滓を感じさせる。

さらに大きな対立点は、性に関するモラルである。浜子は行きずりの男と性交渉を持つことが不道徳とは考えていない。楽しければ良いという考え方で、基本的に性に関する行動は、個人の自由だと考える。であっても、その点での安江の干渉ははねつけるのだ。

では性に関するモラルにおいて何が道徳的で、何が不道徳なのか。その基準さえもこの当時揺らいできていることが、婦人雑誌の記事などから推察出来る。たとえば、結婚している男性を妻から奪うのは不道徳か、という問題に対して、次のようなコメントがある。

このごろ、「妻の座」をうばうものとして、しばしば、若い女性や三〇代の女性を対象に云々されているようですが、（中略）いかに現代の若い女性が勇敢であったとしても、子猫をひっさらうように、他家のご主人の意志を無視してまでも問題を起こしているとは考えられないのです。（中略）この反対に、「妻の座」をゆすぶるものの大半は、むしろ、夫婦の側にこそ、その原因があるのではないかと私は考えています。

（畔柳二美「大量に妻の座を奪うもの」『婦人画報』一九五五・八）

こうした雑誌の論調を見ても、世代間の断絶、対立、葛藤、新旧の道徳観の転換が表面化し、特に性をめぐる価値観のゆらぎが、社会問題として大きく取り上げられるようになったことが解かる。畔柳の発言と比較してみると、物語の最初において、婚外の性交渉を最初から不道徳と決めつけた安江の保守性が目立つ。安江の夫に誘いをかけ、同居人の斉木とも遊戯的に性交渉を持つ浜子に安江は不快の念を抱く。その不快が不道徳への怒りであると、安江は信じているが、実は「妻の座」を奪うものへの警戒心であることを、自分では認めたがらないのだ。一方浜子は、結婚抜きの恋愛もＯＫ、恋愛抜きの遊戯的セックスもＯＫで、そもそも性関係をモラルで律しようとする意志が希薄なようだ。

安江は夫婦が対等で、信頼と愛情によって自発的に結ばれた関係を、大切にしていきたいと考えている。自分達夫婦の関係では、民主的な考え方をしており、このようにいわば近代的恋愛結婚観を理想としている。しかし、親子関係においては、かなり家長の権威による支配を実践している傾きがある。いわば夫婦関係と親子関係とに捻れが見られるのだ。

こうした安江と浜子が対立するのは、しごく当然なのだが、物語の進展に伴って、両者の間に歩み寄りと和解が成立する。先述のように浜子はシングルマザーとして子供を育てる決心をし、荒物の行商で自活して行く決心をする。そのためには安江の援助も必要とするので、安江の家に世話になることにする。

安江は、女だけが軽率な性交渉のリスクを負わされるジェンダー差別に憤りを感じ、浜子に対する同情の念から、次第にジェンダー差別を強く意識するようになる。そして女同士の連帯感に突き動かされ、彼女の出産と育児をサポートする決心をするようになる。次の場面の会話は、そうした安江の変化を、物語るものだ。大学生の養子・冬太郎が、婚外妊娠を「不潔だよ」と切り捨てるのに対して、安江は反論する。

「いくら浜ちゃんだって、おとし穴と知っててはまりこむはずはないだろ。しかも結末だけは女にのしかかってくるんだからね。それをお前、不潔なんてかんたんにいえるかね。（中略）かわいそうじゃないか、浜ちゃん。――浜ちゃんというより女全体がよ。男と女のほんのたわむれの結果でさえ、女は大きな大きな犠牲を払わなくちゃならないんだもの――」

この場面は、安江の中で、理解困難だとしていた浜子への反発を、同情によって乗り超えていくという、安江のターニングポイントを示すものである。

なにより、浜子が母性に目覚め、命を育む選択をしたことを、安江は尊重する。さらに、男に媚を売るのではなく、地道な労働で自活する道を選んだ浜子を評価して、応援する気になったわけだ。こうして二人の和解は成立した。

身体が母となる準備を着々と進めるに伴って、心も母性を獲得していく浜子の様子が、心身の一体化として表現されている。

初めて胎動を感じた浜子の驚きを、「母性のとびらをたたかれた」と語り手は表現し、浜子は「おふくろしっかりしなって、いってるみたいね」と、共に困難を乗り切る連帯感さえ、胎児に抱く。母子の結合を実感した浜子は、出産前からすでに心は母親になっているのだ。こうした浜子の変化は、当然産む性への称賛に結び付くものとなる。

安江と浜子の歩み寄りは、浜子の変化が招いた実りある結果であるが、安江もまた、戦前教育的規範に縛られない浜子の新しさによって、自分の正当性にゆさぶりをかけられた。シングルマザーという新しい女の生き方にも、尊厳を見出し、妻の座をおびやかす若い娘の行動を不道徳と決めつけず、「妻の座」そのものの正当性を省みるという、客観的態度を持つように安江は変化したのではないか。両者の変化によって和解が成立したわけだが、浜子の変化の方が大きかったのは言うまでも無い。

ジェンダー認識の鮮明な社会派作家へ

先述のように、物語の中で妊娠中絶をめぐるいきさつは大きな役割を果たしている。この事件を取り込んだことで、物語は安江の家族の物語の範囲を超えて、社会的広がりを持つものとなった。

一九五〇年の国勢調査によると、人工妊娠中絶は、一九五〇年頃から爆発的に増え、そのうち経済的理由によるものはわずかに三％である。この統計からも解る通り、旧道徳を否定し、新しい性の規範をまだ確立しないまま、欲望充足の行為に走る性的に奔放な若い娘が一般家庭からも出現したのだ。

栄は自分の実体験を作品化するタイプだけに、社会現象まで取り込んで描くのは、珍しい。「紙一重」のように、戎居仁平治の勤務先の病院に取材して書く、ということも多少はあったが、多くは、体験そのままでは無くとも、自分の周辺にいた人物を材料に、よく知り抜いた環境を舞台に描くことがほとんどだった。ところがこの小説では、浜子というアプレ娘の典型のようなキャラクターの持ち主が登場する。栄はこの小説が、自分の家庭をそのまま再現したものではないと断っており、浜子は特に、モデルに対応する実在の人物が存在しないようだ。ではなぜ、栄は体験とは関係のない所から、こういうアプレ娘を造型したのだろうか。

ここで考え合わせてみたいのは、「雑居家族」が全国紙である大新聞に壺井栄が書いた最初の長編小説だということである。既に前年九月には「二十四の瞳」が映画化されて大ヒットし、栄が人気作家となったことは既に述べたが、その結果『毎日新聞』から長編連載の依頼が来たわけである。

初めて全国紙の広範な読者を前にして、栄は意識的に今までの創作方法とは異なるものを目指したと、推測できる。一つは現代的な社会現象を取り込むことだ。そのために自分の身辺に取材した出来事や、家族をはじめ身近な人物だけでなく、このテーマにふさわしい新しいキャラクターを創造する必要があった。ただし、物語世界の大枠は、栄の手なれた題材の家族をモデルにして構築する。こうしておけば、物語世界の安定感を損うことなく、新鮮な風を取り入れる仕組みが出来上がる訳である。いったん取り込んでしまえば、その社会現象やキャラクターは、栄の家族などをモデルにした登場人物に接触して、対立や波瀾を巻き起こし、今までの栄の物語とは全く違った展開が期待できると予測したのだろう。広く一般の読者が関心を持つような社会現象に注目して、新旧の道徳観の対立、特に性道徳の変容を描こうとしたと思われる。婚外の性行為や妊娠中絶は、その中の突出した現象である。そういう社会現象を体現するアプレ娘として、浜子というキャラクターが選ばれたのだろう。

浜子は物語の最初からアプレ性を振りまく存在である。しかし、栄の家族をモデルとした登場人物は、それぞれ栄の十分知悉する存在で、小説の登場人物として過去の作品にたびたび登場してきた人間たちである。生きた身体と情念をもって、物語空間の中で生かすことが出来る人間たちだ。このように人間模様を配置して、読者の前に、新旧の道徳の対立と性道徳の変容という現代的な問題が現出する。

しかし最後は、栄をモデルとする安江の尊厳が否定されることなく、浜子との和解が成立することが望ましい。なぜなら栄の分身が否定されては、物語を構築する主体が崩壊してしまうためである。また、鋭い対立が暖かく溶け去り、明るい結末で未来が開けてくる。最後に救いを感じさせるのも、栄の物語の顕著な特色である。もちろん、広範な読者にとっても、その方が受け入れやすい事は言うまでも無い。こうした新しい試みを取り入れると同時に、戦後ますます明確に表現されるようになったジェンダー差別への批判も、栄はこの小説の随所に提示しているのである。

この頃から栄の中には次第に、優等生的な殻を破りたいという創作上の欲求が強まっていったようだ。

『二十四の瞳』の純粋で愛情と善意に溢れた女教師のイメージが一般に広まり、栄のイメージもそこに固定しがちな傾向があることに、栄は不満を感じていたかもしれない。型にはまった創作の枠を広げたい、固定した作家イメージを破りたい、しかも時代はどんどん変化しているのだ。そうした変化にも耐える小説にしたい。そうした欲求が栄の中に芽生えたとしても不思議は無い。その欲求から次のような発言が飛び出して来たと、思われる。

「どうしてわたしっていうと、模範生のような、文部省選定のようなレッテルを貼られてしまうのだろう」「わたしにだって、裏の裏があって、そこじゃいいかげんでたらめなことをやってますよ。わたしの小説だってそうでしょ。カン通があるし、家出をしたり、私生児を生んだり、そんな道徳的なものじゃないのにね（「童顔にひそむ底力—模範生のレッテルに反発」一九六一年七月二一日『河北新報』）。

こうして栄はベストセラー作家となると同時に、一回り大きな社会性を示す作家へと、脱皮を遂げていった。

3　家制度を乗り越える女たちの闘い

「庄屋」という階層

「禰宜」は一九五五年八月及び一〇月から一二月まで『群像』に連載された。

特定人物のモデルはいないようだが、「小判屋」は実在し、「かつては『坂手小判屋はほうきが要らぬ、お辰小袖のすそではく』と歌われたほどの豪家であったと聞かされて」いたと川野正雄は筆者に語ってくれた。物語の舞台は小豆島の坂手郷と明記されている。

しかし、大庄屋でさえ、その生活ぶりは驚くほど倹約で、米は毎日食するものではなく、冬も足袋をはかず、家族であっても「紋日のほかは終日営々として働いた」という。すずの禰宜の豪華さは、幕府によって贅沢を禁じられた農家の花嫁が身につけられるものではなかった。したがって小判屋の財産や地位は、やや誇張して富裕に描かれている。一例をあげれば、庄屋や年寄が富裕だったのは、酒造業、醤油の醸造業などの権利を獲得したことが大きいが、小判屋はどちらも営業している様子が描かれていない。にもかかわらず、すずたちの暮らしぶりがこれほど贅沢なのは、多分に小説上の虚構と言えるだろう。

なぜ「庄屋」という階層に設定したのか

かつて栄が書いた「暦」は作者自身の「家」の歴史であり、貧困に苦しむ家族の絆の強さと、厳しい条件のもとで幸福を求める娘たちの人生が描かれていた。

それに対して『裲襠』は、それと対極にある富裕な旧家の跡取り娘の夢の可能性と、背負うべき重荷を描いている。小判屋の富裕さを誇張したのは、彼女たちのおかれた生活的条件を、際立たせる目的があったためであろう。さらにもっと根本的な理由は、この小説が、民衆の里謡が捉える物語世界を根底に据えるもので、そこからはみだす近代的社会観や人間観は、最小限に抑えられている、ということである。この土地の人々の人情のありようを、方言や里謡を駆使して、美醜とりまぜながら語り聞かせているのだ。

いいかえればこの小説では「坂手小判屋にほうきはいらぬ。おたつ小袖のすそではく」という里謡が小判屋の女たちのイメージの決め手となっているのではないか。民衆の憧れの象徴であり嫉妬の象徴でもある庄屋の女の「裲襠」――里謡に歌われた虚構のイメージにふさわしいものとして、小判屋は設定された。豪奢な暮らしが誇張されたのはそのためである。

またこの物語は、階級闘争の視点はゼロで、庄屋の富の基盤と小作の労働収入との相関関係、つまり、両者の経済関係には全く触れていない。したがって富者と貧者との上下関係からなる秩序は、本来そうあるべき自明のものとして描かれる。そのように語られるのは、語り手の視点が庄屋の女家長の視点に寄り添っているからである。彼女達の意識にのぼらないことは、ほとんど描かれることが無い。それでいてこの物語が現代の読者をも惹きつけるのは、あくまでも、制約を受入れた上で、女性の可能性をとことん追求する生き方が、新鮮にヴィヴィッドに描かれているからだ。

女たちの意識の中心に存在するのは、血統を守ること、愛する男性と結ばれること、せんじつめれば愛と性の問題である。この物語の中で性の問題が要石になっているのは、そのためだ。この問題こそ、良くも悪くも女たちの生の分岐点となることが、女たちの身体をもって鮮烈に描かれた。その点で、優れたフェミニズムの文学となっている。

語り手は、五世代にわたる歴史の流れを、一つの超越的視点で語ってはいない。語り手は、彼女たちをけっして批判しない。かといって家族制度の犠牲者とばかりも見ず、「家」を守ることが、自分のアイデンティティでもあった女たちと見なしている。彼女たちは最後に、もっとも若い世代から批判される。が、語り手は、家族制度の重圧による束縛という側面とともに、それを支えとした彼女たちの生のありようも、冷静に見届けようとしている。

裲襠が象徴する家制度の明と暗

この小説が訴えているものは、裲襠が象徴する家制度の下で、祖母から母へ、母から娘へと生を受け継ぐ女たちが、何を求め、何を実現し、何を諦めていったか、ということである。その女たちの闘いにおいて、家制度のプラス面とマイナス面が、どのように作用したか。それが、暮らしのディテイルを丹念に塗り重ねることで語られている。

すずからたつ、たつから小梅、琴路と世代が変わるごとに、家制度のプラス・マイナスは微妙にその様相を変える。富裕な庄屋・小判屋の主人八郎右衛門と妻すずには、娘のたつが生まれた。しかし実はたつはすずの産んだ子では無かった。すずの妹のみきが、八郎右衛門との不義によって産んだ子であった。それに気付いたすずは素早い決断で、みきの出産と同時に、赤ん坊を自分が産んだ子として、世間の目を取りつくろった。

すずは夫の亡きあとは村の有力者の一人として、もめごともさばき、村人からの尊敬を勝ち取る存在になる。こうしてすずは裲襠の権威を守り抜いたのである。すずの場合、小判屋は、豪農の女主人のプライドを支え、自分のアイデンティティを確認するトポスであった。したがって小判屋の権威と血筋を我が物とするために、すずは妹から赤子を取り上げるという酷い事を実行する。この時すずが闘った相手は、夫の愛を奪おうとする女だけではない。後継ぎを産めない妻が、家族の中できわめて不安定な位置に置かれるという、家制度との闘いでもあった。

すずは偽の母子関係を強引にでっちあげてまで、家制度と闘って勝とうとしたのだ。すずの妹を家制度の犠牲にすることですずは確固たる地位を築いたのだ。すずは家制度によってプライドを支えられているため、その制度の冷酷さ、マイナス面に敢えて目をつぶったのだ。

たつもまた同様に、家の権威に、跡取り娘のアイデンティティを同化させた人生を選ぶ。親の決めた相手といやいや結婚した後、小作人の辰次郎に恋心を覚え、情熱の奔流の結果、辰次郎と秘かに性関係を持つが、生まれた子は夫の子として育てる。

たつの決断は、家制度への屈服というより、たつが自分で選択し、小判屋を守ると同時に自分の夢も叶える道なのだと、読者にもうなずけるように物語は語られている。たつもまた自分のアイデンティティを支えるものとして、小判屋を拠りどころにしているのだが、そのために、小作人辰次郎との恋愛も小判屋の体面のために諦める。しかし、たつが辰次郎の子供を夫との間の子と偽った時、たつは、不義の子を妊ったマイナス面を巧妙にプラスに転化したといえよう。愛する男との間にもうけた子を小判屋の後継ぎとし、自分のプライドを維持したのだから。

たつは孫の琴路に、結婚よりも新しい女の自立自尊の人生を進ませたいと願う。そして東京の女子医専に進学した琴路に期待を寄せる。しかし、東京に進学した琴路は、一九三〇年代初頭の革命運動の嵐に巻き込まれ、活動家の学生に恋をして、金銭的援助をしたため、シンパとして警察に捕まる羽目になる。

琴路は家制度に反逆を企てようとして、中途で挫折した娘である。彼女が東京で勉学できるのは、小判屋の跡取り娘の地位のためであった。しかし、彼女が革命運動にもっと本格的に参加していけば、当然、地主制度を批判せざるを得なくなり、家制度も否定する方向に進むはずだ。ところが、革命運動に挫折した彼女は半ば捨て鉢に養子を迎えて小判屋の跡取りになり、家制度に屈服する。この意味では敗北とも見える。しかし、「夫を愛していこう」と決意してからの琴路は、夫婦で農業に励み、その点で、地主制度の弊を幾分か、緩和していく。琴路は家制度への敗北を、自分の意志でプラスに転化したとも言える。琴路夫婦に赤ん坊が生まれると、琴路は「これだけは、さやけく、明らかな事実なのだという気持ちのはり」で、さやかと名づける。

家制度への屈服をしなやかに生の充足に転化したという意味では、すずもたつも、琴路もその実行者である。血筋を守るということも、家制度の重要な側面だが、すずとたつは、きわめて変則的な形であれ血筋を守り、同時に自分の望むものを手に入れたからだ。

さやかは、戦後の新憲法のもとで家制度が消滅した時代の変化を、全面的に肯定する存在として登場する。裲襠は「女たちを家にしばりつけた」「家族制度のシンボル」だとさやかはきめつける。その彼女が裲襠を破るのは象徴的である。もっとも、さやかは旧制度の下で生きてきた女たちの想いを尊重する賢さと優しさを持ってはいるのだが。家制度の重圧の下で、苦心惨憺、自分の夢を叶えようとした過去の女たちの方が、さやかよりもはるかに重量感のある生を生きたのではないか。語り手はそれを読む者に伝えるため、母や祖母に対してさやかの払う敬意を共感こめて描いているようだ。したがって家族制度を否定するさやかのように、これを単に旧弊な、人間を抑圧するマイナス面しか持たぬものだと、語り手は認識している訳ではない。プラスとマイナスの両面を見定め、またマイナスをプラスに転化した代々の女たちのしたたかな生のエネルギーを尊重し、信頼を寄せているのだ。

女たちの生のエネルギーを鮮やかに表現するのは、さやかの誕生の場面である。そこに至るいきさつはどうであれ、新しい生命の誕生は、複雑な事情の汚れを洗い流し、家族を幸福感で一つに結び付ける。その大いなる力を、女たちは感じ取る。自分の身体を通して生命の誕生を実感する女の無条件の歓びが語られているのだ。この時琴路が感じているのは、小判屋の跡取りを得た喜びでは無い。すずでも、たつでも、琴路でもなく「さやかになれ」という赤子への呼びかけは、豪農の誇りではなく、自分自身の中にこそアイデンティティを見出して行け、という激励の言葉であろう。赤子への愛情が女たちの生の根底を支えるということが、彼女たちの身体の五官を通して瑞々しく語られ、五代にわたる女たちの生を情念で結合する固い結び目となっている。これこそ作者・壺井栄がもっとも訴えたかったことに違いない。

小判屋の女主人たちは、ほとんどが早くに寡婦になったため、父親に代わって家制度を維持する役割を果たさざるを得ない。しかしこの物語では、管理者としての側面は、最小限しか語られず、むしろ娘（あるいは孫娘）の理解者であり、互いの固い結合関係によって、娘の希望を叶える支援者となる。そうした側面の方が、強調されている。すずとたつ、たつと琴路、琴路とさやか、みなしかりである。陰に陽に共同戦線を張る母娘関係が強調されているのだ。女たちが全て最後は寡婦になるという設定は、いうまでもなく意識的な戦略であろう。

大状況を語る際の物足りなさ

先述のように、語り手は超越的な一つの視点で、五世代の女たちの生を一まとめに語ろうとはしていない。それぞれの女の視点に寄り添って描いている。これは、言うまでもなく、歴史を語る語り方とはいえない。むしろ女たちの秘かな嘆きや喜び、悩みの数々を掬い取る語り方に近い。しかし、そこに埋没することは、民主主義陣営に属する栄の使命感が許さなかったのではないか。そのため、戦後民主主義の理念をしばしば取り込みながら、村の豪農の女家長の歴史を描いたと想像できる。社会の歴史と、豪農の一家の歴史をからませ、整理されて描かれてはいるが、戦後民主主義思想に依拠しながら、近代から現代への歴史が浅くなぞられている感がある。日露戦争、太平洋戦争、戦時下の思想弾圧、戦後の民主改革など、政治的、社会的事象が極めて概念的に、常識の範囲を超えない程度に描かれ、個別の生身の人間の体験としては具体性に欠け、踏み込んだところが無く迫力に乏しい。

明治、大正、昭和前期の庄屋の暮らし、そこに生きる女たちの情念と行動の厚み、こういったものは、民主主義の理念によっては掬いきれない奥行きを持っている。それらを緻密な描写を塗り重ねて、再現している部分は、すこぶるリアリティに富む。しかし、要所要所で現代の視点から、旧家族制度への批判が語り手によって指摘されているところは、作品に十分な効果を与えているとはいえない。先述の底の浅い歴史解釈とあいまって、作品世界の密度を薄めているともいえる。

そこがこの作品の限界であり、栄の文学の限界かもしれない。こうした限界が発表当時ほとんど指摘されなかったのは、発表時期と関わりがあるだろう。旧家族制度や男女差別への批判が、まだ新鮮な魅力を持っていた時代、にもかかわらず、封建制度の重圧が慣習として残っていた一九五五年だからこそ、この小説に共感する読者が多く存在したし、価値評価もより高められたのではないだろうか。

裁く立場ではなく支援する立場で書く

境遇への対処の仕方はそれぞれ違っても、(小梅を除いて) 四代の女たちが、自分の大切に思うものを粘り強く獲得していくエネルギーを、栄は讃え、応援している。また男の力を借りずに、母と娘、祖母と孫娘の結合関係によって、危機や難関を乗り越える女のパワーにも、信頼を寄せている。その意味でフェミニズム小説とも言えるものだ。

栄は、家制度を女性に対する抑圧装置としてのみ見なす見方も、婚外の性交渉を「ふしだら」として排斥する見方も、いずれにも与しないように見える。その見方も敢えて否定はしないが、それだけで、ものごとを裁定しようとはしない。

一つの意見には必ず、それに柔らかく反対する意見を並べて、相対化する。琴路の夫を「どん百姓」と蔑む小梅に対し、「どん百姓が何でいけん！」と言い返すたつ、またたつの不倫を「不潔だわ」と言い切るさやかに、たつは可哀そうな人で、「一番人間的な人」だと反論する琴路。こうした場面を積み重ねていく。この構成の仕方は、過去の女たちの生き方を、栄がどう認識したかに関わっている。女たちは家制度に束縛されると共に、それに支えられる側面もあった。またふしだらと見える行為も、やむにやまれぬ本然的欲求に基づく場合、むしろ人間的とも言える。栄はそういう柔軟な捉え方をする作家なのだ。人間を裁き、責める立場では無く、暖かく理解し、支援する立場とも言える。言い換えれば、人間をイデオロギーによって裁断せず、どうすれば、女たちが充足した生を全うできるか、という立場で考える。

こうした栄の基本的な人間理解と、それを巧みに表現する語り方が、多くの読者の心を捉えたのであろう。

4　晩年の闘病生活

一九六一年春から夏にかけて六二歳を迎えた栄は、度重なる喘息の発作に悩まされるようになる。軽井沢にいる時は、比較的熊谷に近いので、よく戎居貞枝にＳＯＳを求め、看病に来てもらうことが多かった。軽井沢には佐多稲子等友人が来合わせたことも多かったが、不思議と喘息の発作を起こしても、貞枝が行くと、発作がピタリと収まることが多かった。おそらく貞枝にあうと安心するのだろうと姪の発代は語っている。

喘息の発作に悩まされながらも、気分のいい時を逃さず執筆に充てた。一九六一年から六四年にかけて、随筆なども含めて平均月五本以上の作品を発表している。かつての栄ブームは去ったとはいえ、まだ原稿の注文は多かったのである。最後まで原稿の注文があり、責任感が強い性格なので締切りを気にして、入院中でも少しでも気分が良くなると、ベッドの上に小机をおいて原稿を書いていた。

六〇歳を越えた心境として、栄がこんな感慨をもらしていることに、注目したい。

若い頃からカリエスを病み、二五歳までしか生きられまい、と医者に言われた自分が六〇歳を越えたことに感慨を覚えるとともに、「六十の三つ子というから、無鉄砲にどこへ走り出すかとはたの者は心配しているのかもしれないが、私はもう一ぺん好きなところへ走り出して、好きなことをしてみたいと思っている。それが出来たら、七十まで生きられるのかもしれない。」

（「六十の三つ子」一九六〇年九月一九日『朝日新聞』）。

また佐多稲子との対談で「このごろ仕事がちょっと多すぎるとつらくて、作家なんかやめてしまいたいような気もするんだけど」「仕事の中で追われながらにしろそこまで生きればいいんだと思ったりするの。これで作家にも引退とか、停年があったりするとやっぱりいやよね」

（一九五九年一〇月二一日『読書展望』）と語っている。

病苦を押しても原稿依頼を引き受け、文字通り喘ぎながら多量の創作活動を続けた栄を突き動かしたもの、穏やかな風貌の蔭に潜む強烈な作家根性を物語るものではないだろうか。

一九六七年一月、一時危篤に陥った栄が、東大病院に入院していた時、付き添い婦はいたが、貞枝は頼まれて、頻繁に栄の看病に通った。

こんなこともあった。弟直吉の運転する自動車で発代と貞枝が病院に見舞いに行くと、「レッスンの後で行くから遅くなる」と言ってあったのに、来るのが遅いとさかんに気を揉んでいた。上等の鮨を取り寄せておいたのだが、時間がたつとそれがまずくなることを気にしていたのである。「こんなに遅く来てお鮨なんてもう食べられないよ」と、身内にだけ見せる遠慮の無さできつく言ったりした。しかし、皆が食べ始めると、ベッドから身を乗り出すようにして、「どう、味悪くなってない？　食べられる？」と心配そうに聞いた。家族同様の者たちにおいしいものを食べさせたいという愛情が全身に溢れていた（発代からの聞き書き）。

四月六日、「死に瀕する重篤な経過を辿って」（佐藤清一「壺井栄先生と名誉町民章」）東大病院から肝炎治療の権威である佐藤清一医師の天城診療所（伊東）に転院した。栄は慢性肝炎、喘息、糖尿病、心臓病、尿崩症、プレドニン中毒症などいくつもの深刻な病気を抱えていた。しかしこの診療所に来てからは、少なくとも吐き気や嘔吐、不眠などがいったん快癒し、五月二六日にいったん退院した。この日は貞枝、発代、研造の妻迪子の三人で見舞いに行ったのだが、栄は「私も一緒に帰るかなア」と言い、病状もやや回復していたので、退院して栄の車で一緒に自宅へ帰った（発代談）。

その晩、栄宅で内輪の退院祝いをしたが、一一万円の現金と指輪の入った発代のハンドバッグが泥棒に盗られた。ピアノのレッスンのお弟子さん達の預かり金も含まれていたので、発代はひどく落ち込んだ。栄はそれを慰めて「オバちゃんが持っているお金、お前と半分わけしようね。人生って物でも恋でも失うことのほうが多いんだよ。そんなとき、人間は立ち上がってえらくなるんだ。」と言って三万八千円をくれた。

その後六月八日、再び天城診療所に入院して肝臓は回復したので、六月一八日に退院した。

しかし、六月二一日、体調に不安を覚え、自宅近くの熊谷病院に入院、翌日喘息の激しい発作により痰が気管に詰まり、最後の息を引き取った。繁治には「先に死んだ方が勝ちよ」、家族には「仲良く暮らすんだよ」と言っていた。六月二三日午前〇時五八分、享年六七歳一〇カ月であった。

家族との絆がいかに栄の晩年の支えだったかを示しているだろう。

溢れるような肉親愛によって周囲の人間を潤し、そのことによってまた自分も支えられていた人生であった。しかしこの濃厚な愛情は、母性愛がしばしば陥りやすいように、独占欲とも紙一重であろう。その意味では、栄が実子を持たず、養女、養子との母子関係、あるいは姪、甥と疑似的母子関係（姪の発代、甥の研造は栄を「壺井のお母さん」と呼んでいた）を結んでいたことは、幸いだったかもしれない。実子では無い事が、栄の中である種の抑制として働き、母性愛の持つ支配的側面を和らげる働きをしたであろうから。

作家としても、多くの愛読者を獲得し、人の善意を信じ、暖かく読む者に救いを感じさせる文学のかずかずが、生きる意欲と希望を与え続けた。しかもその暖かさは、人間への深い洞察に根差すものでもあった。その意味で、文学史上、稀有の作家だったということが出来る。

おわりに

壺井栄は故郷小豆島の自然について、人々に慰めを与える優しく、暖かい側面だけを語り、厳しく、威圧感を与える側面については語ろうとしなかった。たとえば、洞雲山は奇怪に尖った山容の山で、優しく心を和ませる山とは言い難い。そのためか、あれほどくりかえし、故郷の自然について多くの言葉を費やした栄が、この山にだけはほとんど触れていない。栄にとって故郷の自然は、自分を慰撫する存在であり、あくまでもそういう存在として、作品の中に生き続けてほしいものだったのだ。

同じことが、故郷の人々についても言えるだろう。家が破産し、貧困に苦しみ、周囲の蔑みの視線を意識するようになっても、栄は、手痛く傷つけられた体験としては、それを語らない。自然と同じく、島の人々の酷さ、冷たさよりも、暖かさの方にはるかに多くの筆をさくのである。家族も同様である。どの人物にも不幸を乗り越え、絶望から立ち直る道が用意されている、これが、栄文学の大きな特色であろう。全ての人物の生がそのままの形で存在を許されている、と感じさせるものがある。

それは宗教的救済ともやや違っている。神仏はつねに善悪の裁きを予想させるものだが、どの人物も、ひたすら生きぬくことに必死であり、そうした自分を審判にかけることなしに、天地は暖かく抱擁してくれるという信頼感を抱いているようだ。言いかえれば、本源的な自己肯定ともいえようか。栄の文学の根底にある健康な明るさは、ここに発しているのだろう。

故郷を持つ強みというものを、栄ほどおのれの人生に活かした作家はいない。二六歳で故郷を出て上京して以来、栄は実にしばしば小豆島に帰り、革命運動の末端の活動に疲労困憊した心身を癒し、自己回復して帰京した。戦後になってからは仕事が多忙になり、以前ほど帰島しなくなったが、創作活動の中で、小豆島は人物たちを躍動的に動かす舞台として、または彼らを慰撫し、抱擁する存在として小説の必須の要素となった。最初の上京以来、生活の基盤はつねに東京にあり、仕事を得る場所も、社会的活動の場もつねに東京であった。小豆島は、それらとは無関係にいわば魂の慰安場所として存在したのだ。栄が小豆島を優しく美しく、暖かく描くことが出来た最大の理由はそこにあるだろう。

故郷と並んで、壺井栄文学の成立に力を発揮したのは、現実生活のディテイルを掬い取る確かな眼と、それらをいったん自分の感受性の中に溶かしこんで、「歌」として「語り」として表出する文学的才能の芳醇さである。前者はどちらかと言えば戦後の作品に、後者は戦時下の作品に顕著に見られる特色である。

さらに顕著に示されているのは女性差別も含む現実の労苦をどう飼いならすか、という訓練を少女のころから生きる手段として身につけてきたものの強みである。自伝小説「小豆飯」（一九四〇・一〇）にあるように、渡船業の父の手伝いで、肩に食い込む丸太を船に積み込む荒仕事に疲労困憊する体験、その疲れも顧みず、帰り道では船にも乗らずに、山道を越えて姫百合の花を摘んでいく少女の憧れ。栄にとって、美的なるものに慰めを見出す心的傾向が、辛苦に耐え抜く支えになったのだ。

栄にとって文学はおそらく姫百合の花のようなものだったに違いない。かならずしも現実に目をそむけ、逃避する態度とは言えない。夫の繁治も認めるように、状況に対峙した時、きわめて現実的な処理能力を発揮するのも栄の特徴である。それなくしては、革命運動の最前線の現場で、『戦旗』を発行し続けることなど不可能だったろう。しかし、どこかで、目前の厳しい現実を超越する存在に救いを求める、それが百合の花であり、文学だったのではないか。

栄の多くの作品では、貧困、障害、病苦、あるいは革命運動の中での弾圧などを取り上げながら、結末では希望を抱いて人生に立ち向かう人物の姿で、明るく締めくくられることが多い。根底に確固たる自分への信頼があるので、自棄的になることもないし、ニヒリズムとも無縁である。

戦後になって、新たに作品のテーマとして前面にでてくるのは、女性差別の現状への批判である。本書では詳述する紙幅が無かったが「屋根裏の記録」（一九五〇・一）、「柚原小はな」

（一九六三・一～八）なども差別への批判的視点が明確に見られる。「屋根裏の記録」では貧しい漁村の娼婦たちを、少女から女へと成長する娘の視点で描き、彼女らの追い詰められた環境を浮き彫りにした。同性として娼婦の悲惨な境遇を他人事と思えない娘の心情。それを見つめる作者の視線は、娼婦への偏見に対する反発と、女性差別への怒りが込められている。

女性差別への批判という局面に限らず、苦難に満ちた状況の中で幸福と生きがいを求めて必死に生きる女たちの営み、その人生を慈愛を込めてまるごと提示するのが、栄の文学であると言えるだろう。姉妹愛が濃密で、林芙美子、宮本百合子、佐多稲子、芝木好子など良い女友達に恵まれたためか、栄には女同士の連帯――シスターフッドへの熱い信頼が見られる。これもまた、栄の文学的鉱脈の一つであり、体感的フェミニストと呼びたくなる所以である。革命運動推進にためらいや動揺を見せなかったのも、女同士の信頼関係に結ばれていたことが大きいだろう。孤独を免れている人間は強靭になることが可能なのだ。

さらにまた、この活動によって培われた栄なりの社会観――侵略戦争反対、労働者の解放というスローガンが、一過性のものではなく、戦時下の秘かな抵抗を支える基本線になったと想像できる。

夫婦愛の確認との関連でいえば、栄はこの対幻想に支えられて孤独を免れていたからこそ、戦時体制への抵抗の意志を維持できたといえるかもしれない。

戦後になって、「二十四の瞳」「母のない子と子のない母と」などの反戦文学が書かれ、多くの読者の感動を呼ぶ文学的力を発揮した。これは、プロレタリア文学時代に培われ、戦時下も維持された栄のバックボーンの賜物だったのである。

それに加えて戦争のもたらす悲惨を、女性の身体を通じて、女性の視点から描きだしたことが、これらの作品に独特の魅力を与えた。女くささを微塵も売り物にせず、しかも女でなければ書けなかった小説と言えよう。

戦後の栄は、差別と抑圧をはねのけ、恋愛し結婚し、さらに自分の可能性を伸展させようと願う女性たちの応援歌として創作を続けた。働く女たちの平凡であることの中に潜む尊さ、美しさを表現しえた。壺井栄はそうした作家であった。

壺井栄の評伝を書き上げて、ここに辿りつくまでに、実に大勢の方々のご配慮とご援助のお蔭をこうむったことに、あらためて感謝の気持ちでいっぱいである。

栄の甥である故・戎居研造氏ご夫妻と、姪の発代さん、ご親戚の川野正雄氏、佐多稲子のご子息の窪川健造氏、作家畔柳二美の同居者であった故・中野武彦氏、井汲花子さんのご子息井汲明夫氏と兄上の多加史氏、姉上の阿佐子さん等の方々から栄の思い出話をうかがうことが出来たことは、幸いであった。さらに発代さんをご紹介下さり、熊谷での住所などご案内くださった千葉貢先生にも、大変お世話様になった。なお、本文中では最初にお名前が登場する場合を除き、敬称は省略させて戴いた。

また、壺井栄研究者である鷺只雄氏の詳細な著作年譜と生涯年譜には多大な恩恵を受けた。氏の先行研究なくして私の評伝を完成させることは出来なかったと思われる。さらに数々の貴重な助言を与えて下さった編者の尾形明子氏、小林富久子氏、長谷川啓氏、これらの方々に心からお礼の言葉を述べさせて戴きます。

最後に、本書の出版にあたり、原稿の大幅な遅れを辛抱強く待って下さり、刊行にこぎつけて下さった新典社の編集部の方々のご尽力に、深く感謝の意を表します。

二〇一二年一月二二日

小林　裕子

壺井栄略年譜

一八九九（明治三二）年
八月五日、小豆郡坂手村甲三三六番地に父岩井藤吉、母アサの五女として生まれる。父は樽職人で、家族は父方の祖母イソと兄弥三郎、千代、コタカ、ヨリ、ミツコの姉たちがいて、後に妹スエ、シン、貞枝、さらに弟藤太郎が生まれた。

一九〇五（明治三八）年　六歳
四月、坂手尋常小学校に規定より一年早く入学した。

一九一〇（明治四三）年　一一歳
経済状態がますます逼迫し、ついに倒産して住み慣れた家屋敷を出ることになる。

一九一一（明治四四）年　一二歳
三月、坂手尋常小学校を卒業し、四月、内海高等小学校入学。
三月、兄弥三郎は香川県師範学校を卒業し、師範学校付属高松小学校の教員となり、一九一四（大正三）年まで勤務する。

一九一三（大正二）年　一四歳
三月、内海高等小学校卒業。アサが末子の貞枝を出産後、病弱の身となったので、栄が貞枝の育児を担当する。樽屋商売を廃業して海運業に転じた父を助けるため、病弱な母に代わって丸太の積荷作業などを手伝う。重労働のため体を痛める。

一九一四（大正三）年　一五歳

一月、弥三郎、師範付属高松小学校の教員を退職。一一月、坂手郵便局に事務員として働く。

一九一五（大正四）年　一六歳

一二月、母アサが脳溢血のため半身不随となる。以後勤務の傍ら、幼い貞枝の世話も一手に引き受けるようになる。

一九一六（大正五）年　一七歳

一〇月、この時期、郵便業務の他に保険、為替、貯金などの業務一切を一人で切り回した。一〇月一七日、祖母イソが没。この頃から黒島傳治と、文学を通しての交友関係が生じる。

一九一七（大正六）年　一八歳

三月、過労から脊椎カリエスを発病したため、郵便局勤務をいったん退職する。以後、一九二五年一月まで、病気による休職をはさみ、郵便局と坂手村役場の勤務を断続的に繰り返す。

一九一八（大正七）年　一九歳

この頃、静岡県伊東出身の巡回伝道師安藤くに子と知り合う。

弥三郎は弁護士を志し、上京して明治法律専門学校一部法科に入学。

一九一九（大正八）年　二〇歳

三月一五日、弥三郎が東京青山の自宅で、スペイン風邪のため急死。

一九二〇（大正九）年　二一歳

この頃、小豆島にスケッチ旅行に来ていた画家志望の青年大塚克三と知り合い、恋愛関係となるが、結婚は諦めざるを得なかった。

一九二二（大正一一）年　二三歳

七月、妹スエが、産褥熱で急死。赤子の真澄を連れて小豆島に帰り、母親代わりに養育する。この頃、兵役免除となって帰島した黒島傳治との文学的交友が復活し、同じ頃から壺井繁治との文通も始まる。一一月、麻疹による高熱のため、持病の脊椎カリエスが快方に向かう。

一九二四（大正一三）年　二五歳
一〇月、壺井繁治、萩原恭次郎、小野十三郎などによる雑誌『ダム・ダム』が創刊され、繁治から栄のもとへも送られてきたので、誌代前納し定期購読を約束する。

一九二五（大正一四）年　二六歳
繁治から上京の誘いを受け、役場を退職して上京。東京都豊多摩郡世田谷町三宿（現在の世田谷区三宿町）の長家で、二月二〇日、結婚し新生活のスタートを切る。四月、太子堂の貸家に移る。一二月、母アサ死去。まもなく、姪真澄を引き取る。

一九二六（大正一五・昭和元）年　二七歳
この頃、太子堂から代田へ、さらに若林へ転々と貸家を移る。三月末、妹シンと貞枝を小豆島から呼寄せて同居させる。

一九二七（昭和二）年　二八歳
一月、アナーキスト系の文芸雑誌『文芸解放』を創刊、編集発行人は繁治、事務所は荏原郡世田谷町若林五二七の壺井家に置いた。しかし、繁治は、一二月、ついにアナーキスト仲間と決裂し、彼らの暴行により全治三カ月の重傷を負わされる。

一九二八（昭和三）年　二九歳
一月頃、東京府下代々幡幡ヶ谷三五六に転居。浅草橋近くの時計問屋・小川商店に事務員として勤める。この頃から繁治はたびたび検挙され、二九日間拘留されたこともある。

一九二九（昭和四）年　三〇歳

二月、「りつ子」の筆名で「プロ文士の妻の日記」を『婦女界』に発表。四月、四・一六事件と呼ばれる共産党弾圧により、繁治逮捕。この時は二九日間拘留で釈放されたが、以後繁治はたびたび拘留された。

一九三〇（昭和五）年　　三一歳

この頃、栄は革命運動の末端の実践活動を手伝い、ビラや伝単まきをし、ピケにも立った。八月、繁治が治安維持法違反（共産党への資金提供）の容疑で代々幡署に検挙され、一〇月下旬、豊多摩刑務所へ入獄。九月頃から、栄は『戦旗』社に雇われ、弾圧をかいくぐりつつ『戦旗』の発行、発送などの事務全般を引き受ける。

一九三一（昭和六）年　　三二歳

四月、繁治が保釈で出所する。六月、淀橋区上落合五〇三に転居。一一月、ナップが再編成されてコップ（プロレタリア文化連盟）となり、繁治はその出版所長となる。

一九三二（昭和七）年　　三三歳

三月二四日、コップ弾圧に関わり繁治は検挙され、六月二四日に豊多摩刑務所に入獄。夫の検挙後から栄はモップル（解放運動犠牲者救援活動）の活動（差し入れ、面会など）を通じて宮本百合子、佐多稲子と親交深まる。五月、「だからこそ」を『女人芸術』に発表。引き続き、コップの発送事務などに従事。

一九三三（昭和八）年　　三四歳

二月二〇日、小林多喜二が築地署で拷問の末に虐殺され、留守宅に運ばれた遺体に佐多稲子、宮本百合子などとともに対面した。三月一四日、父藤吉没。九月一七日、繁治の甥・戎居仁平治と妹貞枝との間に研造が生まれ、栄は急ぎ帰郷する。

一九三四（昭和九）年　　　　　　　　　三五歳
二月、プロレタリア作家同盟が解散し、左翼作家の転向相次ぐ。五月、繁治、転向して保釈で出獄。淀橋区上落合二丁目五四九に転居。七月、宮本百合子の母中条葭江の遺稿集を編む手伝いのため、駒込林町の百合子宅に通う。

一九三五（昭和一〇）年　　　　　　　　三六歳
三月、初めての小説「長屋スケッチ」を『進歩』に発表。三月七日、貞枝の長女発代が誕生するが、先天性のソコヒのためほとんど失明状態に近かった。四月、「月給日」を『婦人文芸』に発表。五月、百合子が検挙されたため、差し入れと面会に通う。六月一九日、今野大力が小金井村施療院で死去。

一九三六（昭和一一）年　　　　　　　　三七歳
五月頃、繁治と中野重治の妹で詩人の中野鈴子との不倫関係が発覚、鈴子が謝罪して繁治と別れるという解決を見る。夏頃から「大根の葉」の執筆を始める。

一九三七（昭和一二）年　　　　　　　　三八歳
二月初め頃「大根の葉」を脱稿し、百合子の口添えで『文芸春秋』に載る予定が実現せず、掲載は延びとなる。

一九三八（昭和一三）年　　　　　　　　三九歳
二月、「海の音」を『自由』に発表。九月、「大根の葉」が『文芸』に掲載された。秋、繁治が理研コンツェルン傘下の富岡工業調査課の社員として就職。

一九三九（昭和一四）年　　　　　　　　四〇歳
三月、「風車」を『文芸』に発表。一一月、貞枝、発代の手術のため、子供二人を連れて上京し、栄宅に滞在。近藤忠雄医師に執刀してもらうため通院する。翌年三月までに三回手術した結果、発代はかなりの視力を得るようになる。

一九四〇（昭和一五）年　　四一歳

二月、「暦」を『新潮』に、「廊下」を『文芸』に、「赤いステッキ」を『中央公論』に発表。三月九日、第一創作集『暦』を新潮社から刊行。五月、「三夜待ち」を『日の出』に発表。五月六日、貞枝は二男光多を出産したが、この子も先天性白内障であった。四月、祖母イソの悲願だった祖父勝三の墓参りを果たすべく、伊勢の的矢の日和山を訪ねる。六月、朝鮮総督府鉄道局の招待により、佐多稲子とともに朝鮮を訪れ、金剛山、京城、大邱などをまわる。八月、光多に寄せる母の愛情をテーマにした「窓」を『改造』に発表。九月、仁平治、熊谷に転勤。

一九四一（昭和一六）年　　四二歳

二月一〇日、『暦』が第四回新潮社文芸賞に決定。三月頃、中野区昭和通り一―一三に転居。五月一二日、光多は消化不良で没する。九月、「霧の街」を『知性』に発表。一〇月二八日、文芸家協会、文芸春秋社主催の文芸銃後運動講演会四国班に参加し、菊池寛、日比野士朗、海野十三、浜本浩、佐多稲子、壺井栄が講演する。帰途、稲子を小豆島に案内し、療養中の黒島伝治を見舞った。一二月一五日、最初の随筆集『私の雑記帖』を青磁社から刊行。

一九四二（昭和一七）年　　四三歳

一月、「昔の唄」を『婦人公論』に発表。二月から初の長編連載小説「夕焼」を『婦人朝日』に連載（七月まで）、三月、「垢」を『現代文学』に発表。夏、桐生市に笠倉とめを訪ね、訪問記「日本の母（二）」を書く。九月、「牛のこころ」を『新潮』に発表。九月二四日、中野区鷺ノ宮二―七八六に自宅を新築し転居。一〇月二日、香川県東上田村の棚田キノ訪問記「日本の母（一）」を『読売新聞』に発表。

一九四三（昭和一八）年　四四歳
一月、「音のゆくへ」を『婦人公論』に発表。同月、「箪笥の歴史」を『新女苑』に発表。一月から「坂下咲子」を『職場文学』に連載（六月まで）。四月、「客分」を『新潮』に発表。夏、上林温泉に二カ月滞在し、書き下ろし童話「海のたましひ」（戦後に全面的に改稿し「柿の木のある家」と改題して刊行）を執筆。この年、繁治が北隆館出版部に勤める。
一九四四（昭和一九）年　四五歳
一月、「掌」を『文芸』に発表。三月、「妙諦さんの萩の花」を『少女の友』に発表。三月、繁治、北隆館を退社。六月一四日、『海のたましひ』を講談社より刊行。
一九四五（昭和二〇）年　四六歳
一月、「馬糞」を『文学報国』に発表。九月二九日、甥卓の妻順子がチフスで死んだため、遺児右文を引き取る。一二月、「流れ」を『日の出』に、「二つ身の着物」を『平凡』に発表。一二月三〇日、新日本文学会創立、繁治、創立の発起人となり、創立後中央委員になる。栄は会員になる。
一九四六（昭和二一）年　四七歳
二月、「戦争のくれた赤ン坊」を『婦人倶楽部』に、「若い乳房」を『女性線』に、「地下足袋」を『民衆の旗』に、三月、「表札」を『思潮』に発表。三月一日から「海辺の村の子供たち」（のちに改作し「母のない子と子のない母と」と改題して刊行）を『少国民新聞』に連載（七月二〇日まで）。三月から四月にかけて、共産党候補の選挙応援のため、四国に応援に行く。八月、妹シン、徳永直と結婚したが、二ヶ月後に破婚。
一九四七（昭和二二）年　四八歳
四月二二日から「遠い空」を『民報』に連載し始めるが、シンの離婚の心痛甚だしく、体調を崩し、七月一六日で未完中絶。五月、「渋谷道玄坂」を『東北文学』に発表。九月、小学校六年の姪発代を引き取り、毎日ピアノのレッスンをさせる。七月、「妻の座」を『新日本文学』に連載開始するが、一回だけで中断し、一九四九年二月に再開（最終回は七月）。一二月、「初旅」を『新文学』に発表。

一九四八（昭和二三）年　　四九歳

五月「孤児ミギー」（のち「右文覚え書」と改題）を『ＰＴＡ』に連載（一九四九年二月まで）。六月七日から「青い季節」を『全逓新聞』（週刊）に月二～四回、とびとびに連載（一二月一三日まで）。この年童話の執筆がきわめて多く、以後没年まで、毎年かなりの量の童話を執筆。童話作家としての地位は揺るぎないものとなる。

一九四九（昭和二四）年　　五〇歳

三月、同居していた発代が熊谷の両親の家に帰り、富士見中学二年に転校。一九四九年四月に童話集『柿の木のある家』を山の木書店から刊行。これにより一九五一年、第一回児童文学者協会・児童文学賞を受賞。五月、「二人静」を『女性改造』に発表。

七月、「うつむいた女」を『小説新潮』に発表。

一九五〇（昭和二五）年　　五一歳

一月、「屋根裏の記録」を『中央公論文芸特集第二号』に発表。同月、「晒木綿」を『新日本文学』に、七月「わだち」を『世界』に、九月、「桟橋」を『群像』に、一一月、「木かげ」を『展望』に発表。一〇月六日、小学校入学を機に、成長した右文を祖母（栄の兄弥三郎の妻）に引き合わせるため、広島に行く。このときの体験を素材に「めみえの旅」（一九五一年四月）が書かれる。

一九五一（昭和二六）年　　五二歳

一月二一日、宮本百合子急逝。六月二八日、林芙美子死去。四月、「一枚の写真から」を『新日本文学・

宮本百合子追悼号』に発表。八月から「私の花物語」を『週刊家庭朝日』に連載（一二月）まで。同月、「静か雨」を『新日本文学』に発表。この夏、「母のない子と子のない母と」完成のため全面的改作に専念し一一月一〇日、光文社から刊行。一二月二八日、「一本のマッチ」を書き下しで平塚らいてう・櫛田ふき監修『われら母なればー平和を祈る母たちの手記』（青銅社）に収録。

一九五二（昭和二七）年　五三歳

一月から「続私の花物語」を『婦人民主新聞』（週刊）に連載（五月まで）。二月から「二十四の瞳」を『ニューエイジ』に連載（一一月まで）。四月、「母のない子と子のない母と」により第二回芸術選奨文部大臣賞を受賞。同月、「かんざし」を『群像』に、七月、「謀反気」を『文芸春秋』に、八月、「ピアノ」を『別冊文芸春秋』に発表。一二月二五日、雑誌連載のものを全面的に改稿して『二十四の瞳』を光文社から刊行。

一九五三（昭和二八）年　五四歳

二月、「宮本百合子さん―没後二周年にあたって」を『新女苑』に、四月から「岸うつ波」を『婦人公論』に連載（一二月まで）、同月、「はしり」の唄を『群像』に発表。一〇月、「紙一重」を『中央公論秋期文芸特集号』に発表。

一九五四（昭和二九）年　五五歳

この年前後から映画化、演劇化される作品が多くなる。九月、「花」を『群像』に発表（連作小説『風』の第一作）。九月、松竹映画「二十四の瞳」が監督・木下恵介、主演・高峰秀子で封切られる。全国的に大ヒットし、流行作家となる。一〇月、「歌」を『改造』に、一一月、「風」を『文芸』に、一二月、「空」を『改造』に発表。一二月、「妻の座を追われた若い人へ」を『主婦の友』に発表。

一九五五（昭和三〇）年　五六歳

一月、「まずはめでたや」を『文芸春秋』に、同月、「伊勢の的矢の日和山」を『婦人画報』に発表。三月二五日から「雑居家族」を『毎日新聞夕刊』に連載（八月一五日まで）。四月一一日、『連作小説　風』により、第七回女流文学者賞を受賞。八月から「裲襠」を『群像』に連載（一二月まで）。一〇月から「草の実」を『婦人公論』に連載（翌年一二月まで、途中休載二回）。一一月二三日、『小説新潮』に「香川風土記」を書くための取材旅行で二九日まで、高松市、小豆島、琴平、丸亀などを歴訪する。

一九五六（昭和三一）年　五七歳

一月六日から朝日新聞のコラム欄に毎週「スポーツ精神」「能と新劇」などと題して発表（六月二九日まで。）五月一〇日、新書版『壺井栄作品集全一五巻』が筑摩書房から刊行される。六月から「あすの花嫁」を『主婦の友』に連載（翌年一二月まで）。八月から九月に、徳永直が「草いきれ」を『新潮』に発表、文壇に「草いきれ」論争おこる。一一月、「虚構と虚偽―『草いきれ』に関して」を、一二月、「徳永直氏へ」をそれぞれ『群像』に発表。

一九五七（昭和三二）年　五八歳

一月から、「転々」を『文芸』および『新日本文学』に断続的に発表するが未完のまま中絶（一九六〇年七月まで）。二月九日から「風と波と」を『西日本新聞夕刊』他に連載（九月二〇日まで）。二月二八日、養女真澄が、弘文堂の編集者・加藤国夫と結婚。七月、「落ちてゆく」を『文芸春秋』に、八月、「月見縁」を『群像』に発表。九月から「私の歌物語」を『平凡』に連載（翌年一一月まで）。

一九五八（昭和三三）年　五九歳

七月、「雨夜の星」を『婦人倶楽部』に連載（翌年一二月まで）。

一九五九（昭和三四）年　六〇歳

七月、「日々是好日」を『群像』に発表。九月、「小さな物語第一話　百合子」を『平凡』に発表。（全一五話を一九六三年六月までほぼ毎月連載)。一一月、NHK朝のラジオ小説に「どこかでなにかが」(翌年七月まで)を書き下ろす。一一月、「矢絣の半纏」を『オール読物』に発表。

一九六〇(昭和三五)年　六一歳

三月、「霞」を『オール読物』に、「仏さま」を『小説新潮』に発表。七月一四日から「あす咲く花」を『新潟日報』に連載(翌年三月二五日まで)。一一月一三日から「愛らしき人」を『婦人民主新聞』に連載(一九六三年三月三日まで)。一二月、「木犀のある家」を『群像』に発表。

一九六一(昭和三六)年　六二歳

三月、「ごかぼうの縁」(随筆)を『多喜二と百合子』に発表。五月から「若い樹々」を『地上』に連載(翌年五月まで)。

春、最初の喘息の発作を起こす。九月、「夕日はかくれて」を『小説新潮』に発表。一〇月、軽井沢の別荘へ行き、激しい喘息の発作を起こす。一〇月二六日、慶応病院に入院、翌年三月まで療養生活を送る。

一九六二(昭和三七)年　六三歳

四月二日、「青春今昔」(コラム)を『名古屋タイムズ夕刊』に発表。この後週一回のペースで六月二五日までコラムを同紙に連載)。五月、「松風園だより」を『オール読物』に発表。五月、喘息が悪化したため、阿佐ケ谷の河北病院に七月まで入院。七月から、「母と子の暦」を『美しい十代』に連載(一九六三年六月まで)。一〇月二九日、「朝鮮金剛山の宿で」(随筆)を『週刊サンケイ』に発表。

一九六三(昭和三八)年　六四歳

一月から「柚原小はな」を『週刊女性』に連載(八月二一日まで)。二月、「石垣」を『群像』に発表。

九月、「手」を『小説現代』に発表。一一月、加藤国夫死去。真澄は二人の子供と共に栄の家に戻る。

一一月、「日めくり」を『群像』に発表。

一九六四（昭和三九）年　　　　　　　　　　　　六五歳

一月、「鉄の嫁さん」を『小説新潮』に発表。三月五日から「花ぐもり」を『新婦人新聞』（週刊）に連載（八月一三日まで）。五月、「たんぽぽ」（小説）を『群像』に発表。八月五日から「雪の下」（「柚原小はな」の続編）を『週刊女性』に連載（翌年二月二四日まで）。六月二二日から「日日哀楽」を『新潟日報夕刊』『中国新聞』他数紙に連載（翌年三月一一日まで）。九月二〇日、鳥越信、古田足日編『壺井栄児童文学全集全四巻』の刊行始まる（一二月二〇日まで）。一一月、「うなぎ」を『小説現代』に発表。この年、ぜんそく治療のため使用した薬がもとで、肝炎を起こし、東大病院に入院。

一九六五（昭和四〇）年　　　　　　　　　　　　六六歳

三月九日、佐藤清一医師の治療を受けるため、四月一九日まで伊東の天城診療所に入院。退院後はほとんど軽井沢で静養する。三月、「どんざの子」（児童）を『びわの実学校』に発表。九月、「わが子にもの申す」を『婦人画報』に発表。一〇月三〇日、『壺井栄名作集全10巻』がポプラ社から刊行された。

一九六六（昭和四一）年　　　　　　　　　　　　六七歳

七月、「まつりごこ」（随筆）を『婦人公論』に発表。一〇月、「今は亡き人たち」を『群像』に発表。一〇月と一二月、喘息の発作と糖尿病の治療のため、河北病院に入院。

一九六七（昭和四二）年　　　　　　　　　　　　六七歳

一月、河北病院に入院。一時危篤状態となるが、やや持ち直したので、東大病院に移る。二月、「短編集『暦』の出る前後」を『群像』に発表。四月六日、東大病院から伊東の天城診療所に直行し、治療を受ける。これ以後は天城診療所に四回入院を繰り返し、順調に回復したので、六月一八日に退院する。六月、入院中に小豆島内海町の名誉町民の称号が与えられた。六月二一日、夜、不安だからと自宅近くの熊谷病院に入院。六月二二日、喘息の激しい発作が起き、家族や佐多稲子、芝木好子等友人たちの徹夜の看病も及ばず、二三日〇時五八分死去。享年六七歳一〇カ月であった。六月二五日、都立青山斎場で無宗教による葬儀が行われた。

一九六八（昭和四三）年　　没後一年
三月、「屍を越えて」が死後発見され、遺稿として『民主文学』に発表された。五月一〇日、『壺井栄全集全一〇巻』が筑摩書房から刊行。

一九七〇（昭和四五）年　　没後三年
九月二三日、壺井栄文学碑が小豆島の内海町坂手向が丘に建立。「桃栗三年　柿八年　柚の大馬鹿　一八年　壺井栄」と刻まれた。

一九九二（平成四）年　　没後二五年
六月二三日、壺井栄文学館が郷里内海町田浦甲九三六に開館。

一九九七（平成九）年　　没後三〇年
四月一日、『壺井栄全集全一二巻』が文泉堂出版から刊行（一九九九・三・一五完結）。

略年譜は文泉堂出版版『壺井栄全集全一二巻』の「壺井栄年譜」と「著作目録」（鷺只雄作成）に基づき、戎居仁平治編「壺井栄年譜」や壺井繁治『激流の魚・壺井繁治自伝』、さらにその他の文学者の年譜、日記、書簡、エッセイなどを参照して小説を中心に作成した。とりわけ鷺只雄氏の労作に教えられること多く、ここに記して感謝いたします。

参考文献

全集

『壺井栄全集1～10』解説　小田切秀雄、「鷺宮雑記」壺井繁治　筑摩書房　一九六八・五～一九六九・二
『壺井栄全集』全一二巻　解題　鷺只雄　文泉堂出版　一九九七・八～一九九九・三　第一二巻に著作目録、年譜、参考文献目録（いずれも鷺只雄作成）
『佐多稲子全集第一八巻　エッセイ戦後I』講談社　一九七九・四
『宮本百合子全集第二五巻　日記、書簡』新日本出版社　一九八一・七
『壺井繁治全集　別巻』青磁社　一九八九・八

単行本など

『プロレタリア文学運動史上下』山田清三郎　理論社　一九五四・九
『プロレタリア文学風土記』山田清三郎　青木書店　一九五四・一二
『激流の中の歌―詩的アナキズムの回想』伊藤信吉　七曜社　一九六三・一一
『激流の魚・壺井繁治自伝』壺井繁治　光和堂　一九六六・一一
『回想の壺井栄』壺井繁治・戎居仁平治編　私家版　一九七三・六
『近世小豆島社会経済史話』川野正雄　未来社　一九七三・五
『壺井栄―人と作品』西沢正太郎　清水書院　一九八〇・一〇
『愛しき者へ』下　中野重治（解説　澤地久枝）中央公論社　一九八四・四

『瀬戸内　小豆島』川野正雄　名著出版　一九八七・八
『壺井栄』森玲子　北溟社　一九九五・八
『人物書誌大系26　壺井栄』鷺只雄編　日外アソシエーツ　一九九二・一〇
『壺井栄伝』戎居仁平治　壺井栄文学館　一九九五・一
『わたしの愛した子どもたち』滝いく子　労働旬報社　一九九五・八
『宮本百合子と今野大力―その時代と文学』津田孝　新日本出版社　一九九六・五
『作家の自伝55　壺井栄』鷺只雄編著　日本図書センター　一九九七・四
『私の見た昭和の思想と文学の五〇年　下』小田切秀雄　勉誠出版　二〇〇〇・一一
「百合子と佐多稲子・壺井栄」小林裕子『宮本百合子の時空』翰林書房　二〇〇一・六
『文学者の手紙7　佐多稲子』長谷川啓・北川秋雄・小林裕子・中野武彦・満田郁夫編　博文館新社　二〇〇六・四
『「反戦」のメディア史―戦後日本における世論と与論の拮抗』福間良明　世界思想社　二〇〇六・五

新聞・雑誌掲載論文・評論など

「乞食と犬と人間と（銚子の思い出）」壺井繁治『若草』一九二六・四
「作家と作品　壺井栄」窪川鶴次郎『婦人朝日』一九四二・一
「壺井栄著『二十四の瞳』」加藤地三『教育』一八号　一九五三・四　全集第五巻所収
「軽井沢の作家たち③」無署名『朝日新聞』一九六〇・七・一七
「ユニークな反戦文学」後藤直『民主文学』一九六七・三
「壺井栄の短編について」国分一太郎『日本児童文学〝壺井栄追悼特集〟』一九六七・九

「壺井栄・その人と思い出」壺井繁治・藤田圭雄・坪田譲治・山主敏子　同右
「壺井栄の長編について」来栖良夫　同右
「上落合のころ」猪野省三　同右
「昭和前期の私―思い出すままに」井汲花子『運動史研究』九号　一九八二・二
「佐多稲子の手帳」佐多稲子研究会会誌『くれない』一一号　二〇〇八・八

文庫解説など（執筆にあたり特に参考にしたもの）

「解説」佐多稲子　新興出版社『大根の葉』一九四六・一〇
「解説」網野菊　筑摩書房『現代日本名作選〈暦〉・〈妻の座〉』一九五三・一
「克子に思うこと」戎居研造『霧の街』光文社カッパブックス　一九五五・三
「解説」窪川鶴次郎『寄るべなき人々』新潮文庫　一九五六・五
「解説　壺井栄人と作品」小松伸六『二十四の瞳』新潮文庫　一九五七・九
「解説」高杉一郎『新選現代日本文学全集　壺井栄集』筑摩書房　一九六〇・二
「壺井栄入門」小田切秀雄『日本現代文学全集　佐多稲子・壺井栄集』講談社　一九六四・五
「作品解説」平野謙『同右』
「解説」佐々木基一『日本の文学　佐多稲子　壺井栄』中央公論社　一九六八・五
「壺井栄論」佐多稲子『現代日本文学全集補巻5　壺井栄』筑摩書房　一九七三・四
「評伝的解説」磯田光一『現代日本の文学　円地文子　壺井栄集』学研　一九七四・四
「赤いステッキ　壺井栄　人・文学、作品解説」岩淵宏子『短編女性文学　近代』おうふう　二〇〇二・九

小林　裕子（こばやし　ひろこ）
慶応義塾大学文学部国文専攻卒業
法政大学大学院日本文学専攻修士課程修了
現職　城西大学別科，法政大学通信教育部非常勤講師
主著　『佐多稲子─体験と時間』（1997年5月，翰林書房）
『人物書誌大系28　佐多稲子』
（編著，1994年6月，日外アソシエーツ）
『幸田文の世界』（共編著，1998年10月，翰林書房）
『買売春と日本文学』（共著，2002年2月，東京堂出版）
『佐多稲子と戦後日本』（共編著，2005年11月，七つ森書館）
『明治女性文学論』（共著，2007年11月，翰林書房）
『大正女性文学論』（共編著，2010年12月，翰林書房）

女性作家評伝シリーズ 12

壺井《つぼい》　栄《さかえ》

2012 年 5 月 5 日　初刷発行

著　者　小林　裕子
発行者　岡元　学実
発行所　株式会社　新　典　社
〒101－0051 東京都千代田区神田神保町 1－44－11
ＴＥＬ　営業部 03－3233－8051　編集部 03－3233－8052
ＦＡＸ　03－3233－8053　振替口座 00170－0－26932

印刷所 恵友印刷㈱／製本所 ㈲松村製本所
 ISBN978-4-7879-7312-2 C0395
http://www.shintensha.co.jp/　　E-Mail:info@shintensha.co.jp